别了，上海
Goodbye, Shanghai

[保]安吉尔·瓦根施泰／著

余志和／译

上海三联书店

纪念曼夫雷德·图尔尼奥克

——向我介绍中国的人

交响乐团的这幢具有现代气派的楼房，开了不多几扇窗户，外墙和楼顶线条舒展。它伫立在西柏林这个大都市的城边，周围的废墟已经清理干净，但它仍然显得孤独、黄旧、丑陋。这个地方被某些人称为"自由柏林"。毫无疑问，事物的名称任何时候都不可能昭示它丰富的内涵。

不远处就是那道遐迩驰名的大墙。这不是东方中国的长城，而是西方的另一堵墙。这堵墙不够雄伟，当然也无法永世长存。它把人们和世界一分为二，也使两边的思想、期盼、回忆和对时势沧桑的评价泾渭分明。不过，两边的流浪猫却能自由穿行。人们对诸般事物的见解大相径庭：这边的人对这堵墙持有一种观点，那边的人则争持另一种观点。

……我坐在第三排的右边。大厅空空荡荡，幽幽暗暗。在这天上午的排练时间里，只有部分照明装置发着微光，就连乐台上也是黑沉沉一片，使人感到压抑。乐队正在排练柴可夫斯基的《小提琴与乐队协奏曲》，指挥赫伯特·冯·卡拉扬①准是非常生气，鼻子里不时发出呼呼的声音——酸溜溜气愤的声音。排练进行得很不顺利，卡拉扬已经两次离开乐队，可他隔不一会儿又一瘸一拐地折返回来。显而易见，他忍受着膝盖的疼痛。

他第二次回到乐台时，仍然冲着乐师们喁喁低语。有人嘿嘿窃笑，有人挑衅性地拨响琴弦，然后又继续听卡拉扬大发牢骚。我不知道卡拉扬听见了什么，只觉得台下有一片嗡嗡嗡嗡的嘀咕声钻进了我的耳朵。这种喧聒竟使音乐大师愤怒得尖叫起来。是的，是的，这是名副其实的尖叫。然而，卡拉扬的叫声被怪里怪气的嬉笑声湮没了。

"我让你们讲中国话了吗?! 我有没有让你们讲中国话?!"

这位奥地利伟人好发脾气，要是说得直白一点，他有点儿歇斯底里。他在排练时要求大家绝对服从，容不得一丝一毫的吊儿郎当! 尤其是在今天上午，在他觉得一切都乱了套的时候。说不定他在怀疑大家偷偷笑他，调皮捣蛋，故意用他听不懂的中国话触怒他。更使他气恼的是，在这批欧洲优秀乐师中，竟又没有一个中国人。

他用指挥棒敲了敲乐谱架，抬起双手，但是，一开头就不顺畅。卡拉扬耍起横来，气愤地把指挥棒一折两断。确实如此! 他把指挥棒一折两断，就像折断一根火柴一样，也像脾气暴躁的教员在教室里折断粉笔一样。大家跑去给他拿来

---

① 卡拉扬（1908—1989），出生于萨尔斯堡，奥地利著名指挥家、键盘乐器演奏家和导演。

另一根结实的指挥棒。也许发生这种事情已经成了家常便饭，因为谁也没有感到奇怪，都会像救火一样，马上给他拿来新的指挥棒。

盛怒的大师把折断的指挥棒扔在旁边，又轻手轻脚地向大厅走来，于是就发现了我。他手搭凉棚，眼睛在昏暗中搜索，然后用一种并不十分友好，甚至有些吓人的口吻问道：

"哎，那位，您是谁？"

我回答了他。

他没有任何反应：既没有准我留下，也没有把我赶走。他默默地转过脸去，用那根崭新的指挥棒敲着乐谱架。

"注意！再来一遍！"只过了一分钟，他又下令："停，停，停！"

事情不妙。小提琴音乐会今天恐怕要砸锅。

那位独奏演员一声不响地走开了，坐到旁边一把空椅子上。他把小提琴放在一个膝盖上，脸上并无懊丧或烦躁的表情。他耐心地等着这场风暴过去。我看见了他一头长长的白发和那张苍白的长长的脸。不过，由于光线不足，我看不清他的整个轮廓。我今天正是有求于他，想同他谈一谈——电影制片人 M. Д. 在把我领进这个大厅时答应过我，一俟排练结束，他就把我介绍给这个大名鼎鼎的人物。我今天正是有求于这位小提琴手特奥多尔·魏斯贝格。

当然，谁都有理由问我：我到底是什么人？在柏林这个灰蒙蒙的上午，我除了来同某个人相识而外，还在这冷清清的音乐厅里寻找什么？

我没有任何特别的诉求，只想更多地了解一连串事件的详细情况，核实一些相互矛盾的证据。对某些人来说，那些甚至已被遗忘的陈年旧事，简直显得稀奇古怪和不近情理。然而，还有什么比历史更逼真的呢？我指的是一段大写的历史、一种关乎过去的科学，只不过它还未被加以整理和归纳，还没有在学生课本里熠熠生辉，也还有一些被我们无法掌控的力量鼓捣出来的谜团。这段历史充满矛盾，许多问题尚无答案。这段历史就像生活本身那样，由于千千万万的偶发事件而显得不合逻辑，甚至还有不少荒唐之处。生活的底层存在着人吃人的现象，物欲的触角无孔不入，吸干了崇高理想的骨髓。而在生活的上层，似乎一切都经过深思熟虑，井井有条，犹如一册提供给精英阶层的算式汇编。

那么，我是什么人呢？既非英雄，也非虫豸。这么说吧——就像一出话剧中无名无姓的群众演员，只配跑龙套，没有一句台词。因此，我不便说三道四，表明自己的观点。对于我扮演的角色，不同的观众会有不同的看法。不同的人从不同的角度考察同一种现象或者事件，往往观点迥异。某人会说：事情是这样的，不是那样的。他说得对。不过，其他人可就同他有些差异，甚至持有完全相反的意见。这取决于一个人在剧中是担任主角还是配角，是事件的亲历者还是仅限于作壁上观。这还取决于这样一种情况：有人善记，有人健忘；有人能记住战争中的精彩场面，但却忘了战争爆发的原因；有人记住了小时候那家店店主的名字，但却忘了当时的总理是谁。世上之人各色各样，每一个人都有权记住该记之事，忘掉该忘之事，用不着别人为他操心。

　　因此，我喜欢冷眼旁观，退避三舍。平心而论，我甚至不想当群众演员，就更不用说背出那些凄惨的台词了。我只想当个观众。我就喜欢待在半明半暗的大厅里，坐在第三排，因为客观事物有它自己的规律，不以我们的意志为转移。有些人是色盲，不辨色彩；有些人是瞎子，压根儿就看不见东西；还有些人是聋子，不管你大声叫喊还是低声细语，他们统统听不见。我们这些人各不相同，可事物、色彩、声音根本不因我们而存在，尽管我们常为它们争论不休。它们是客观存在。

　　对不起，你们再也看不到我了，我们也不会再在空荡荡的大厅里晤面了。希望你们能够理解：我的偏颇、我的同情抑或我的造次，会使你们在什么地方受到伤害。这就像透出绷带的血迹那样，那只不过是我想提醒你们，绷带蒙着的伤口尚未痊愈。

　　在我开始讲述虹口的故事之前，我就想唠叨这么几句。虹口位于上海市，而上海是长江口上的一座海港城市。

＊　＊　＊

　　虹口，上海一区。这是第二次世界大战期间鲜为人知的虐犹历史的一章。

　　这个历史遗存夹杂在一座新巴比伦城廓极端混乱的境域中。在这里，中国街区的居民拥挤得使人透不过气来，而同这些街区混在一起的，则是具有半殖民地性质的豪华"公共租界"（International Settlement）。租界里设有不准华人进入的高档饭店和餐厅，有英国人开办的绅士俱乐部。外滩的"爱德华八世"大道上布满了供海员消遣的酒吧，法租界里有"法国城""老佛爷路"、霞飞路、福熙路和"红衣主教路"，这些地方密布五光十色的商店、珠宝店和咖啡厅。当然，周边弄堂的中国小铺里也堆满了首饰和仿金塑像、象牙雕刻和琥珀制品。但是，在河对岸的浦东，一个个棚户区臭气熏天，而在人口稠密的沼泽地带，跳蚤肆虐，瘟疫流行。

1932 年，日本侵略军进驻这座城市。1937 年，日本军机对它狂轰滥炸。从此，这座城市繁华不再，萧条冷清。南京路上耀眼的灯光暗淡下来，贫民窟里的居民因失业和穷困而苦不堪言。

仅仅在日军占领的头一年，城市的清洁队就在大街上收殓了三万多饿死和病死的人。与此同时，在高达二十二层的富丽堂皇的"国际饭店"肮脏的角落里，纳粹外交官奥托马尔·冯·达姆巴赫男爵在玩扑克牌时，一夜就输了八万元。赢钱的是埃利亚斯·埃兹德拉先生，他是"巴格达阔佬"中的一个塞法德人，一部分操西班牙语拉迪诺方言（塞法德方言）的犹太人，原住比利牛斯半岛，后迁居北非、小亚细亚、巴尔干半岛各国和以色列。所谓"巴格达阔佬"，是指那些 11 世纪定居在以巴格达为中心的丝绸之路上的犹太人。鸦片战争迫使中国在 1842 年签订了南京条约，此后，英国人割去了香港，开始在长江三角洲的上海港大兴土木，于是"巴格达阔佬"迅速占据了这一经济重地。将近一个世纪以后，英国人的银行和交易所就拿出钱来，为第三帝国供应锡、橡胶和奎宁。一旦需要，第三帝国也不嫌弃犹太人的金钱。为了获取稳定的利润，上海商业储蓄银行、横滨银行或沙逊洋行的主子们，自然不会反对自己彬彬有礼的伙伴。

今天的上海是向世界敞开胸怀的中国的一个大港，而在当年，在30年代和第二次世界大战期间，从1939年9月1日欧洲战争爆发起，到1945年9月2日，在远东的广岛和长崎遭到原子弹袭击后，日本宣布投降为止，全世界的经济、政治和军事势力，都麇集在这里拼死争名夺利，玩弄外交手腕，让私欲无限膨胀。这里是犯罪的渊薮，是国际冒险家、间谍、投机商、社会渣滓和潜逃犯聚首的地方，也是蝇营狗苟和大发横财的场所。中国人，也就是这个古老国度真正的主人，却被这些人踩在脚下。有些人为了填饱肚子而四处奔波，而汉奸们却在为保住或者增加自己从同胞身上搜刮来的钱财而钻天觅缝。就是在这样的环境中，几个战场上又响起了尚未结束的残酷的国内战争的隆隆炮声——汉奸汪精卫拼凑的亲日政府、蒋介石的国民军和以毛泽东为首的共产党人领导的人民军队之间又展开了厮杀。

上海——纸醉金迷和穷愁潦倒之地。这里既有打着赤脚、拉着黄包车的毫无尊严的苦力，也有挽着醉醺醺的外国海员的胳膊游荡的雏妓；既有东方瓷器的温润，也有兵匪的粗野，还有鸦片和人性的堕落。但是，它又是最后一个救命的海岸，是本已陷入绝望的犹太人渴望生活下去的象征。这是因为，在那些伟大的民主派对希特勒的种族灭绝政策熟视无睹的岁月里，正是上海以一个开放城市有限的特殊地位，成为两万德国和奥地利犹太人以高昂的代价换来的得以栖身和自救的唯一地方。许多犹太人是知识分子，还有三千八百名犹太人在欧洲这座火葬场的烟囱还没有冒出滚滚浓烟时，就从各个被占领的国家逃亡到了这里。

虹口是一个街区的名称，它成了犹太人的居住区。

上海既是一座被犹太人诅咒的城市，又是一座使他们得以活命的城市。

谨以约瑟夫·海顿的第 45 号交响曲
暨《告别交响曲》作为开篇

　　黄昏时分，杨树浦港笼罩着一层薄雾，微弱的光线勉强透进历经风雨剥蚀，破烂而昏暗的钢铁构件厂。从被爆炸的气浪击穿的窗户和墙洞往外望去，天空依然明亮。零落倾圮的水泥柱子和钢梁，由于马灯和纸糊灯笼摇来摆去，都在地上投下不住晃动的阴影。提着马灯或灯笼的人们在昏黄的灯光下也显得模模糊糊。有人从被炸坏的正门走进来，也有人径直穿过墙洞，踏着碎砖溜进厂房。

　　就像在演出一场荒诞不经的话剧一样，神秘莫测的听众从四面八方沿着台阶拥了进来。他们都穿着奇形怪状的服装，或者说都穿着很不适合这种场合的服装。让人难以忘怀的是，女士们都身穿压在箱底的旧式正规连衣裙，戴着大战之前缀有短短面纱的娇媚的大圆帽。她们把自己装扮得似乎是去维也纳金色大厅聆听盛大的音乐会，或者去柏林夏洛特堡参加宫廷宴会。某些男士也穿着不合时宜的没有燕尾的晚礼服，这种服装同他们的帆布裤子很不协调。同他们站在一起的另外一些人，个个穿着码头装卸工或者街头清扫工的破衣烂衫，一双光脚呈现出紫檀颜色。

　　一批新来的人把马灯和灯笼随手挂在高高翘起的钢梁上或机器零件上。当然啦，铺有铁轨的厂房十分宽敞——只是这儿从来就没有进过火车。萤火虫般闪烁的灯光要想填满构件厂这个黑洞洞的大肚子，自然十分困难。

　　听众就像参加过星期日弥撒或婚礼一样，相互致以节日般的问好。时不时有人弯下身子，吻吻女士的手。不过，要是旁边有谁感到好奇，走近一瞧，即便光线很暗，也会发现那人的袖口已经磨出毛边，手指上还沾着皮革厂染色车间的黑色颜料，要不然，就是来自哪家缫丝厂。

不管怎么说，这种类似于一场滑稽剧的礼仪，仍然透出一种未加掩饰的激情。大家都在期待着一场隆重的演出。

厂房里的人越聚越多。在一种庄严的略显紧张的寂静中，只能听见人们的脚步声，有时又能听见人们的低声絮语和轻盈笑声。

厂房的一端临时搭建了一个乐台，乐台的上方晃动着一串热乎乎、湿漉漉，散发出一股腥味的海藻和死鱼，以及一条写着大红字欢迎词的横幅：

WELCOME! GOD BLESS AMERICA! [①]

乐台上还装饰着两面交叉放在一起的美国业余文娱团体的旗子，旗子上闪耀着人们用小块稻草纸和棉布片贴出的花纹，这令人想起两个乡村学校举办的棒球赛开幕式。

但是，这绝非学生之间的一场比赛，远远不是！

乐台上摆了一些椅子和几个固定在板条上的乐谱架，台下的空地上则是用钢轨搭成的极其简陋的长椅，新来的听众就在这些长椅之间穿来穿去，寻找自己的座位。前面几排长椅空着，它们显然是为贵宾准备的。

最后，贵宾们到了。他们是穿过几道先前被炸坏而现在

---

① 意为"欢迎！愿上帝保佑美国！"

垫着一些铁板的正门走进来的，一个个精神抖擞，气宇轩昂，铁板在他们脚下铿锵有声。他们在这个陌生的地方依旧迈着军人的步伐。这五十来个美国海军陆战队队员是由一名军官带队入场的。

空旷的厂房里响起了雷鸣般的呼喊声和鼓掌声。身着晚礼服或粗布工服的听众站起来，用掌声欢迎客人。美国兵不曾料到，他们在这种非同寻常的工厂环境中，竟也能受到这样热烈的欢迎，因此，他们在空地中间的长椅上坐下之前，一左一右地向听众频频点头示意。

一名美军大尉把两手高高举起，向四围穿着晚礼服和粗布衣服的听众使劲鼓掌，回应大家的欢迎。这就让人难以分辨，到底谁是今天晚上这场奇怪盛会的真正主人——是美国兵呢，还是这片废墟上的居民？

有一位男子衣衫普通，满头银丝，额头很高，脸色苍白。看样子，这个人曾经摆弄显微镜，或者曾在医院的白色环境中工作多年。他向美军大尉走去，微微欠了欠身子，用英语轻声自我介绍说：

"欢迎，欢迎，我是虹口自治区的西穆德·曼德尔教授，您的座位在前面，请跟我来吧。"

他毕恭毕敬地领着大尉往前走，可走了几步又停了下来，想向大尉介绍卫生部门的一个日本军官。这个日本军官的指间夹着一支烟，孤零零地坐在一条长椅的末端。

"请让我向您介绍这位军官。他功劳不小……怎么说呢……他总算盼来了这一天。"

正在沉思的矮个子日本人戴一副圆圆的屈光眼镜。他猛然一惊，腾地站了起来，不动声色地把烟卷扔在地上，用脚蹭了蹭，脸上露出令人无法猜透的愁容。他把两个脚后跟一并，敬了一个军礼，尽管他的军阶高于美军大尉。美军大尉吃惊地瞅他一眼，没有还礼。他当然有理由不理睬这个日本人，因为日本已于9月2日在美军"密苏里"号战列舰上签下了投降书。在大尉看来，虽然日本军官已经不戴肩章，但他现在本该在盟军的军事法庭上受审，起码也该待在战俘营里。

大尉走过去了。曼德尔教授尴尬地向日本人笑了笑，又领着美国客人朝前走去。

隔不一会儿，等美军军官坐下来后，世界上最糟的交响乐团的乐师们鱼贯走上乐台。他们的服装五花八门——既有破烂的晚礼服，也有下等人的工作服。

最先出场的乐师，胳肢窝下夹着一把小提琴，一头长发披在肩上。他在台上呆板地鞠了一躬，又很不自然地打了一个手势，要听众们停止鼓掌。一俟听众安静下来，他略显羞涩地小声宣布：

"下面是德累斯顿交响乐团属下的上海室内乐团演奏约瑟夫·海顿的第45号作品——《告别交响曲》。"

有人又想鼓掌，但台下响起了要求肃静的"嘘嘘"声。

乐师们在一片庄严神圣的静谧中，一个个盯着一支点燃的蜡烛，然后又挨个用这支蜡烛的火苗点着了自己固定在乐谱架上的蜡烛。

美国海军陆战队的小伙子们面面相觑。大概他们还没有在伊利诺州或者明尼苏达州的老家欣赏过音乐会上演奏的约瑟夫·海顿的第45号交响曲。

一部以另一种尺度创作于另一个时代的交响作品，过去总是在金碧辉煌的特定乐台上演出，如今却出现在令海顿略感奇怪和忧伤的场地上，出现在上海虹口区一个破旧衰败的工厂里。

在当年的欧洲和美国乐台上，著名的报幕员是技艺精湛的特奥多尔·魏斯贝格，可在今天晚上，报幕员却是一位小提琴手。他耐心地等着乐师把自己的蜡烛点燃，然后宣布：

"下面是：Allegro assai, Adagio, Allegretto, Presto-Adagio。"①

坐在自己乐谱前的特奥多尔·魏斯贝格略一停顿，点了点头。

厂房里响起了《告别交响曲》的第一组谐音。

这不是一场普通的音乐会：人们在暮色中踏进这座已被废弃的钢铁构件厂的厂房，闻着海藻味和臭鱼味，是要同上海告别……

_____

① 意为"非常欢快、活泼、慢板、快板、急板—柔板"。

· 第一部 ·

第一章

·1·

1938 年 11 月 10 日傍晚。

一场音乐会在庄严的音乐厅里拉开了帷幕。

由于水晶枝形吊灯的光线极其微弱，坚实的红木乐谱架上的诸多烛光显得尤其明亮。特奥多尔·魏斯贝格就像通常参加这样隆重的音乐会一样，身着时髦的晚礼服，而德累斯顿交响乐团的其他演奏家也穿得同他一样。

大厅里和包厢里的听众也身着正式晚装，凝神屏息地聆听乐师们的演奏。要在德累斯顿音乐厅演奏第 45 号交响曲，这可十分罕见，一票难求。

早在魏玛共和国之前，还在铁血宰相奥托·冯·舍恩豪森侯爵时期，也就是俾斯麦时期，坐在中央包厢里的都是些容克地主和他们的亲信，而今天晚上坐在这个包厢里的却是四个党卫队的军官。听众觉得，这个重要信号说明，德国的政治局势已经发生了深刻变化。在这四个军官中，地位最高的要数洛塔尔·哈斯勒上尉。这个美男子长着一头金发和一双蓝眼睛，就像印在柏林奥运会招贴画上的优等雅利安人一样。不仅如此，他还令人想起女导演莱尼·里芬施塔尔电影里的那些英姿勃发的明星。

最年轻的那个军官，大概是哈斯勒的副官或者诸如此类的人物吧，十分殷勤地把一份节目单递给自己的上司。

"我想，下面是快板，真让人高兴。"

"大概是吧，"哈斯勒铁青着脸喃喃说道，"但愿今天夜里真能让人非常高兴。"

这个上尉太明白他说这话的用意了。他平时说话不多，但句句掷地有声。

正是在海顿的交响曲温情脉脉地同听众"告别"的时候，最后一些尚未省悟的天真烂漫的人士，也在告别他们对一个美好德国、对"一个冬天的童话"的奇思妙想。一星期以后，侥幸上台的一大帮纳粹无赖就抬起大腿，把他们当成脏兮兮的小猫踢得老远。

这是因为，正是在这天晚上，1938 年 11 月 10 日晚上，在星期三的深夜和星期四的凌晨，历史记住了"水晶之夜"① 这个绰号。然而，"水晶之夜"的"水晶"同德累斯顿音乐厅里的水晶吊灯风马牛不相及，它只同被砸烂的欧洲玻璃橱窗联系在一起。

满肚啤酒的暴徒们嘻嘻哈哈地砸碎了整个德国的橱窗，就连不久前费了九牛二虎之力被兼并到德国的奥地利居民的橱窗也未能幸免。在这个狂欢的水晶之夜，玻璃碎片在皮靴下发出咔嚓咔嚓的声音。

---

① 11 月 10 日，经过希特勒和戈培尔等人的精心策划，由纳粹领导集团导演和怂恿，发生了史称"水晶之夜"（又称"碎玻璃之夜"）的反犹惨案。这天晚上，德国各地以及奥地利的法西斯分子走上街头，挥舞棍棒，对犹太人的住宅、商店、教堂进行疯狂的打、砸、抢、烧，公然迫害和凌辱犹太人。据统计，在这一惨案中，36 名犹太人被杀害，36 人受伤，267 座教堂被焚，7500 余家犹太人商店被捣毁，3 万多犹太男子被捕，被押往达豪等集中营。仅玻璃一项遭受的损失就达 600 万马克。

许多惊慌失措的犹太老人从被窝里被拽到街上，他们的胸前挂着一块牌子：JUDE（犹大）。

柏林法扎嫩大街和奥拉宁堡大街的犹太教堂被焚毁了，维也纳的犹太教堂也被烧掉了。被大火吞噬的还有莱比锡、慕尼黑、法兰克福和斯图加特的犹太教堂。另有两座犹太教堂在这个 11 月的高雅音乐会之夜化为灰烬。

Allegro assai：非常欢快。

洛塔尔·哈斯勒把看戏用的小望远镜贴在两只眼睛上，先是在听众中扫来扫去，然后就停留在对面包厢里的一位年轻女士身上。这位女士的棕红色头发在微弱的吊灯灯光的映衬下，显得格外柔和。她是女中音歌唱家伊丽莎白·米勒-魏斯贝格。她不仅在德国，而且在欧洲音乐界都很有名。她还是哈斯勒的望远镜接着就会扫到的那位小提琴演奏家的夫人。

哈斯勒的望远镜在小提琴演奏家的脸上停了很久。他好奇地揣度着这位世界知名的人物、普鲁士艺术学院的翘楚。而就在这时，大街上的火炬游行热闹非凡，狂徒们又是唱歌，又是擂鼓。

　　　　Auf der Heide blüt ein Blü-melein

　　　　　　　　Ein! Zwei!

　　　　　　　　Und das heisst E-e-erika...①

---

① 大意为"草原上盛开着一朵小花/一朵！两朵！/它叫石南"。

这儿有梅尔松和他的几个儿子开设的一家赫赫有名的书店。于是，某个狂躁者突发奇想，要对书店里的书施以火刑。最初烧毁的是下面这些名人的著作：马克思、海涅、弗洛伊德、茨威格、托马斯、海恩里希·曼，还有贝·布莱希特，还有安娜·西格斯，还有弗·沃尔夫、利·弗兰克、斯宾诺莎、普鲁斯特、卡夫卡和安·柏格松。接着，阿尔伯特·爱因斯坦和他有关光的量子结构也被投入火中，书页像野禽的翅膀一样在火焰的上方四处飞扬。

你呀，阿尔伯特，尽管我们这些德国人心知肚明，可你不要以为那伙腊肠师傅①和街头醉鬼知道你是一个什么人。也许你为你及时离开了自己过去的祖国感到忧伤，可我们却为你感到高兴——你自己就说过，一切都是相对的。阿尔伯特，对不起，我们现时正在拾你的牙慧，请你原谅！你的光速理论使我们获得了无限的能源，并将使我们掌握世界。这是实情。请走好，亲爱的阿尔伯特！现在是该弄清谁是德国的真正主人的时候了——是犹太人呢还是我们！

$E=mc^2$ 这个公式正好落到燃烧的银河系的中心，溅起了欢乐的火花。

· 2 ·

两名演奏家——一名双簧管吹奏者和一名弦乐手收捡了

---

① 德国盛产腊肠，这里的"腊肠师傅"借指德国人。

乐谱，吹灭了蜡烛，悄悄离开了乐台。这是演奏海顿的《告别交响曲》的一种仪式。[1]

但是，出乎意料的是，藏在侧幕后面的几个身着制服的冲锋队员突然窜到他们面前。冲锋队员明火执仗地拉着两个音乐家，把他们直往外拖。音乐家自然试图反抗，想搞清这到底是怎么回事。然而，就在这时，一个穿着挺直的马裤和铮亮的皮靴的官员笑眯眯地把食指竖在嘴边，轻轻"嘘"了两声，示意他们不要打扰音乐会！他的这一举动没有恶意，只有善意，差不多算得上是一种友好的表示。说到底，朋友，你自己明白，这儿不是犹太教堂，而是庄严的音乐厅，就像俗话所说，我们必须对它心怀敬意！

特奥多尔·魏斯贝格透过蜡烛的火苗，发现侧幕后面钻出了两个身着褐衫的好汉，拖走了两个音乐家。他吃惊地向旁边的小提琴手递了一个眼色。不过，他没有停止演奏。

其他乐师也发觉出了乱子，因为乐队开始微微骚动起来。但是，音乐会仍然继续举行。

轮到低音提琴手和小提琴手退场了。

两位乐师显然已经猜到了什么命运在等着他们。音乐会就是音乐会，他们动作的任何微小的变化，都被台下真诚的观众默默地看在眼里。两位乐师收捡了乐谱，吹灭了乐谱架

---

[1] 海顿的《告别交响曲》（*Abschieds-symphonie*）作于1772年。其时，他任埃斯特哈齐王子的宫廷乐长。入夏，王子离维也纳去夏宫，乐队随侍。此曲末章有一奇特设计：乐师们在演奏中一个个离席，最后以两把小提琴倾诉哀怨之音而终曲。据说作曲家意在暗示王子可离夏宫回维也纳，使乐师们早日与家人团聚。王子果然会意，即命乐队返回维也纳。

上的蜡烛。当他们迟迟疑疑地鱼贯离开乐台时，他们惶恐不安而又满腹狐疑地盯了第一小提琴手一眼。

在外面，在侧幕后面，两位乐师的遭遇也和他们的同事不爽分毫。"嘘嘘，安静，尊敬的雅利安的音乐家们！"

副官贴着洛塔尔·哈斯勒的耳朵说：

"真不像话，所有这些音乐家都是犹太人！"

"不是这样，并非所有音乐家都是犹太人。甚至有人相信，就连他们的祖母也不是犹太人。这不碍事，会搞清楚的。真正不像话的是，我们竟然容忍他们把德国变成了一个犹太教堂……别吱声，该他退场了。"

……小提琴演奏家特奥多尔·魏斯贝格被欧洲和大洋彼岸的音乐界判定为德国最具天赋的音乐大师之一。此刻，他收捡了乐谱，吹灭了自己最后一支蜡烛，木然地朝外走去。约瑟夫·海顿被称为《告别交响曲》的第45号交响曲在德累斯顿音乐厅演奏完了。随后，乐台上的灯光熄灭了。

大厅里的听众沉默了很长时间。还在水晶枝形吊灯放射出全部光芒之前，大厅里就响起了雷鸣般的鼓掌声。然而，乐台上并没有乐师出现。

这是德累斯顿交响乐师们的最后一场演出。

· 3 ·

还有两个多月才是农历新年，只有到那时，日本当局才会稍稍放松一点管制，人们才有机会探亲访友。按照旧俄的儒略历，现在是 11 月。这是一段难熬的时光，民间称它为饿狗的日子。这时节，从这座大都市最南端的街区到北部边界，也就是到闸北和虹口，一群群流浪狗全都饿着肚子。

天气阴冷而潮湿，空气中弥漫着黏糊糊的炸鱼味、阴沟味和海藻味。海风送来的不是新鲜空气，而是杨树浦港无边无际滞流的海水难闻的臭味。杨树浦是黄浦江左岸的一个港湾，那儿停靠着许多远洋轮船。

天黑下来，几百条水上人家居住的摇摇晃晃的木船上亮起了纸糊灯笼。肮脏的水面上漂浮着星星点点的燃油和有毒垃圾，映在水面上的数不胜数的灯火不住地摇曳、拉长。木船上的人们用他们所谓的"英语"叫卖各色各样的商品——从蔬菜、水果、鲜鱼到牛角制作的护身符以及佛像、玉器。

在木船的上方，过境的游客们闲得无聊，绕着轮船的栏杆踱来踱去。他们简直不敢上岸，因为据说岸边有许多小偷和职业骗子。更何况，说不定再过一个小时，他们的轮船就要继续朝南航行，开往新加坡、香港和澳门，而有的轮船将驶往更远的马尼拉和孟买。对于把上海港作为终点站的乘客来说，当他们踏着趸船的船板上岸时，他们当然不会买这些纪念品，更不会买蔬菜和水果。这些乘客多半是搭乘神户轮船公司的定期航船，往返于日本列岛和中国内地之间的日本商人、银行职员，或者是东京大公司在上海新设立的事务所的经纪人。有些官方人士由身着制服的汽车司机负责迎候，他们这些人连同公使馆、大银行的代表，往往直奔龙华机场，继续乘飞机赶往中国内地——北平或者日本人控制的新满洲国。

在船坞、仓库的上方，在日本警备司令部、港务局、船舶代理处、海关和边防警察局低矮的浅黄色建筑物的上方，在港口吊车和堆积如山的木箱和货包的上方，也就是在离深黄色的浑浊江水以及江上摇摆的木船很远的地方，在热闹的外滩，饭店和办公楼模糊的光影染黄了乌云密布的天空。那些公共租界炫目的灯火，更是水上的居民从来就没有看见过的，虽然他们从小就听说过有关那个遥远的、陌生的花花世界的许多传说。

这些水上的居民以水为生，而他们的先辈也都是些在没膝的水稻田里或者河口的沼泽地里劳作的穷人。他们一生都没有亲眼见过英国殖民主义样式的高楼大厦，没有见过游艺厅、网球场、绅士俱乐部、装饰华丽的饭店和餐厅。这些饭店的门卫是些包着又白又软的缠头巾的高大的锡克人，他们的腰上挂着吓人的曲剑。

对上流社会的优渥生活想入非非的还有那位俄罗斯船长。他现在就躺在锈迹斑斑、外表难看的"切利亚布尼斯克"号货轮的护栏旁边，嘴上叼着一支已经熄火的俄罗斯烟卷，这种烟卷的末端是一截空心吸嘴。看来他参加过1905年的俄日战争，亲眼目睹了俄国在对马海战中惨遭失败，又在远东经历了十月革命的戏剧性转折。

"切利亚布尼斯克"号货轮就像在上海偏僻的街区缓慢蠕

动的有轨电车一样，只航行在同一条封闭的航线上——从湄公河口把法国在印度支那的种植园的生胶运到上海，再在上海装上棉花和绸缎，往北开往大连卸货。这些货物也可能沿着俄罗斯的中东铁路继续北上，开始更长的旅程，直到接上西伯利亚铁路为止。这位船长心不在焉地瞅着搬运工们扛着大包，踩着踏板一步步地走上船来，人们在这些大包下面只能看到一双双瘦骨嶙峋的赤脚。而在下面的岸边，搬运工们背上的木箱是用没有刨过的西伯利亚雪松板钉成的，木箱上毫无例外地用模板印着"Uralmash-USSR"① 的字样。

一名搬运工"啪啦"一声摔倒在潮湿而油腻的甲板上，他背上的麻包也滑落在地。对此，船长并没有特别感到不安。这个搬运工大概是饿坏了，因为他只有在两个小时以后才能挣到五角钱，这些钱足够他去买一小碗葱花炒饭和一小杯绿茶。船长冷若冰霜地向两名水手叮嘱了几句，要他们把摔倒的搬运工抬到一个船舱里，这个船舱的椭圆形铁门上涂着红十字的标记。

……半个小时以后，两个搬运工从船舱里走了出来。不管是在船上还是在岸上，谁也没有把这件小事挂在心上。两个搬运工下了船，又扛上那些印着"Uralmash"① 的木箱，融入了散发着臭汗和葱味的默默无闻的人群，丝毫不能改变上海贫富悬殊的现状。市政当局每天早晨都在大街上收殓许多

① 意为"苏联乌拉尔机器制造厂"。

饿死的人，这个城市再饿死几个人，对统计部门来说又有什么影响呢？

我在前面已经说过，现在是 11 月，是 1938 年 11 月 10 日，即星期三的深夜和星期四的凌晨。

这离西方爆发大战只剩下九个月零二十天。

·4·

希尔德拉开窗帘，对眼前的一切感到失望。视线之内没有旅游广告和其他一些人们期待的东西。不过，就连她自己也说不清楚，她究竟想看到什么。眼前的景色令人沮丧：楼房的正面缺乏色彩，洗干净的衣服掉在地上。在下面很低很低的地方，似乎有一家建在勃朗峰上的旅馆，再就是宽阔的机车停车场，纵横交错的铁路道岔、电线、扬旗杆、被废弃的列车和孤零零的一个火车头。从这儿望去，火车头犹如一个玩具，它噗噗噗地喷着蒸汽，疲疲沓沓地在铁轨上来回运行。她下榻的小旅馆还算漂亮，是为普通的出差人员建造的，虽然缀有两颗星星，但其中一颗星星已经不再闪亮。

从这里既看不见埃菲尔铁塔，也看不见蒙马特高地或者凯旋门，当然也看不见穿过城市、映着蓝天的塞纳河银灰色的河面。不过，即使没有看见这些东西，她也熟知它们——香榭丽舍大街、卢浮宫和巴黎圣母院。她甚至觉得，她还认识下面街角那家小吃店的老板。她没有来过巴黎，但她早就对这座城市入了迷，她曾在洪堡大学如饥似渴地学习法国语言文学。但是，由于她在学习期间花光了父母留给她的很可怜的一点遗产，她的雄心壮志未能实现。于是，她就从书本上认识这座令人惊叹的城市，对它烂熟于心。除了从书本上和电影里了解这座城市外，她还渴望亲眼看看它的光彩，亲耳听听它的声音，亲口尝尝它的滋味，而且到她想象中认识的店主那儿喝杯咖啡。街角小吃店的那个热心的普罗旺斯人会对她说："早上好，希尔德小姐，还跟上次一样吗？咖啡加牛奶，是吧，希尔德小姐？"

　　尽管从窗口眺望，眼前的景象使她倏忽感到伤心，可在实际上，她的内心却充满了幸福，因为她在这里暂时摆脱了被爱伦堡称为"欧洲粮库"的柏林的沉闷空气，暂时躲开了恐惧、谣言、毫无希望的表演课程，还有那帮白痴。为了争得一个只有两句台词的小角色，你得跪倒在他们脚下；为了拍摄一个群众场面，你得成百次地被他们扒拉过来，扒拉过去；为了挣得五个德国马克，你一天要五次改穿他们的衣服，六次半再穿自己的衣服——如果自己的衣服适合拍电影的话。你对要拍的电影一无所知，大概以后也不想再看。那些副导演总是竭力在"无意间"摸摸你的屁股，把你撞倒在地，愚蠢地以为这样就能使一名群众演员能在众多群演中被人发现，然后，舒舒服服坐在帆布椅子上的导演就会招一招手，让一名群众演员过去，贴着耳朵问道："那个金发女郎是谁？"于是，事情就起了变化，你的命运就发生转折，走上了一条拍电影的康庄大道。可是，没有一个群众演员碰到过这样的机会。

然而，事有蹊跷。她今天早晨起床的时候，发现自己不是住在柏林格吕内瓦尔德的阁楼上，而是待在巴黎。

有人轻轻敲了敲门。她从门缝里往外瞅瞅，发现了乌法电影制片厂传奇式的独臂摄影师维尔纳·高克。

高克在第一次世界大战中，在凡尔登失去了一只手，但是，这并没有妨碍他成为艺术摄影大家。他对光和影的准确把握，使他令人惊异的摄影作品不止一次被放进弗里德里希大街和选帝侯大道的展览橱窗，还上了著名杂志的封面。他的出名，还因为他遭到外行们的非议，这些门外汉说他是个爱对女性大献殷勤的伟人。

"洋娃娃，咱们准备好了吗？带上你的三套衣服，咱们要忙活一整天哩。我已预订了汽车，我就在楼下的小吃店里等你。"

"我洗洗脸就下去。"

"就十分钟，洋娃娃！吻你！"

他嘴上"吧哒"一声，就急匆匆地走了。

下面小吃店的品位令人失望。它的老板不是那个想象中的普罗旺斯人，而是一个胖乎乎的家庭主妇，说不定她从前当过妓女，用她在巴黎大街上鬼混攒下的钱开了这家小吃店。端上来的廉价咖啡不是装在咖啡杯里，而是盛在鸡汤碗里，这种咖啡有一大股干菊苣根的味道，跟乌法电影制片厂甜食店里的中等代用品一样糟糕。……要知道，巴黎因有埃菲尔铁塔、红磨坊和羊角面包才成其为巴黎！

然后，他们开始工作。往下看！靠在栏杆上，再靠近一点，再近一点！放松些，不要做作！现在坐到长椅上——把胸部挺起来！往左边挪一挪，洋娃娃，掩上你的胸部！

岁月使这个可爱的维尔纳现出福态。他的脖子上挎着几个皮口袋，里面装满了相机和镜头。他唯一的一只手捏着一条大毛巾，不断擦他秃顶上的汗水。他充分发挥他在摄影方面的想象力，以求出色地完成赋予他的任务。他以巴黎为背景，恰到好处地表现了一个德国美女的绰约风姿。

希尔德十分偶然地成了他的拍摄对象。

1933 年以后，所有电影制片厂，从乌法电影制片厂和巴伐利亚电影制片厂到托比斯公司和特拉公司，都被置于纳粹宣传部，也就是瘸子约瑟夫·戈培尔的监视之下。与其说戈培尔是一个帝国部长，不如说他是一个职业赌棍，因为他耗尽了左翼"人民电影协会"的钱财。多年来，这个协会在海恩里希·曼、贝·布莱希特、凯特·柯勒惠支和贝拉·巴拉施等许多名人的领导下，成果丰硕，好莱坞也及时接纳了恩斯特·柳比奇、格奥尔格·帕布斯特、埃米尔·雅尼克斯、波拉·奈格里、伊丽莎白·伯格纳、葛丽泰·嘉宝、彼得·洛尔。在此之前，神奇的"天使之子"马伦·迪特里希同他的导演施特恩贝格一起，尽心尽力地为贝弗利山庄①工作。纳粹一上台，弗里茨·朗格就消失了，随后又在巴黎露面，拍

---

① 贝弗利山庄云集了好莱坞影星的众多豪宅，它被称为世界影坛的"圣地"。

摄了名噪一时的《百合花：一个生命的游荡与死亡》。

德国电影衰败了。《库勒·瓦姆佩》《马布泽博士》《大都会》《凄凉一条街》的黄金时代一去不复返了。

德国的经典电影已经死亡。

女导演莱尼·里芬施塔尔这颗明星陨落了。

这时，一名平平庸庸的三十岁的话剧演员和体育迷大走红运，开始拍摄所谓"山地"电影。那部不好不坏的《勃朗峰上空的风暴》，竟然打进了苏维埃俄罗斯的市场。如果能抓住机会，每个艺术家都会走红——成功和成名之路总是为他们敞开。国家社会主义党1935年的纽伦堡代表大会就为希尔德提供了这样的机会。那时候，她参加拍摄了《意志的胜利》。这部影片富丽堂皇、动人心弦，很像当时的苏联纪录片，只不过转换了一下角度，把阶级变成了种族。接下来还有一系列歌颂国家社会主义党的新影片，其中的登峰造极之作是《我们的武装力量》，它成了纳粹最为崇拜的作品，并最终形成纳粹的审美范式。女导演莱尼·里芬施塔尔积极参与摄制了后来成为国家标准的样板片，因为这部影片塑造了强大而不可战胜的德国军人的形象。这可不是肌肉发达的非洲大猩猩的形象，也同北方美女的形象毫无共同之处。这样的典型激发了纳粹的自豪感，然而，谁也没有发现，在这些标准的雅利安人中，竟找不到元首、戈林、希姆莱、博尔曼的影子。也许只是部分地暗合了上层人物中的某些美人的形体吧，只不过这些人常常站出来辟谣。

柏林奥运会又因影片《各国人民的节日》使希尔德步步

高升。人民满怀激情地称赞她的雅利安血统。美国黑人杰西·奥恩斯——奥林匹克田径场上的全能冠军，也在极其漂亮的白种人中间闪了一下。这也不坏。艺术家们懂得，阴影会使阳光显得更加灿烂。影片取得的巨大成功，特别是它受到纳粹上层人士的青睐，激励着莱尼·里芬施塔尔在1938年，也就是大战快要爆发时，继续她的事业，拍摄她的第二个系列影片《美的节日》。

这又为希尔德提供了成名的机会。

她年轻貌美，体态娉婷，还长着一对蓝眼睛和一头金发，是能生育健壮的德国儿童的未来的德国母亲的极佳形象，是高等种族的典型代表。她是一个理想的模子啊！副导演们在她耳边说些恭维话，称赞她的眼睛酷似斯堪的纳维亚清澈的湖水，如此等等。化妆师们认识了这个漂亮的配角，吻吻她的脸蛋说："我们的瓦尔基利亚女神①又回来啦！"

由于她的美貌无可挑剔，《美的节日》的导演终于相中了她。这是极其自然的事情。

"你叫什么名字？"莱尼·里芬施塔尔问她，用一个指头温柔地抹抹她的嘴唇。

年轻女性的一张脸羞得通红。可她转念又想，没关系，反正里芬施塔尔是个同性恋，说不定这也是一种母爱的表示。于是，每一个充当群众演员的女孩都梦想的事情发生了：导演把她从众人中拉到了自己身边。

---

① 在斯堪的纳维亚神话中，瓦尔基利亚女神帮助英雄们作战，并将阵亡战士的灵魂引入瓦尔加拉宫飨以酒宴。

她哽咽着回答：

"我叫希尔德·布劳恩。"

"你真棒，希尔德。我需要你。您从巴黎回来，就来找我。"

"从巴黎回来？"希尔德感到困惑不解。

大概谁也猜不出来，为什么莱尼·里芬施塔尔突然决定把这个典型的德国女性塞进《美的节日》系列作品，还要为她拍摄以巴黎为背景的照片。也许这是别人的主意，也许这是艺术家预见到了不久后极有可能发生的事情，一时心血来潮，因为现在的空气中弥漫着一股就要爆发的战争的气味。谁也搞不明白，到底是由于狡猾呢还是由于愚蠢，英国首相张伯伦已经在慕尼黑出卖了欧洲。

不管怎么说，美女希尔德·布劳恩已经争得一份合同，预领了对她来说相当可观的五百马克。她的照片将被毫无限制地用于制作电影，并刊登在纳粹的《冲锋队员报》上。广告上说，《冲锋队员报》是真正的雅利安人的报纸。

· 5 ·

希尔德沿着高高的台阶，朝着"圣心"大教堂奋力攀登。但她并没有在胶卷上留下倩影，因为维尔纳一边爬山，一边在发挥他天才的想象力，构思美妙的画面。她停下来，把头一扭，想等一等后面那个气喘吁吁的男子，因为他除了身子沉重外，脖子上还挂着几架照相机和几个镜头。他在这儿没有助手。显而易见，第三帝国想尽量节省它十分需要的外汇。最后，维尔纳赶了上来，上气不接下气地擦着额上的汗珠。

"哎，小洋娃娃，满意了吧?"他终于问道。

希尔德眺望着脚下的巴黎，满脸喜色。她活像一个征服者，似乎马上就要拿下隐藏在天边晚霞中的这座城市。城里的埃菲尔铁塔、塞纳河和河上的大桥、西岱岛上的巴黎圣母院、协和广场上的方尖碑、马德里纳巧克力专卖店……在这日落时分，仿佛都被罩在浅红色的轻纱里，若隐若现，如梦如幻。你这个无边无际、永世长存、追求浮华、充满罪恶，同时又情深意厚、趾高气扬的巴黎! 暮霭四合，城市准备沉入神秘的梦乡。

她激动地吻了吻摄影师的面颊，可他温厚地加以拒绝:

"不是这样的! 只有舅舅家的爷们儿才这样亲脸。我应该受到更好的奖励，因为是我向莱尼·里芬施塔尔提出了拍摄巴黎的设想。这是我的创意，与他人无关。我必须承认，这来自我的灵感，因为我早就盯上了你。"

他想亲她的嘴，但希尔德像鱼一样滑出了他的手心，往上飞跑，奔向那座白晃晃的教堂。

她登上高地，靠在石栏杆上。脚下就是那座雄伟的城市。这时，她感觉到摄影师的手掌碰到了她的手，一股热气冲到她的脸上。她没有把手拿开，只是奇怪地盯他一眼，又把目光转向城市。

"我真羡慕那些生在这座城市的人。我没有这个命，几乎没有。也许对我的童年来说，斯图加特就是最好的地方。可是，我的童年早就过去了，一去不复返了。我已经有十年时间没去过斯图加特，不知道父母的坟墓是不是还在老地方。然后我就到了令人讨厌的灰蒙蒙的柏林。每天都乘火车去波茨坦。然后又到了巴贝尔斯贝格……然后……"

"然后就进了乌法电影制片厂，碰到了独臂摄影师维尔纳·高克。"

她温存地抚摸着他唯一的一只手。他那只手一直捏着她的手。也许她想以此来表示对他的友情，表示她并不在乎他的生理缺陷。

"是呀，"她附和道，"然后就进了乌法电影制片厂，碰到了维尔纳·高克，一个摄影世界的天才魔术师。报上不就是这样说的吗？可是，报上并没有说，在那些充满胶水和油漆臭味的令人作呕的摄影棚里，他是我唯一的朋友。要知道，在摄影棚里，胶片就是一切。"

"有时候确实如此。一秒钟要跑掉二十四格胶片。不过，并非总是这样。你知道人们是怎么称呼银幕的吗？大家把它叫做'采金场'。对于一些好影片来说，它确实是一座金矿，我的姑娘！"他又牛头不对马嘴地补充道："你就是一座金矿。我想，我这个冒失鬼已经把你缠上啦。"

"可别这样，我可不做那种事。我担心我不会爱上任何人，永远也不会爱上任何人。"

"别急，你才二十三岁。"

"你要知道，二十三岁的人已经明白事理。在剩下的岁月里，他们要学习的只是生活的细枝末节。"

· 6 ·

维尔纳和希尔德在教堂后面一家为游客开设的小餐馆里吃晚饭。许多艺术家迁居到了这里，他们成年累月地为顾客当场作画，而这些画只有一个题材，就是"圣心"大教堂。巴黎的这种纪念品只值十个法郎。谁都不会感到奇怪的是，在这些画匠的眼里，凡·高简直就是一个圣人，而坐落在那条陡斜的街道上的餐馆，则被命名为"圣文森特"① 餐馆。

希尔德用她的餐叉翻动着餐盘里的食品，喝了一口葡萄酒，又继续翻动食品。维尔纳似乎想教训她：

"你喝得多，吃得少。"

她不服气，回敬道：

"你吃得多，喝得少！"

显然，她的思绪飞到了别的地方，对陶罐里那只该死的Coq au vin（红酒焖公鸡）毫无兴趣。

过了一会儿，她又心平气和地开口说道：

"你还没有告诉我你的妻子、你的孩子的情况。你有几个孩子？两个还是三个？"

"两个。一定要告诉你吗？"

"无所谓。不过，我很想了解我的同胞的情况。就是在现

---

① 荷兰印象派画家凡·高的全名是文森特·凡·高。

在……"她瞟了一眼手表，"晚上九点二十六分……正是在这种时候，就连德国很有学问的中年男子，也要吹嘘他们年轻时勾引过多少姑娘。待在家里多寂寞啊，虽说他们的妻子又善良又忠诚，可也不能理解他们……如此而已。"

摄影师诚恳地笑了笑：

"你真是个魔鬼！"

"我就是这种人，厉害吗？"

"可不要瞎说。你很温柔，身上有一股'蒙布多尔'香水味。是我早上送你的吧？我真的很顾家，但这从来就没有妨碍我观赏周围的美景。这种爱好使你感到为难吗？"

"一般说来，当然不。不过，你起码是坦诚的。在这方面，多数男人是骗子，在没有得手之前……总是这样。"

他瞄了她很久。他在提出问题之前，想从她的脸上找到答案。

"我是不是也'总是这样'？"

"是这么回事，我亲爱的朋友维尔纳。今天嘛，你就是罐子里的那只公鸡。我们喝了这些酒，准会胡说八道的。咱们走吧，我累啦。"

· 7 ·

深夜，在这家小旅馆里，只有床头橘黄色的灯光照着整个房间。希尔德穿着睡衣，正在看书。这时，门开了，维尔纳蹑手蹑脚地钻了进来。只有这个独臂维尔纳才有本事在胳肢窝下夹了一瓶香槟酒，同时又用另一只手捏着两个杯子。

"可以吗?"

希尔德漫不经心地回答:

"你都进来了，才问。"

他装着没有听见，坐在床边，默默地把酒杯放在床头柜上，然后用他胳膊肘上的残肢把酒倒在杯子里。

她没有沾他递给她的那杯酒，而是把杯子放回到床头柜上。但她亲昵地把他的手拉过去，放在自己的手里。

"听我说，维尔纳。维尔纳·高克，世界知名的摄影师和我的朋友。听我说，咱们要保持清白。你明天就要回柏林了。"

"据我所知，咱们两人一块儿回去。"

"你的消息不灵，你是一个人走。我要留下来。我不想成为莱尼·里芬施塔尔艺术品中的雅利安模特儿。我现在还厉害吗?"

"你身上有一股'蒙布多尔'香水味儿。你对你的所作所为，深思熟虑了吗?"

"我已经想明白了，已经从道德法典的第一个字母读到了最后一个字母。"

"除了道德法典，还有一部刑法典。"

"只有对那些手中握有刑法典的人来说，这部法典才起作用。"

"你说得对。从今往后，再也不会在巴贝尔斯贝格看到你了吗?"

"我们不是朋友吗？永远也不会有'再也不会'。我身上只有五百马克，我就把这些马克当成本钱。这是我用诚实的劳动换来的，胶卷都留在你那里。让《冲锋队员报》拿去沽名钓誉吧。往后呢，走着瞧。"

摄影师沉思片刻，摸了摸了自己的脸，叹了一口气。

"你一开始就让我长了见识。以巴黎为背景照相这个愚蠢的想法，居然是我提出来的。"

"对不起，我只对你尽了我的微薄之力。我本来还可以为你做得更多些，可你怜惜我，因为我是一个犹太人。"

乍一听，摄影师简直不敢相信她的话；刹那间，他惊讶得跳了起来。

"什么？你说什么？"

"你听得很清楚：我是一个犹太人，我父母都是犹太人。"

她的话语慢慢钻进他的脑子。随后，维尔纳突然大笑起来：

"不，你这是在开玩笑！"

"正是这样，我亲爱的维尔纳。犹太人伊希多尔就开过这样的玩笑，他在接受洗礼时取名为西格弗里德。跟他一样，希尔德·布劳恩并非出自希尔德布兰德家族，也不是出自布龙希尔德家族。我出生时名叫拉希尔·布劳恩费尔德，这是我父亲的主意。随后，我们一家迁到了斯图加特。在奥匈帝国统治时期，他的公司名叫'布拉乌菲尔德帽业，宫廷供应商'。随后，奥匈帝国灭亡了，事情就发生了变化。他破产了，我们就搬到了斯图加特。那儿的人不喜欢犹太帽子，宫廷供应商也不吃香。为了活命，全家改信基督教，布拉乌菲尔德就改姓布劳恩。我是犹太教和基督教的复合体，跟你们的优等雅利安人种毫无共同之处。”

·8·

两人站在圣拉扎尔车站卧铺车厢前，头上是站台空荡荡的拱顶。

希尔德首先打破沉默：

“你比我有经验。在这种场合，该说些什么呢？”

“说点分别时的吉利话呀。”

“好吧。我知道，你是个伟大的摄影师，酷爱电影。你在摄影和电影两个领域都有天才的创意。我现在懂了，你真能干。要是这些话使你感到头痛，那就请你原谅。不过，c'est la vie.① 谢谢你，我会记住你的。祝你一帆风顺。”

“是呀，我现在……我对我拍摄的所有雅利安人种的照片简直无话可说。我不会把它们交给莱尼·里芬施塔尔，就让它们好好待着，等着德国去改变世界吧。我也会记住你——你是我认识的最可爱的姑娘，第一个没有受我引诱的姑娘。”

他把手伸进西服里层的口袋，摸出一个钱包，用残肢把它顶在胸上，又用另一只手灵活的指头在钱包里翻寻。

他抽出一张支票，把它揣进她的上衣口袋。

---

① 意为“这就是生活”。

"这是两千法郎的旅行支票，他们让我用它来预防不测。你呢，前途未卜。我还想说，这是命中注定。收下吧，会有用的。我是电影界的一只老狐狸。你现在可以同我吻别了。"

她抱住他，在他脸上一阵亲吻，随后又连忙说道：

"我知道，我知道，只有舅舅家的爷们儿才这样亲脸。不过，这世界上有太多相亲相爱的人，这些善良的老爷子可都是些无价之宝。我爱你！"

汽笛鸣响，乘务员请卧铺旅客回到车厢。

"祝你成功。希尔德……你就还用这个名字吧。你今后的日子不会轻松，但我相信你能对付。我感觉到了这一点。你现在就待在站台上，我要在窗口向你挥动毛巾，为你祝福。"

……维尔纳撷起包厢的窗玻璃，探出身子往外张望。但是，希尔德已经不在站台上。他发现她夹杂在车站入口处的人流中间。

"希尔德！"他喊道，然后又扯大嗓门："希尔德！"

她没有回头看他，只是举起一只手挥了挥，同他告别，然后隐没在人群之中。

· 9 ·

伊丽莎白是已经失踪的小提琴演奏家特奥多尔·魏斯贝格的夫人。用一般标准来衡量，她长得不算漂亮，而从某种意义上来说，甚至显得不够匀称。然而，她体态端庄，英姿飒爽，特别是现在，当她穿着昂贵的蓝色狐皮大衣走路的时候，她高尚的气度越发显现出来。就是在繁华的德累斯顿，像她这样在雨雪天步行在街上的女士，也会引来众人的目光。德累斯顿不乏世袭的贵族，他们经常进出茨维格尔宫①——德国数一数二的博物馆。即使在这样的氛围中，伊丽莎白·米勒-魏斯贝格女士的仪表也不同凡响！

雪花飘落在柏油路上，很快就融化了。要打出租车，非常困难。为了节省汽油，这种交通工具受到限制。她有急事，不可能排队等候出租车，于是就决定步行。对她来说，今天这个日子特别重要。

她花了很多时间，跑了好几个地方寻找监护人，最后总算有了结果：国家歌剧院颇具权威的经理、纳粹长官哈斯勒答应同她谈一个小时。她打电话询问了哈斯勒的副官，然后产生了这样的印象：上尉有意推迟会见，是想表明这样的会见非常重要，很有意义。

德累斯顿交响乐团其他被捕乐师的夫人对她们丈夫的命运，至今仍然一无所知。她们想方设法打听丈夫的下落，但是处处碰壁。帝国警方虽然很有礼貌，但是守口如瓶，推说毫不知情。最后，有一个警察悄悄告诉伊丽莎白夫人，这些乐师不是被关在警察局里，甚至也不是被关在盖世太保的地下室里，只有纳粹党的上层人士，具体说来，也就是党卫队的头头，才能解开这个谜团。

———————————

① 茨维格尔宫，德累斯顿市内的宫殿建筑群，建于 1711—1722 年，晚期巴洛克式的外形，装饰精美奇巧，1945 年被美国空军炸毁。

她今天就要会见洛塔尔·哈斯勒。据说，这家伙架子很大，高高在上，颇似骑在白象背上的印度旁遮普王子。

伊丽莎白夫人走到一座坚固的大楼前面，停下脚步。这座 11 世纪末建造的笨拙的巴洛克式楼房，看来是一个军事机关。她径直向大门口身着军装的警卫走去，通报了自己的姓名，说她约好要见何人。警卫走到旁边装着玻璃墙的电话亭里，拿起了电话听筒。一分钟后，他很客气地请她进去。入口上方的巨型圆圈里安放着一个"卐"字，一只凶狠的鹰用它的利爪踩着一个橡木制作的镀金花环。

她大着胆子走过人声嘈杂的大厅。大厅的地面装饰着大理石图案，而厅里的圆柱使人觉得，纳粹总部的这个建筑物过去是一家信誉卓著的银行。当她朝着宽展的台阶走去时，不止一两个人从后面向她投来钦羡的目光。由于歌唱家米勒-魏斯贝格名气很大，那些军官都很有礼貌地向她行了举手礼，为她让道。

伊丽莎白在副官、女秘书那儿办完例行手续后，很快就被请进一间很大的办公室。办公室的护墙板是用细密的橡木制作的，已很陈旧，使人感到这地方昏暗冷穆。不过，天气炎热时，这里倒很凉快。办公室的一头摆着一张厚实的橡木会议桌，桌子的四条腿十分粗壮。桌旁有一些座椅，而房间的一角摆着绿颜色的皮沙发。这一切都说明，这个办公室过去属于哪位要员，而现在却被德国新的统治者霸占了。副官让她在自己前面走了几步，然后把两个脚后跟一并，向长官报告说："长官，米勒-魏斯贝格太太听候您的指示。"

洛塔尔·哈斯勒从办公椅上站起来，在烟灰缸里捻灭了烟卷。

看到这个大办公室，伊丽莎白渐渐失去了自信。哈斯勒朝她走来。

"夫人，见到您，我很高兴。"

他俯下身子吻她的手，可她怯生生地把手缩了回去。她环顾四周，觉得自己掉进了陷阱。

在她吐出第一句话以前，哈斯勒长官始终用他那双水汪汪的眼睛死死盯着她。

可她沉默着，不知从何说起，也不知以哪种方式开头。

"请允许我……"哈斯勒长官终于把手伸过来，想帮她脱去昂贵的蓝色狐皮大衣。

女士迟疑不决地脱下大衣，哈斯勒长官随手把它抛在沙发的扶手上。

他示意她坐到一张小桌旁，桌上早就摆好了盛着白兰地的水晶长颈瓶和两个酒杯。哈斯勒斟上酒，默默端起酒杯，装着十分好客的样子，想同她碰杯，可伊丽莎白没有动她的杯子。

"咱们就开门见山吧，哈斯勒先生，"她终于决定尖锐地提出问题，"我丈夫在哪里?"

"您就像俗话所说，头上长角。好吧。您知道，我是您的监护人，我会尽力为您找到您的丈夫。"

她抬起满含希望的眼睛。

"我将非常感激。求求您放了他吧。"

"为了您，亲爱的夫人，我当然愿意这样做。我只为您一个人这样做。我们不是一些随便糟蹋民族精英的冒险家。我们真心实意信赖精神领域的人才。没有他们，我们这些政治家就都是些如风似雾的虚架子……不过，您丈夫的问题不是那么简单。"

"为什么？您不是说他是一个……您刚才说的'民族精英'吗？"

"可是这一回，这不管用，因为他是犹太人。一般说来，犹太人和其他诸如此类的人物对国家没有用处。有关材料无可辩驳地证明，他不属于雅利安人种。"

"他没有隐瞒这一点。您就是为了告诉我这些，才接受我的拜访吗？他现在在哪里？"

"是呀，在哪里呢……我也不知道。我已经下令进行调查。我从来不过问别人的私事，不过，我想奉劝您好好想想，你们这种婚姻会有什么结果？我理解，从道理上说，这有困难，但是在我国，情况已经发生了翻天覆地的变化。不能把个人的道德置于整个民族的利益之上。请相信我，你们离婚吧，这对两人都有好处，对您的威望和前途来说更是如此。您是雅利安人，而他呢……"

"您已经说过，他是犹太人。不过，这是我们个人的事情。"

"这是新德国的问题，是德国的国家政策的问题，亲爱的夫人。"他轻言细语地说，"你自己可以闻闻周围空气的味道。是呀，我们对去年 11 月那天晚上的胡闹表示遗憾，不过，我们不是总能掌控人们合法的愤怒。"

"我想，你们根本就不想掌控。所有那些事情都是你们的人干的。"

"我们的人？他们已经受到法律的严厉惩罚。要是哪个老百姓喝得烂醉如泥，砸了邻居家的窗玻璃，一个乡村神父管得了吗？"

"咱们别扯什么乡村神父，哈斯勒先生，您要我来，是要同我谈谈释放我丈夫的条件。"

洛塔尔·哈斯勒满脸堆笑。

"亲爱的，您说得不够准确。我在电话里对您说的是'方式'。咱们就来谈谈用什么方式释放他。咱们不是口头说好了吗？"

伊丽莎白犹豫了一下，然后打开高价鳄鱼皮包，把里面的东西统统倒在桌上。

这是几样沉甸甸的贵重的金首饰，十来枚旧金币，一些戒指，几个白金制作、镶有钻石并带有耶稣受难像的十字架，突厥首领的冠冕，珍珠项链，以及一些小件金银和象牙制品。

洛塔尔·哈斯勒压根儿就没有正眼看这堆宝贝，他的两只眼睛一直在这个女人身上打转。过了一会儿，他才装出不屑一顾的样子，用手拨弄拨弄这些珍宝。

"这点东西就是您丈夫的价值吗？我本不想说，这太少啦，不过呢……"

她不解地瞅他一眼，然后又把结婚戒指往桌上一扔。戒指在桌上转了一圈，丁当一声倒在玻璃桌面上。

"再也没有了，就这些。但愿您能满意。"

"干吗这么粗鲁啊？真没想到，一个在肯尼迪艺术中心唱过歌剧的女士竟然是这样……随您的便吧，女士。"

洛塔尔·哈斯勒走到办公桌前，从抽屉里拿出两份护照，摔在小桌子上——就摔在伊丽莎白全家的珍宝和结婚戒指的旁边。

"好吧，我也粗鲁一回。这是给您的两本护照。这些准许离开帝国疆土的通行证，只有四个月的有效期，您要在这段时间里收拾好东西，同您的犹太人一起见鬼去！不过，希望您能获得自由……"

哈斯勒长官绕着小桌子转了一圈，走到伊丽莎白身边，一把将她拽过来，贴着自己的身子。她闻到一股烟味和"邮政马车"牌科隆薰衣草香水味。

"为了他的自由，我需要你！干什么事情都要付出代价，你就要付出这种代价……光靠一些小玩艺儿是不够的。"

伊丽莎白站在那儿，像是僵住了，脸色苍白。她本能地瞟了皮革饰面的大门一眼，指望副官能在此刻出现，使她得救，发生奇迹。但是，奇迹没有发生，就连电话也没有响一下。

洛塔尔·哈斯勒死死盯着她，不慌不忙地把手伸进她的衣服，摸她的胸部。

伊丽莎白依旧往大门那儿瞅，可女秘书和副官都没有进来。

他们也不会进来。

· 10 ·

希尔德沿着塞纳河左岸叭哒叭哒地走着，嘴里使劲嚼着法棍面包，吃得很香。只有旅游者吃东西时才这样随随便便，因为他们不怕碰到熟人。

希尔德自然更用不着担心。三个星期以前，她已请求警方延长 Droit de séjour（居住权），允许她继续留在法国，现在仍在等待。尽管她已向警方说明，她是犹太人，正受到第三帝国反犹法的威胁，但是，警方的态度依然冷淡，尚未答复。她的签证即将过期，而在法国，非法居留总是受到严格控制——如果不受欢迎的外国移民已经受到当局的监视的话。实际上，即使没有她，仍然有许多签证过期的人、持有假证件或者根本没有证件的人待在巴黎。但是，如果法国警方把她当成逃犯驱逐出境，交给德国边防当局，那就非常危险。每天都有这样的事情发生。要是她也遭遇不测，被盖世太保抓住，被迫请求盖世太保宽恕她的轻举妄动，那就谁也不会为她掉一滴眼泪。

暮春时节，塞纳河水缓缓流动，河上漂着小船和满载货物的驳船。画家们在长长的石堤上摆出水彩画，小贩们不仅出售旧书，而且还出售上个世纪的复活节贺卡、招贴画、旧邮票、可可粉、甜酒或者画着一根手指为行人指示厕所的旧时搪瓷招牌。大概收藏家们青睐所有龌龊的东西，特别是能在巴黎买到的东西。

她沿着河堤朝伏尔泰码头走去，对岸耸立着雄伟的卢浮宫。天边布满红彤彤的晚霞，这预示着明天清晨将有大风。对面博物馆的窗玻璃像是着了火，河面的涟漪反射着火光，忽明忽暗。

要是希尔德对政治稍有一点兴趣，她会明白，即使天边没有这血色的残阳，明天的欧洲也会出现风暴。

即将爆发的大战的最后一场彩排——血腥的西班牙内战已经结束，法西斯的军队打败了共和国的人民阵线。曾经显示了国际社会对共和国的支援的希望之星——国际纵队，也遭受了重大损失。比利牛斯以北的法国营房里塞满了操着各种语言的残兵败将。与此同时，纳粹德国利用混乱的局面，在西方熟视无睹的情况下，相继并吞了奥地利和捷克。

但是，不管在西方还是在东方，都有类似于"猪槽争食"这样的俗语。所有的欧洲国家都在边境地带秘密结集军队，采取特殊安全措施，暗中动员预备役军官。尽管众口一词，都说国际条约得到维护，受到监控，不存在任何紧张局势，就像一首歌所唱的那样：Tout va très bien, madame la Marquise...①

---

① 原注：这是当时流行的一首歌曲，意为"一切都很好，侯爵夫人"。

* * *

老百姓当然知道这位脑子进水的侯爵夫人的劣迹,因为她明明看见大火已经燃烧起来,却还是对大家说,一切都很好。老百姓看见,各地都在贮藏粮食、燃料和血浆。

如果说有谁仍然抱有幻想,认为可以通过外交上的相互妥协,使欧洲的冲突和第三帝国的领土野心受到遏制,那么,只要他翻翻报纸就会发现,远东已经发生了重大事变。在那里,日本早就兼并了朝鲜,而从 30 年代初开始,它又一味染指亚洲大陆,侵入满洲里,建立了新的"满洲国"。中国封建王朝的傀儡溥仪让日本人肆无忌惮地统治那片同苏联的盟国蒙古人民共和国接壤的土地。

1938 年 7 月,远东的苏联红军同日本军队在张鼓峰湖畔发生了军事冲突。十个月以后,日本关东军在小松原道将军的指挥下,再次同红军在诺门坎展开血战。直到现在,一些国际通讯社仍然把这些冲突视为边境事件,但在实际上,它们预示着一场规模更大的战争。

在东南亚,法属印度支那也发生了反对殖民主义的暴动,领导这场暴动的是此前默默无闻的法国共产党员胡志明。他经常出没于蒙帕尔纳斯的咖啡馆,曾在西贡和曼谷坐牢。他是一位诗人和记者,原名阮必成,而胡志明则是他的化名。

闪电撕碎了天空下脆弱的和平,欧亚大陆面临一场风暴。但是,希尔德对这一切不感兴趣,她同政治相隔十万八千里。

她沿着八月码头继续往前走，拐上西岱岛上的大桥，停下脚步，望着宏大而又精美的巴黎圣母院，看得简直出了神。码头上这些五颜六色的哥特式建筑，还有那两座高塔，令人赏心悦目。

她想起了在克瓦齐莫多和埃斯梅拉达度过的学生时代……

她啃着法棍面包，望着巴黎这些中世纪的建筑，站了很久。突然，有人低声而又热情地对她说道：

"我送您这张大教堂的照片。是给您照的！"

她没有发现这个青年是什么时候走近她的。他用胳膊肘碰了她一下。这个南方人皮肤黝黑，长着一张瘦削的乡下人的大脸。也许他就是她想象中的那家小吃店的服务员吧？他的举止透出一种年轻人的开朗和乐观。

"谢谢，您真大方。"

"区区小事。您是美国人吗？"

她大张着嘴，摇头表示否定。

"那就是瑞士人。啊，我猜出来啦——荷兰人。是荷兰人吧？您会讲法语吗？"

"在西岱岛上，大家都说法语，可在普罗旺斯，人们都像奶牛那样哞哞乱叫。"

"看来，您是德国人，一定是德国人。我猜，您不赞成希特勒，是吧？"

"我受不了啦。"

"天哪！Röslein，Röslein rot，Röslein auf den Hei-den..."① 他唱起来，而希尔德还在嚼她的法棍面包。

"您该不是德国人吧?"她问道。

"上帝保佑，我是一个普通的捷克人。我想说，卡夫卡在布拉格时，曾用德文写作，而你们却在萨克森像奶牛一样哞哞乱叫。您知道有一座小城名叫布拉格吗? 看我胡说八道。你们不是刚刚占领了布拉格吗?"

"这可不是我干的。我那时恰好在拍电影。"

"太好啦! 咱们就一块儿吃晚饭，您就给我讲讲电影的事情。"

"你脸皮真厚!"

"我们波兰人都是这样。"

"您不是说，您是捷克人吗?"

"我说过吗? 您真是吹毛求疵。"

"我想问问，您叫什么名字?"

"我的名字?"他抬头望望天，略一思忖，回答说："我叫弗拉德克!"

"这是一个假名。"

"您是怎么猜到的? 您的名字是……弗罗伊兰吧?"

"我叫希尔德。"

"真的吗?"

"为什么? 需要隐瞒自己的名字吗?"

---

① 意为"小玫瑰，小红玫瑰，草原上的小玫瑰……"

"这儿的外国人全都说假话，包括名字、住址、民族、情人和政治观点。所有一切！既然法国当局想知道你的情况，你就要把你最重要的信息隐藏起来，因为他们随时都会对你下手。巴黎有成千上万干这种坏事的人。大家都在等美国签证，要求延长居留时间，获得新的个人证件和过境许可证，争取工作的权利，要求加入法国籍或者政治避难。巴黎是欧洲最大的避难所。成千上万的人已经绝望，毫无出路，实在可悲。要我说，您正在等着换钱，因为您的法郎已经用完。"

"您怎么知道？"

"有钱的旅游者不会干啃法棍面包，不会不抹黄油、不夹火腿。没关系，您不是答应过我，咱们一起吃晚饭吗？"

"我可没有说过这样的话。"

"您说过！"

这个长着一张乡下人大脸的善于随机应变的家伙开始逗她。她哧哧笑了，说道：

"当然啦，咱们一起吃晚饭。没有办法！"

他小心拿过她手里的法棍面包，把它扔进了塞纳河。

"就让河里的鱼儿也能猜到，德国旅游者到了巴黎！"

· 11 ·

他们在拉丁区的一家饭馆用餐。人行道上密密麻麻地摆着许多桌子，桌子上方罩着直条花布制作的遮篷，服务员侧着身子在餐桌之间穿梭往来。

希尔德满腹狐疑地观察着自己的伙伴：他把牡蛎肉从牡蛎壳上剔下来，用餐叉送到她的嘴里。她和着口水，囫囵吞枣地把牡蛎肉咽了下去，又赶忙喝了一口葡萄酒。她新认识的这个小伙子——谁知是捷克人呢还是波兰人，抑或是其他什么地方人，看见她这副模样，忍不住笑了起来。

一切都不尽如人意。当希尔德发呆似地望着街上的行人、车辆和游客时，一串带血的羔羊肉又送到她的眼前。她平时有自己的饮食习惯，总是对生肉感到恶心，可是这一回，她居然像野人一样，把心一横，一鼓作气吞下了这串羊肉。

随后，不知不觉中，新伙伴一个接一个地到了。一些她不认识的人把桌子同他们的桌子拼在一起，新搬来的椅子也摆在这些桌子的旁边。很显然，这是人们聚会的一个场所，其中大多数是年轻人。大家操着某种斯拉夫语——可能是捷克语或者波兰语，也可能是俄语，总而言之，希尔德分辨不出这几种语言。他们的谈话中有时又夹杂着一些西班牙单词，她在这种斯拉夫语中捕捉到了几个城市的名字：特鲁埃尔、马德里、阿利坎特……

她并不愚蠢，不会猜不出他们在谈些什么。就在不久前，报上还充斥着这些西班牙地名。德国广播电台曾大肆吹嘘说，德国空军的王牌飞行员在同苏联飞行员的空战中功勋卓著。双方都把自己称为"志愿军"。其中一个人说着说着，莫名其妙地哭了起来。他显然是喝多了。毫无疑问，这些年轻人遭受了苦难，在公开或秘密返回祖国之前，花光了所有的钱。

另一方面，所有人对她都很温存，尽量讨她欢心，不停地为她斟酒，而她也感到兴奋，喝了一杯又一杯。

……这群人现在走在"亚历山大三世"桥上。希尔德心花怒放，竟脱了她穿了一天有些硌脚的皮鞋，打起赤脚来。她新结交的朋友，那个灵机一动取名弗拉德克的朋友，把她那双鞋拿过去，远远地扔进河里。当弗拉德克也脱下自己的鞋子，把它们扔到河堤那边时，她根本就没有表示反对。

"咱们就这样光着脚，走在生活的石子路上。"

接着，吃了败仗的西班牙共和国的保卫者们就都脱下自己的皮鞋，从"亚历山大三世"桥上把它们扔到塞纳河里。此刻，所有人都愿意赤脚走在生活的石子路上。

从桥下的码头上传来流浪者的喊叫声：

"哎，你们这些人疯了吗？"

"我们真的疯啦！"有人回应。

"那就到我们这儿来吧！"

"你们有酒吗？"

"你们有烟吗？"

双方谈妥后，一瓶瓶廉价的葡萄酒就从一个人的手里传到另一个人的手里。这些年轻人露宿桥洞，他们也是从国内战争的前线逃到这里来的难民。此刻，塞纳河的河水闪着斑斑点点的亮光。

两小时后，有人唱起了《马赛曲》。显而易见，攻克巴士底狱的时刻到了。

"我累啦……"希尔德羞羞答答地嘟囔道。她已经没有力气参加革命行动了。

弗拉德克抓住她的手，两人神不知鬼不觉地踏上了河岸边的陡坡。

"你住在哪儿?"他们登上桥后，他问道。

她有气无力地四下里望望。

"住得很远，在伊夫里那边。"

"太晚了，地铁停运了，离早上头班车还有很长时间。咱们没有必要把钱花在出租车上。你到我那儿歇歇吧……我就住在附近。阁楼虽然小点，但是还能凑合。你是不是害怕?"

"我才不怕哩。"希尔德壮着胆子说道。

"就这样吧，我们是不会欺负喝醉酒的女人的。"

"我没有喝醉!"

"你当然醉啦。清醒的人不会把鞋子扔进河里。"

"那是你扔的。"

"是我扔的吗? 别婆婆妈妈的。"

两人打着赤脚，拉着手，走过了此刻空无一人的"亚历山大三世"桥。

·12·

希尔德住在这个令人百思不解的年轻人那里。他仍然不肯吐露自己的名字和国籍。不过，她很快乐，觉得受到保护。他的马马虎虎，或者说他佯装出来的无忧无虑，深深打动了她。使她感到欣慰的还有，他没有叫她的真名字，而是称她为 Röslein——一朵小玫瑰。她既不知道他靠什么生活，也不知道他待在巴黎想干什么。只有一点是清楚的：他在等着什么，而她又不便问他在等什么。她根本就不想问他，因为她很清楚，他总会嘻嘻哈哈地以一句玩笑敷衍过去。

只有一次，当她怕冷，蜷缩在他怀里时，她才端出了一个早就隐藏在她心底的问题：

"那天晚上在饭馆吃饭时，你们讲的是哪国语言?"

"葡萄牙语。"他毫不犹豫地回答。

"胡说。这是一种斯拉夫语。"

"是吗?"他露出惊讶的神色，"我觉得这是葡萄牙语。"

她想从语言学的角度提出怀疑，但他用一个吻封住了她的嘴。

有一天，他们到街区电影院去看让·加宾的《逃犯贝贝》[①]。她发现那儿加映的纪录片都以西班牙为题材，于是问道：

"你是一个无政府主义者吗?"

"不，"他回答说，"我通晓多种语言。"

这并不是全部真相。她还要过很长很长时间，才能把事情全搞明白。但是，到那时，她就不可能再提出问题了。

自从希尔德住到这个化名弗拉德克的青年这儿来后，一个星期过去了。这一天，她走在街上，两手搂着一个很大的

---

① 让·加宾（1904—1976），法国电影演员，拍有《异想天开》《雾漫漫的滨河街》等影片。《逃犯贝贝》为加宾 1937 年参与拍摄的一部诗意写实主义电影。

纸口袋，里面装着面包、葡萄酒、两块生牛排和一点生菜。在她年轻的保护人出门几个小时，干些她不知道的事情时，她就把家务事全都揽了下来。

她沿着旋转楼梯爬到阁楼上。在当时的巴黎，一半的楼房都有这种旋转楼梯。它们已经老朽，不便走路，嘎吱作响。她叫了一声"弗拉德克"，发现没有人回答，就缩手缩脚地把头探进阁楼。

阁楼上一片狼藉：衣服撒了一地，抽屉已被打开，书籍横七竖八，弗拉德克铺在地上睡觉的床垫开了膛，被扔到居室一角，床垫里的海绵露了出来。就连她从德国带来的小箱子，那只装着她出差三天所需物品的小箱子也被打开了，箱子的衬里已被刀子划破。仿佛一阵飓风横扫了阁楼，把居室里的东西刮得满地都是。

希尔德木然地站在阁楼门边，手里仍然抱着那个纸袋，不知道发生了什么事情。

她突然听见胖胖的看门人沉重的喘气声。这个女人正在吃力地沿着楼梯往上爬。

"Et voilà, mademoiselle!① 这是那些笨蛋——警察干的。翻箱倒柜，搞得乱七八糟！"

"为什么？"希尔德喃喃问道。

"您以为他们会告诉您为什么吗？我想，十之八九，这位年轻先生是从战俘营里逃出来的，总之是这类人物。可怜啊，

---

① 意为"小姐，没有办法！"

他什么证件也没有。警察把他带走啦，就是这么回事……但我不相信他是小偷或者罪犯。这么一个有教养又可爱的年轻人！"

看门人说的好像不全是真话。全世界的看门人都对受到警察监视的房客没有好感。她叹了一口气，很有礼貌地问道：

"您是留在这儿呢，还是……因为今天卢布兰先生路过这里，说是想停了你们的煤气和电。他还说，那个年轻人已经有两个月没有付房租……"

"不，我不留下。"希尔德斩钉截铁地回答，尽管她还不知道她要到哪儿去。也许她要再次回到那家只亮着一颗星星的小旅馆。

"小姐，您要付一百九十二法郎。"

她在自己瘪瘪的钱包里翻了翻，递过去两张钞票。

"零钱归您。"

"谢谢，小姐……真对不起，不过……"

看门人往下面楼梯拐弯的地方瞅了瞅，断定没有人偷听，就神秘地问道：

"对不起，那位先生该不是德国间谍吧？"

"不，"希尔德回答说，"他是个语言学家。"

看门人会心地点了点头，好像是听明白了。

· 13 ·

两辆黄包车不顾危险，紧紧靠在一起，并排奔跑在昆山路上，车夫的光脚板在油腻、潮湿的柏油路面上均匀地发出啪哒啪哒的声音。他们灵巧地穿行在街道左边杂乱的黄包车、自行车和稀稀拉拉的汽车中间，谁也没有落下半步。英国人把本国的交通规则搬到了上海，车辆都靠左行驶。一辆黄包车上坐着一个年轻的中国人，他身穿一件白色绸衫，头戴一顶白色巴拿马帽，像贵人一样摇着扇子，架着二郎腿，露出一副潇洒而又得意的神情。另一辆黄包车拉着他的行李——一个大皮箱。皮箱上贴满了世界各地的饭店和景点花花绿绿的时髦标签。主人一般不会撕下这些标签，因为它们是权威和社会地位的象征。人们对街上的这种景象早已司空见惯，因为每天都有中国富商从缅甸、苏里兰、澳门来到这里，也有不少人来自美国。他们虽然并不缺钱，但一般不去旧金山、洛杉矶的夜总会、饭店、妓院、赌场挥霍，现在回到自己先人的祖国，也是想找点赚钱的机会。

　　拉行李的那个苦力，在习惯性地用光脚板在柏油路上踏出啪哒啪哒的声音的时候，常常好奇地扭过头来，把旁边黄包车上的客人瞟上一眼。"他娘的，这是啥世道啊！男人都变成了女人，还摇着檀香扇，活脱脱是个将军的姘妇。而那些女人呢，她们反倒在干些男人的事情，成天在酒馆里鬼混，甚至还跑去当兵。待嫁的闺女不在木楦上纳鞋底，而是像麻雀一样整天颠来颠去，叽叽喳喳。唉，说句良心话，这叫不守妇道。不过呢，这么干倒也不赖！要不然，等她们老的时候，拖着两只小脚，还得让年轻人背她们去烧香拜佛。你别向我解释，先生！我可知道老年人的那双小脚。难道我没有背过我妈去城隍庙烧香吗？……只不过那时呢，男人就是男人，中国人就是中国人。他们懂得，白衣服是丧服，白颜色是死亡的颜色。他们自小就知道这层意思！可你呢，先生，你却穿着白衣服，就像你妈死了一样。不过，你又兴冲冲地东张西望，这又像是你妈还没有死。呸！"

这个苦力就这样同旁边黄包车上穿着白绸衫、趾高气扬的先生暗中对话。甚至他的两片嘴唇也在兴奋地上下翕动。可那位先生呢，他摇着扇子，并不怀疑苦力在同他进行一场有关时代的辩论。

在昆山路同四川路交会的路口，两个车夫放慢了速度，熟练地两脚蹬地，止住惯性，一前一后地把黄包车稳稳地停在人行道上。出现在他们面前的是一座红色楼房，矮矮的两层楼房。这座楼房就像中国式英语一样，不中不洋，被紧紧夹在殖民主义风格的许多石墙大楼中间。但是，它在孤独中又显得可爱和古朴，楼顶的四角装饰着中式飞檐，而顶部则铺着绿色的琉璃瓦。二楼的窗户很小，上面饰有金黄色的木雕花纹图案，使得楼房的红色显得更加鲜艳。楼房的旁边闪耀着三串垂直的霓虹灯。在上海的商业街，霓虹灯昼夜闪亮，吸引着来往顾客。横向的一块招牌倒很朴素，上面写着拉丁字母的 FOTO AGFA。不知道在中国话里，这些拉丁字母怎么发音，也许它们的功效是同那三串霓虹灯一样的吧。

楼房大门紧闭，玻璃窗的上方挂着一块写着英文和中文的牌子："停止营业"。大概现在是午休时间。夏天一到，天气闷热，下午五点以后海风才会吹来。这位坐着黄包车抵达的傲慢的中国人，接连按了几次门铃，才有人把门给他打开。他往橱窗扫了一眼，看见橱窗里的人都亲热地瞅着他。这是些手工上色的非语言能够形容的嘉宝、罗杰斯等美国明星的照片。明星周围还贴着一些个人照和集体照，这说明这家照相馆能把单调的黑白照片变成彩色照片。中国人很喜欢这种业务，愿意花一点钱为一张黑白照片涂上色彩，使灰暗的生活变得金光闪闪！

门开了。随着一声铃响，一个浅褐色头发的大个子出现在门口。他长着一对水汪汪的明亮的眼睛，一张胖脸上大汗淋漓。他头发蓬乱，整个模样让人觉得他是一个潦倒而又喜欢酗酒的欧洲人。看得出来，他刚刚睡完午觉，因为他大声打着哈欠。

"你好，先生，我的货到了。"这个中国人讲着英语，摘下巴拿马帽，既有礼貌又不失尊严地鞠了一躬。

"啊，货到了……很好，搬进来看看吧！"他接着又打了一个哈欠。

客人向拉行李的苦力打了一个手势，这个苦力尽管同乘客有过"辩论"，但他仍然顺从地把大皮箱从车上抱下来，提着它一路小跑，送进屋里。他的小碎步说明他十分卖力，这当然会增加他的小费。客人付给两个苦力一人一张皱巴巴的钞票，挥了挥手，要他们快走。

但是，两个苦力并没有走，他们叽叽咕咕地埋怨客人给得太少，嘴里不断冒出"米斯托、米斯托"的恳求声。世世代代以来，在中国式英语里，"米斯托、米斯托"的意思就是

"先生"。随后，客人气呼呼地往他们手心里各拍了一枚硬币，他们的脸上才绽出笑容。他们向客人鞠了一躬，拉着黄包车走了。一上路，他们就哈哈大笑起来——他们竟然宰了这个外国佬。

·14·

刚来的先生和浅褐色头发的大个子进到里屋。由于放下了芦苇帘子，屋里黑洞洞的。天花板上的电扇很像飞机的螺旋桨，飞快转动，但它扇起的都是一股股潮湿的热风，没有一丝凉意。主人懒洋洋地往外瞅了瞅，看看门上"停止营业"这几个字是不是冲着外面，然后把门紧紧关上。他张开肥大的双手拥抱中国人。可是，要亲这个中国人的脸，对他来说就相当困难，因为欧洲人过于高大，需要俯下身子，而中国人又很矮小，需要踮起脚尖。由于双方都有诚意，见面仪式总算完结。大个子欧洲人甚至在中国人的背上拍了拍，就像大人拍拍听话的孩子一样。

"你看清楚了，没有尾巴吧?"主人问道，"竹机关①的那些人很凶，他们不只是在咖啡馆里才安插暗探。"

"竹机关"是一个可怕的字眼，它是占领者——日本盖世

---

① 史载，所谓"竹机关"，即日本"在支特别委员会"，通常又被称为"土肥原机关"，因为它是由典型的政治将军土肥原贤二控制的日本在华特工系统。1939 年 8 月 22 日，日本又在上海成立了统管华中地区特务机构的"梅机关"，直属日本内阁和陆军部领导。"梅机关"的首任机关长由影佐祯昭中将担任。除了"梅机关"外，日本驻上海总领事岩井英一也领导着一个外务省的特务机关。

太保的秘密警察的称号。竹机关的人都是些在敌占区禁止反日学生运动、残酷迫害国民党和共产党秘密组织的妖魔鬼怪。

"你是怎么想的？我昨天晚上在赌场里输了一百美元，真丢脸！你知道是谁赢了我的钱吗？就是那个岩井英一。"

岩井英一大尉是竹机关上海分部的头头。他敲骨吸髓，常常把受害人倒吊起来，厚颜无耻地索要贿赂，是个不可救药的赌徒。

"是岩井吗？你真是疯了，自己往他的圈套里钻。"

"干吗不钻呢？这有什么不好？昨天深夜，岩井英一还亲自开车把我送到公园饭店。他那儿都是些棒小伙子。我甚至想，要不了多久，我们就会利用他们的经验招募到情报员。"

"认识你，我感到骄傲。"浅褐色头发的大个子接着又酸溜溜地说。

"要是你帮我把箱子搬到楼上，你就更感到骄傲。"

大个子扛着大箱子，沿着狭窄而昏暗的楼梯，吭哧吭哧地往上爬。当中国人靠在竹躺椅上摇着扇子前后摇晃的时候，大个子猫着腰、喘着气把箱子打开了。

箱子里没有任何私人物品，只有一个用没有刨过的西伯利亚雪松板钉成的木箱，上面用模块印着：Uralmash-USSR。

大个子费了九牛二虎之力，才把箱盖敲了下来。箱子里塞满了防震刨花。扒开刨花，箱底露出了整整齐齐地码着的电子管、电容器、电阻丝、线圈、电流表、调幅器和其他一些组装一台短波发报机所需的小零件。

当中国人在躺椅上一声不响地前后晃动时，大个子却在仔细查看这些零件，轻轻拂去上面的尘土和木屑。最后，他拿起一个电子管亲了亲，又把它高高举起，活像一尊纽约的自由女神像。他还像发表历史性宣言一样郑重宣布：

"终于到了！'通格拉姆'，UX210！"

由于自己的辛苦没有得到中国人的回应，他便认真问道：

"密码本呢？"

"会有的。"中国人简短地回答道，"'拉姆扎伊'① 已经通过法兰克福发往公司。这是大老板答应过的。"

"在他们那个鬼地方，许愿倒是容易，执行起来就很麻烦。'拉姆扎伊'有没有说，我坚决要求密码员要懂几国文字，还要会速记？这可不能变卦！"

"是这样，不能变卦。你有没有要一个会跳古典芭蕾舞、会搞建筑、会三角函数的人呢？或者说这个人还要懂得更多的东西？"

大个子辛辣地讽刺道：

"听我说，你总是在我面前卖弄你的学问！世界上再也没有比聪明的中国人弄出来的更聪明的创造发明了。就说伟大工程吧，多啦！建造长城时死了上百万人，可结果呢，不是中国人挡住了蒙古人的进攻，倒是蒙古人挡住了中国人的进攻。后来呢，大家不知道拿这个长城怎么办，于是就宣布它是一个旅游景点。"

那个中国人在躺椅上舒舒服服地晃着晃着，长吸了一口

---

① 拉姆扎伊，亦译"拉姆泽依"或"拉姆塞"，苏联间谍即双重间谍理查德·佐尔格在日本建立的情报小组的代号。

气——大概是感到氧气不足吧。

"世界上当然也有许多聪明的德国人的聪明的发明，这不是说你，因为你是一个爱睡懒觉的萨克森人。聪明的德国人定期萌生出发动一场可怕的战争的想法，虽然他们在内心深处感到他们将输掉这场战争。一个月以内就要爆发的战争，就是这样一场战争。不过，咱们不要再胡扯好不好？下一步怎么办？"

"你知道现时的上海有多少地方电台吗？我真不敢相信，竟有62家！在39兆赫到60兆赫短波段区间，哪个地方都有电台，让你眼花缭乱。有法语广播、英语广播、德语广播、汉语广播、日语广播，甚至还有印地语广播，真好笑！从早到晚都在胡诌些乱七八糟的事情！我不知道这些东西是从哪儿搞来的，总之是爱怎么说就怎么说，反正南京收听不到。不过，信号是从12兆赫这个地方发出来的。如果好好搜索，还能听到镇江这地方15兆赫的德语广播，因为纳粹'啄木鸟'不用任何密码，公开交换有关丹常①试验场的情报，大谈那些在柏林严加保密的内容。Streng Geheim（绝密）。干吗不呢！哎，还是谈谈你的那些聪明不聪明的事情吧。"

这可是个新闻，至少欧洲大个子认为它很有价值，因而神采飞扬地瞅了一眼早他发现长城的人。

离波茨坦不远的于特博格有个试验场，那儿正在高度保密的条件下，进行飞机新燃料、导弹、喷气式发动机方面的

---

① "丹常"（Даншан）为作者虚构的地名。史载，当时汉口、长春等地确有中德军事试验场。

军事技术研究。可以认为，这种研究将确定一场现代化战争的新标准，因此，它日趋强烈地引起了苏联侦察机关想获取相关情报的不加掩饰的兴趣，同时也使英国和美国的情报机构十分好奇。很明显，德国专家已经在这些领域取得了更大的成绩。现在已很清楚，要是不可能直接从于特博格获得情报，那也有可能从丹常获得局部的情报，因为丹常是德国专家在中国复制的于特博格试验场。

与此同时，根据截获的无线电报，国民党政府聘用了七十名以冯·法肯豪森为首的德国高级军事顾问。另有情报称，前"柏林—勃兰登堡"冲锋队长瓦尔特·施特内斯正在带领一个由德国专家组成的业务组，参与实施代号分别为"白十字""绿十字"和"黄十字"的"И. Г. 法本公司①"方案。另外一个德国业务组则在为国民军仿制取名为"蒋中正"（蒋介石将军的原名）的极其有效的捷克轻机枪。曾经首次驾驶飞机中途不着陆飞越大西洋的美国著名飞行员查尔斯·林白，同情并无条件地支持中国国民军，在他当上蒋介石的军事顾问后，纳粹专家和顾问就显得更有意义，他们的威信也大大提高。就连小孩子也很清楚，从政治上来说，林白并非单枪匹马，美国的某些财团支持他。其时，希特勒驻日大使约根·奥特少将亲自向日本首相近卫文麿公爵和内阁作出保证，德国不会反对日本，因此，东京对德国专家和顾问的在华活动睁一只眼闭一只眼。在这种情况下，只有毛泽东的共产党

---

① И. Г. 法本公司，德国当时最大的化学公司。

和苏联才对日本构成危险。从东京到柏林和华盛顿，谁都对此了然于心。

躺椅上的中国人对大个子的通报似乎没有多少兴趣。看来，这种通报已经成了明日黄花。

"下一步怎么办？"他再次问道。

"咱们就从天上挤奶！挤奶，挤奶，就像挤瑞士奶牛那样！为此，我需要会多种语言的速记员。我亲爱的高官，这件事要在1938年以前办好。在鸡叫头遍以前，'中心'的人就要喝奶。要是睡懒觉，醒晚了，今年的日历就翻过去了。没有现成的奶可供搅拌，只能对间接材料进行分析。你要挤奶，分析挤下来的奶，你要挤奶，分析……我怎么说来着……"

"分析挤下来的奶。"中国人替他说道。

"正是这样。'中心'的人正等着给他们上菜，给他们端上一盘广东鸭，再配上海鲜！"

他摆了摆手，叹了一口气，走到冰柜旁边。冰柜里的冰块快要融化了，冰上放了一瓶地道的"莫斯科伏特加"。在上海，这种洋酒并不鲜见，虽然它的价格高于浑浊的白酒。几十家俄罗斯餐厅或酒馆都供应伏特加，而喝这种酒的人主要是早就被打败的远东白军的各级军官，他们的头头就是已经被击毙的伊尔库茨克海军上将亚历山大·瓦西利耶维奇·科尔恰克。

两人静悄悄地碰杯，学着俄国人的样子，把伏特加直接倒进喉咙，一饮而尽。

中国人喝了这种烈性饮料，打了一个寒颤，然后用手背抹抹嘴唇，说道：

"这就是配有海鲜的广东鸭。你晚上干什么呢?"

竹机关的上海分部被称为"临桥公馆"，即 Bridge House，里面有高大的浅褐色头发男人的案卷，上面写着：克赖鲍尔，阿尔弗雷德·戈特弗里德，德国公民，长期居留。在四川路开有"AGFA"照相馆。电话：24 - 11。从 1929 年起独自住在 Ш，在 Г 无犯罪记录。

从案卷中看不出来，这个"Г"到底是指什么——是指德国（Герм.）呢，还是指盖世太保（Гест.）。不过，这没有什么特殊意义：对那时全世界的特工人员来说，德国和盖世太保其实就是一回事。案卷也没有说明，上面提到的这个摄影师从 1929 年起，当上了《法兰克福日报》驻上海记者理查德·佐尔格博士的无线电发报员，后者是一头迷人的文雅的雄狮，心地善良，罕见的犬儒主义者和乐观派。这位博士不久前转移到了东京，带走了代号为"拉姆扎伊"的所有家当。他在上海留下了一个平行的小组：孤零零的一家照相馆。这个照相馆必须把短波发报机所需的"炊具"全部配齐。

中国人的案卷比前者清楚得多：

陈秀清，1912 年生于杭州附近的绍兴。受过高等汉语和英语教育。《中国每日邮报》记者。电话：27－35。下榻于公园饭店。喜欢日本。可以信赖。同日本军官和商人关系很好。这是日本联合通讯社真哑久雄的评语。

但是，这份案卷也有小小的遗漏：谁也不可能由此得知，在那个 11 月的夜晚，他从"切利亚布尼斯克"号的舰桥上搬下了装有 Uralmash-USSR 拖拉机制造厂零件的木箱。据可靠材料，与此同时，《中国每日邮报》记者陈秀清先生作为特派员在丹常采访期间，把这只箱子扛离了上海港。他在丹常调查了有关中国生产、加工和出口大米的问题，因而在报上刊出了长篇独家报道。真哑久雄作为权威的联合通讯社常驻上海的记者，不会受到任何怀疑，因而能够证实，两天以前，他在上海港碰到了他的朋友陈秀清，后者在离开上海很久以后，又乘坐"横浜丸"号豪华客轮回到了上海。

当时有传说称：在陈秀清先生去过的丹常的某个地方，隐藏着一个绝密的军事试验场，试验的东西包括喷气式发动机的新燃料，那儿还在试验化学武器。谁也没法证实或者否认这个消息。为了应付日本同行的职业好奇心，陈秀清推说他对此一无所知，也毫无兴趣。

· 15 ·

两个人面对面坐在甜食店里听着音乐，憧憬幸福生活，这大概非常惬意。但是，达豪集中营的囚徒们对探戈舞曲简直厌烦透了，而它却是党卫队头头海因茨·施埃因布雷纳最喜欢的音乐。这个海因茨·施埃因布雷纳后来在文学回忆录中被称为"达豪的灾星"。"小小甜食店"可怜的乐队，主要是由德累斯顿交响乐团剩下的乐师组成的，它每天早晨七点准时为 Strafkompanie Sieben——可怕的刑事七连演奏。

乐队演奏时，海因茨就快活地哼着歌子，情不自禁地用一根木棍打着拍子，时不时把棍子合着拍子，打在某个乐师的背上。

> In einen kleinen Konditorei
>
> Da sa en wir zwei
>
> Und traümten vom Glück...①

达豪是上巴伐利亚的一座小城，约有居民两万人。他们都是些小商人、啤酒酿造者、农民和造纸工人。这里没有什么名胜古迹。要不是在 1933 年 3 月 22 日，即在希特勒当上总理两个多月后，这儿建立了纳粹第一座集中营，那么，世界上谁也不会知道这座小城。它是一座原始的死亡工厂，内部规章制度尚不完善，压根儿就赶不上后来的纳粹集中营。同当时尚未建立的别出心裁的奥斯威辛、马伊达内克和特雷布林卡集中营相比（这些集中营杀害了 738 万人），达豪集中营悄无声息，几乎不为人知。在它存在的最后一天，也就是

---

① 原注：歌词大意是"小小甜食店里/我们俩人坐着/憧憬幸福生活……"

在二十年之后，即 1945 年 4 月 29 日，当美军坦克开进集中营时，历史才弄明白，它杀害了六万六千人。不过，这是未来的数字。眼下，达豪集中营是一个实施惩处的机构。纳粹分子恣意妄为，往往根据自己的判断，或者根据某个长官的想象，把一部分不可能在正规法庭上定罪的人，特别是犹太人、社会民主党人、共产党人和骗子等一些不合德国新社会标准的人，全部赶到这里。

特奥多尔·魏斯贝格虽然绞尽脑汁，可他就是想不明白，自己怎么也被抓到这里。说得重一点，他从来就不理解"犹太人"这个字眼的真正含义。就像当时大多数出身于犹太人家庭的德国知识分子一样，他只是在亲戚或同事的后代举行婚礼时，才去犹太教堂。由于同样的原因，他也参加过福音堂和天主教堂的宗教仪式。他的母语是德语，他接受的是德国教育，也可以说，他是德意志文明的产物，而很少感到自己是一个犹太人。在纳粹向他挑明他是一个犹太人以前，这就是他的心理状态。

他现在受到优待：不干修筑公路这种苦役般繁重的粗活，只为坐在小小甜食店里憧憬幸福生活的一对情人每天拉两次小提琴，即早上七点和晚上七点。此外，每天必须在操场上演奏一次，以此催促囚徒们赶快出工。十二点以后，囚徒们才拖着疲惫的双腿回到营地。其余时间他就往工地运送盒饭和饮水，或者干些长官要他干的事情。

特奥多尔·魏斯贝格身体孱弱，对所有人都很有礼貌，也很关照他们。他的言行表明，他在极为成功的律师家庭里受过良好的资产阶级教育。那些囚徒，主要是工人、小手工业者、矿工、工团主义者和其他一些小人物，他们粗鲁的有时甚至是尖酸刻薄的玩笑，常常使他感到憋闷，因此，他只好把自己封闭起来。在其他人的眼里，他是一个清高自负的知识分子。实际上，这位小提琴手一点儿也不清高，只是他还没有入流，还在醉心于音乐，并且懂得音乐。

特奥多尔同集中营小乐队的其他同事拉开了距离，但是，在乐队中，他又有一个被他视为天生可以信赖的朋友，他甚至对这个人怀有感激之情。这就是什洛莫·芬克施泰因。什洛莫具有先前的高卢血统，腿短，体胖，肩宽，像个侏儒。他由于某些过失而几度被传唤到庭，受过处罚。这些过失有：小偷小摸、出售走私香烟、经常光顾百货商店、把东西塞进长大衣的衬里而忘了付钱。他能带着浓重的犹太口音，讲许多犹太笑话，而且毫不费劲。实际上，他平常就是这样说话。囚徒们常常拿身高、说话的腔调取笑他，但他泰然处之，还同大家一起逗乐。而且，不管听起来多么荒唐，什洛莫·芬克施泰因这个识字不多的小滑头，竟成了沾上贵族习气的小提琴手的一名心腹。什洛莫以他的一颗平常心，随时准备为小提琴手效劳，帮助小提琴手洗刷油腻的饭盒、打扫屋子、把小提琴手扛不动的三十公斤一袋的土豆从卡车上搬到厨房。囚徒们通常都讨厌上司喜欢的人，但这会儿不同，不管是囚徒还是上司，都能厚待什洛莫，把他看成集体娱乐的对象、侍候国王的丑角，原谅他所有的过失。

单调的难熬的几个月过去了，伊丽莎白杳无音信。集中营的囚徒同通常与由法律裁定的罪犯有所区别——这里不准通信。尽管你每天早晚各为海因茨·施埃因布雷纳演奏一个小时，尽管你的演奏技巧日臻娴熟，他依旧合着探戈舞曲的节拍，往你背上打棍子。

长笛手西蒙·齐纳尔的情况就是这样。他是一位优秀但又暴躁的音乐家，曾在皇宫豪华的大厅里演奏过莫扎特的长笛和钢琴作品。有一次，海因茨·施埃因布雷纳的木棍一次次地落在从前的一个矿工的背上，使得这个染上严重矽肺病的矿工站立不稳。齐纳尔看着看着，按捺不住了，就丢下长笛，用两只有力的手抓住棍子，照着海因茨的背部猛击一棍。海因茨一跳，不相信自己的眼睛，甚至刹那间没有为维护自己的尊严而作出反应。然而事后，大家发现齐纳尔已气息奄奄。事情再清楚不过了！

……这天晚上，刑事七连集合在操场上，不吃也不喝；小乐队不停地演奏了五个小时。到了半夜，海因茨·施埃因布雷纳把长笛手的十个手指压在一根圆木下，用他那根棍子把西蒙·齐纳尔的手指打得血肉模糊。

特奥多尔·魏斯贝格当时昏倒在地上。

忠实的什洛莫把魏斯贝格安置在营棚的木板床上。当小提琴手清醒过来时，他感到自己有罪，无法解脱，因为当那个畜生把他同事的手指压在圆木下面时，他却还在拉他的小提琴。

7月的一天早晨，当乐队以乐曲催促囚徒们快去干活时，有人在特奥多尔·魏斯贝格的肩膀上拍了两下。小提琴手一惊，弓子离开琴弦，小提琴尖叫一声。出乎他的意料，站在他背后的海因茨和颜悦色地说：

"你就是魏斯贝格吗？不要怕，我不会杀你。你快到司令部办公室去，马上就去！其他人呢，继续奏乐！要演奏激昂的音乐，这又不是给你送葬！使点劲，看你们这些无精打采的家伙！一二三四，一二三四……小小甜食店里……我们俩人坐着……憧憬幸福生活……"

当特奥多尔悸悸不安地离开操场，朝达豪集中营的司令部走去时，海因茨还在哼着歌子，用他那根木棍打着拍子。

· 16 ·

从光线柔和的宽敞的客厅里传出了钢琴的妙音，这是伊丽莎白正在独自弹琴解闷。精致的家具、厚实的地毯、中国瓷瓶、水晶制品、银质蜡台，这一切都说明，这个家庭的财产不是一天两天可以积累起来的。毫无褶皱的台布，小毯上的杂志，沙发上尚未看完的打开的书本，干净的烟灰缸，同房间的色彩协调一致的打褶的窗帘，全都被安置在恰到好处的地方，显示出德国市民对生活十分考究。

伊丽莎白不知道，站在她背后的特奥多尔·魏斯贝格是从哪儿冒出来的。要是在别的场合，魏斯贝格的样子有些引人发笑。他胡子拉碴，蓄着短发，穿着被捕时的那件敞开衣襟、松松垮垮的晚礼服，其中一只袖口不知在哪儿的警车上或流放地磨出了毛边。他这副模样，活像一个在夜总会里寻欢作乐后回到家里的醉汉，而不像一个刚刚被达豪集中营释放回家的囚徒。

特奥多尔靠在拱形门上，静静地听着钢琴曲。

他的妻子猛然觉得有生人进了她的客厅，于是停下了弹奏。转过身子，情不自禁地叫了一声：

"天哪！"

她蹦起来，冲向丈夫的怀抱，但他稍稍往后退了半步。

"别碰我，亲爱的。先把所有衣服拿到火炉里烧掉，我要洗个澡。我的意思是，别把外面的晦气带回来。"

伊丽莎白摸了摸他的一脸胡茬。

"亲爱的，真可怜！"

特奥多尔也用自己粗糙的手默默抚摸着她。

这就是他——小提琴大师特奥多尔·魏斯贝格！他已经洗过澡，刮了胡子，穿着白色浴衣，赤脚趿着拖鞋，简直让人无法辨认。他把香槟酒倒在两个水晶杯子里。

"亲爱的，为你的健康干杯！为你的坚韧干杯！为这一切已幸运地结束干杯！"

她瞅他一眼，惊喜中又透出一丝哀愁。她呷了一口酒，又用两只泛着绿色的大眼睛死死盯着他。

"这一切已幸运地结束……你真是这么想吗？听我说，特奥多尔，听我说，我的傻瓜，听我说，我把所有门都关上了，我不放心的只是，这一切还没有幸运地结束，还只是一个开

头。我们要离开这里，越早越好，趁着还有可能溜走的
时候！"

特奥多尔咧嘴一笑。

"我勇敢的小战士！就为那帮侥幸上台，明天就会倒台的
恶魔离开德国，离开咱们的德国吗？永远也不要离开！"

伊丽莎白顿时感到绝望。她哆嗦一下，蹦了起来，朝前
走了几步，重新坐到沙发上。她心烦意乱地点燃一支香烟，
然后才说：

"我的先生，你什么都不明白！眼下发生的事情，并不只
是几十个慕尼黑醉鬼的胡闹，而是比这严重得多。特奥多尔，
这是精心设计的国家政策。"

"我是拉小提琴的，不是政治家。"

"他们并不在乎你是拉小提琴的，一点也不在乎！"

"我也不在乎他们！……只在乎一样东西——你签订的合
同怎么办？总有一天，他们同我们乐师之间的误会将会消除，
我们的乐师将会获释。到那时候，乐队又会恢复起来。我能
撇下我苦心经营多年的乐队不管吗？同事们、朋友们怎么办
呢？这个家怎么办呢？把所有东西都扔掉，是吗？溜走……
溜到哪儿去呀？"

伊丽莎白吐出一口浓烟，又用手掌把烟雾驱散，然后
说道：

"合同……同事……家……我们的世界已经崩塌了，特奥
多尔。你必须明白这一点。眼下是他们的世界。"

"我问你，咱们到哪儿去？咱们的母亲在哪儿？我是一个

犹太人……"

"我已经在别的地方，在一个很有权威的地方，听说了你是一个犹太人，那又怎么样？"

"还有，谁都不发给德国犹太人入境签证，这你听说过吗？真伤脑筋。所有港口都对我们关闭了，所有港口！"

"不是所有港口，还有一个开放的港口，我听说，它是最后一个——上海。"

特奥多尔张了张嘴，但什么也没有说出来。他一时无法理解她说的话。最后，像是回应她的说法，他嘟囔道：

"你疯啦！上海？……你是说上海吗？你真的疯啦！上海，它不是远在天边吗？正是现在，当我还在集中营的时候，我就感到，有谁向我伸出了援手。是呀，是呀，确实有谁在悄悄庇护我，我每天都有这种感觉。为什么不释放别人，偏偏把我放了呢？我问你，这是为什么？我不知道，为什么就连我的小提琴，我装着钱的钱包，还有我的结婚戒指，全都还给我了……难道这是一场误会！……我想顺便问问，你的婚姻戒指呢？"

伊丽莎白看了看自己的手，仿佛平生第一次看见自己的手，然后平平淡淡地说：

"啊，是呀，结婚戒指。我想，是丢啦。"

特奥多尔以异样的目光瞅着妻子，浓眉紧锁的额头上现出了深深的皱纹。想到她紧张的丈夫已心生疑团，她的心收紧了。不过，他抬起她的手，温存地亲了亲。

"丢个戒指，这没关系，"他终于说道，"身外之物。不过，还是能说明一点问题……你知道，我有些迷信，相信这是对命运的某种暗示……伊丽莎白，亲爱的……好好听我说，如果命该如此……是的，如果命该如此，不用可惜一枚戒指。不过，如果要长途跋涉，逃命，你就不要跟我走，我也无权要求你跟我走。你是德国人，没有我，也许你的生活是另外一个样子，也许更幸福。如果必须走，现在必须走，那也要等这一阵风吹过之后。你就留下来吧。在这个国家、这条街道、这个家里，你就是灵魂。这样做比较明智。当然，对我来说，这就像割去了我的一部分——割去了我的右手、我的心肝的一部分……可是，我无权剥夺你的正常生活，妨碍你的前途……把你抛进深渊。你不应该忍受我们这个种族的苦难……戴上别人的十字架。伊丽莎白，你听清楚了吗?”

她没有马上回答。她出神地盯在某一点上，似乎她的思绪不在这里，而是飞到了遥远的地方。

“是呀，我在听……听得很认真。你没有读过《圣经》，当然没有读过。要是稍稍翻翻《圣经》，那也不坏。你现在就听我说，亲爱的。”

她伸手从小桌子上拿过一本微型《圣经》，这本《圣经》用极薄的纸张印成，装帧精美，是莱比锡印刷技术的杰作。很明显，她早就做了准备，因为她在书页中间夹了一张有轨电车的车票。

她准确无误地翻开夹着车票的那一页，平静地念道：

路得说：“不要催我回去不跟随你。你往哪里去，我也往那里去；你在哪里住宿，我也在那里住宿；你的国就是我的国，你的神就是我的神。你在哪里死，我也在那里死，也葬在那里。除非死能使你我相离……"①

她念得很慢，眼睛里噙满泪水。

·17·

冷冷的氖灯光无法照亮长长的走廊，走廊上挤满了女人——年轻女人和成年女人，穿得花哨的女人和穿得寒酸的女人，猥琐不堪的世俗女人和平民姑娘。墙壁上贴满了电影明星的照片和正在热映的法国电影的海报。这一切都说明，这家电影制片厂具有悠久的光荣历史。

希尔德靠墙站着，等着。周围充满了她不熟悉的吵闹声。她时不时想起弗拉德克这个生性乐观的年轻人，但他已经消失得无影无踪。大概他已被驱逐出境，因为这种情况司空见惯。谁知道他被赶到哪里，赶到了哪个国家呢？弗拉德克操着某种斯拉夫语，可他硬说他讲的是葡萄牙语！

最后，走廊尽头的门打开了，一个穿着白衬衫和宽大的黑色背带裤的男人把一名泪水汪汪的姑娘放了出来。这个男人取下嘴里的雪茄烟，声嘶力竭地向等候在走廊上的人们喊道：

---

① 此段译文引自《旧约全书·路得记》。

"安静点！这儿不是市场！安静！下一个！"

大门关上后，等在走廊上的女人把刚出来的那个姑娘团团围住。

"问些什么？有什么要求？"

"扯淡！就连他们自己也搞不清楚他们有什么要求。别为这些同性恋浪费时间！"

……一个人要想在这儿达到目的，走进摄影棚敞开的铁门，就必须闯过道道难关。现在，光线微弱的摄影棚既使人想起电影演员昙花一现的生涯，又让人看到先前拍摄的异域风情，大概是拍摄土耳其苏丹皇宫的布景——倒在地上的许多人造棕榈和纸糊花瓶。同这种景象很不相称的是，摄影棚的一角放着一架因油漆脱落而显得斑驳陆离的白色钢琴，钢琴旁边站着一个参加过小品表演，而现在已经退休的男人。钢琴家枯瘦苍白，让人觉得他嗜酒成癖或是不久前得过一场重病。

新进来的壮实的法国乡下姑娘羞羞答答，东张西望，对这座充满幻想的电影殿堂，对头顶上若隐若现的一排排聚光灯又惊又喜。嘴上叼着雪茄烟的男人透过烟雾，审视着这个乡下姑娘。他往水杯里倒了一点白兰地，喝了一口，又把杯子放在钢琴上，然后问道：

"你过去干过什么？"

"我从科洛姆来，在饭馆干过。"

"你把地名搞错啦，姑娘，张冠李戴。"

"不过，我会唱歌。"

嘴上叼着雪茄烟的男人很不耐烦地摆了摆手：

"这很好啊，你就到别处唱去吧。下一个！"

下一个就是希尔德。她从容不迫地走进来。她对这沾满尘土的摄影棚本来就不陌生，何况这儿的摄影棚同乌法电影制片厂的摄影棚一模一样。

摄影棚的头头名叫阿伦·康蒂，他扫了希尔德一眼，虽然感觉满意，还是粗声粗气地问道：

"你也是从科洛姆来的吗？"

"不，我从柏林来。"

"哟，原来是个德国佬。大概你在马克斯·莱哈德喜剧院干过吧？"

她知道这是在开玩笑，因而心平气和地回答说：

"要是我在马克斯·莱哈德喜剧院干过，我就不会到你们乱糟糟的制片厂来。"

阿伦·康蒂轻轻吹着口哨，笑嘻嘻地同钢琴家交换了一下眼色。

"很好，别紧张。这儿的每一个德国侨民都会讲一些德国辉煌历史的童话，每一个俄罗斯男人都说他是什么公爵或者是普希金的大表兄。只有我们这些人才是穷光蛋。你会唱歌，会跳芭蕾舞吗？"

"还没有试过。"

"我也没有试过开飞机。看来，你是不会。你把裙子往上撩撩。再高点，再高点。我说啦，再高点！"

这一下，希尔德真的生气了：

"我要告诉报社，你们这是在挑妓女，而不是挑演员。"

她气呼呼地抓起手提包就要走，但那个男人拽住了她的手。

"你往哪儿跑？……你就走走步，先走过去，再走回来！"

"走到哪儿？"

这一回该康蒂吼叫了：

"我说啦，就走到那头，你是聋子吗？"

"先生，是这么回事！我自愿到这儿来，可不是想听同性恋歇斯底里的号叫！"

康蒂把雪茄烟直接放在钢琴上——点着的一头朝外。大概他经常这么干，因为钢琴的那个地方已经熏得发黄。他拍拍钢琴家的肩膀，说：

"她说我阿伦·康蒂是同性恋，听见了吧？这是强加于人，meine gnädige Freulein①，事实将会证明，我与此恰恰相反。不过，同性恋也不该受到指责，因为他们也是人嘛。喂，匈牙利人，你在这个问题上有什么看法？"

弹钢琴的人有些不解和为难，手指在钢琴键盘上从这一头划到那一头。

康蒂碰了碰希尔德提着的手包，像一个严厉的教师一样命令道：

"好吧，闲扯就到此为止。你看见那棵棕榈树了吗？你就

_____

① 意为"我的好友"。

走到那儿，再折转回来。"

她有些犹豫，可还是执行了康蒂的命令。

"很好，你有证件和入境签证吗？"

"有，在家里。"

"准你在法国工作吗？"

"当然啦。"她撒了一个谎。

"好吧。你到秘书那儿留下你的姓名。星期一八点到这儿来。不要娇气，也不要迟到。我们要拍一部轻歌剧，先要进行排练。开始时，一天二十五法郎。就是这样，德国佬，你叫什么名字？"

"你已经说啦：德国佬！"

"这倒简单。大概过不了太久，你在这个可恶的小城就会发现：这儿的每一个德国人都叫德国佬，每一个俄国人都叫伊万，每一个美国人都叫乔治。"

"那么，每一个法国人又叫什么呢？"希尔德挑衅性地问道。

钢琴家带着浓重的匈牙利口音第一次插话说：

"每一个法国人都是畜生。"

"说得好，"阿伦·康蒂表示同意，"是肮脏的畜生和同性恋。"

· 18 ·

这是一部规模不大的喜剧。制片厂的小广场上花团锦簇，广场中央搭了一座战斗英雄纪念碑，广场上还有喷泉和罩着天篷的酒馆，并站着一些放荡的女佣和一些争风吃醋的快活女人。在喷泉和纪念碑旁边，一大群演员在聚光灯下拼命唱歌、跳舞。这就是扬·基普拉和马利卡·勒克的奥地利轻歌剧的风格。与此同时，让·雷诺阿也在旁边的摄影棚里拍摄《游戏规则》的一些小场面。这部影片以艺术手法再现了日益临近的世界灾难。

实际上，欧洲和平的历史沙漏的沙粒已经漏得只剩下最后几天。可是在这儿，在纸糊的道具下，快乐和幸福的人们却还在无忧无虑地唱歌，跳着卡尔曼纽拉舞[①]。

深夜，在几个欢快的群众场面拍摄完毕之后，希尔德卸了妆，又穿上她唯一的一件从柏林带来的衣服。她差点在走廊上撞到阿伦·康蒂的身上。康蒂是群众演员的"总司令"。他一把拽住她，把她拉过来，向她喷了一口雪茄烟。

"听好啦，你是一个很有前途的苗子。你今天晚上干什么？"

"先把你的手拿开。"

"对不起，我这是习惯成自然。你今晚干什么？"

"你这是什么意思？"

"德利拉港有一家小酒馆，供应地道的诺曼底卡尔瓦多斯酒，怎么样？"

---

① 卡尔曼纽拉舞是用卡尔曼纽拉歌伴唱的舞蹈。卡尔曼纽拉歌是 18 世纪法国大革命时期的革命歌曲。

"这不行，头头，我会使你扫兴的。至于我今天晚上要干什么，这跟你在德利拉港喝酒毫不相干。"

"别忘了，我想向你证明，我不是同性恋。"

"我相信你不是同性恋，可咱们不是一路人。"

"清楚了，美人，没事。再见！"

"再见，头头！"

希尔德·布劳恩迅速冲到外面。

街上，许多群众演员和小角色高高兴兴地挽起正在等候她们的男朋友的胳膊，发动汽车，打开车灯，再关好车门。

巴黎的夜生活开始了。

希尔德顺着一条偏僻静寂的街道朝地铁走去，忽然听见背后有脚步声。她加快了脚步。但是，后面的人赶了上来，抓住她的手。她想，这准是阿伦·康蒂，于是停下脚步，气愤地挣脱出来。

不过，这是一个黑不溜秋，蓄着小胡子的陌生人，可能是科西嘉人或者阿尔及利亚人。

他一声不吭，只顾咧着嘴笑。

"你要知道，我同你有缘！"他终于开口说道，"我已跟踪你三天了。"

"你敢动我！"

"我们还没有打过交道，小姑娘，干吗这样？我们这些朋友只不过是想请你喝一杯苦艾酒。"

"今天晚上有人请我！收起你的苦艾酒吧！"

希尔德想要走，但陌生人轻轻抓住她的肩膀，把她转向自己。正当她想挣脱时，黑暗中，旁边门里走出一人，挡住了她的去路。

她惊惶失措地打四下里瞅瞅，发现对面人行道上靠墙站着两个人，他们抽着烟，盯着拐弯处的动静。

小胡子笑了起来。

"收起苦艾酒，是吗？眼下呢，一位金发太太要教会你一生该在哪儿把啥东西收起来。"

这时，有人把希尔德抢了过去，拽着她的胳膊，拉着她直往前走。这是阿伦·康蒂聘请的那位钢琴家。他带着匈牙利口音，平静而坚定地对那些人说：

"你们走吧，这姑娘跟我在一起。"

"这家伙是从哪儿钻出来的？"

一场斗殴不可避免：二对一，实力悬殊。小胡子手里的西班牙长折刀在路灯下发出寒光。

对面人行道上一个放哨的家伙对他的同伙说：

"这是康蒂的钢琴家，匈牙利人。别动手，警察来啦。"

在轻轻一声口哨响过之后，那些家伙像是得到了命令，都跑掉了。两个警察慢慢走来，其中一个问道：

"有事吗？"

"一切正常，警察先生……对不起……送送我们吧。"

两个警察陪他们走到一个角落，就在匈牙利人后面拐弯走了。旁边高大的建筑物没有窗户，就像摄影棚一样。

匈牙利人和希尔德加快脚步，想赶快走过这条街道。希尔德十分警觉地四面察看，害怕后面有人跟来。

"不要东张西望，快走吧。要不，那些家伙会发现你很怕他们。"

"我才不怕哩。"

匈牙利人冷笑一下。

"你还不知道这儿很危险吧，你不是第一个，也不是最后一个受害人。这些畜生会强奸你，打你，逼你吸食毒品，直到你屈服为止。然后，你就连自己的名字都给忘了，为他们干活。不过，话说回来，你也不用害怕，他们以后肯定不敢再对你使坏了，因为他们知道，你在康蒂那儿上班。康蒂饶不了他们，会割掉他们那东西，就像割田里的雏菊一样。"

他的法语带着生硬的匈牙利口音。由此可见，从匈奴的首领开始，也就是从这位匈牙利人的祖先开始，他们就讲不好法语。

他们在一个地铁口停了下来。她沉默许久，毅然伸出一只手：

"谢谢你，晚安。"

"我想送送你，再说，时间还早。"

"我觉得你是个聪明人。要是你想巴结我，我希望你能够明白，这是白费时间。"

匈奴人的后裔笑了笑。

"对于一种新的友情来说，根本谈不上白费时间。我要对得起自己的良心。我还想对你说，你那天的话差不多一语破的，就差那么一点点。可你说的不是康蒂，而是我。我叫凯莱蒂·伊什特万，按法国人的叫法，要颠倒过来，叫伊什特万·凯莱蒂①。我的一切都是反着来的，这你就该放心了吧？咱们走，妹子，我请你喝一杯啤酒，因为我已经好久没有沾过酒了。"

· 19 ·

两人之间的友情就这样开始了。他们都流落到了异国的这座大都市。在电影制片厂里，大家有时称匈牙利人为凯莱蒂·伊什特万，有时又称他为伊什特万·凯莱蒂，怎么顺口就怎么叫。前不久，他还在布达佩斯的一家夜总会弹钢琴。在匈牙利，他糊里糊涂地被卷进了一桩非法的吗啡交易，幸而及时脱身，躲到这里，成为政治侨民。尽管巴黎警方怀疑凯莱蒂出逃的动机，但法国人仍然一如既往，同情这些会跳匈牙利民间恰尔达什舞的人，准许他在巴黎工作一年。

这已经是去年的事情。光阴荏苒，时间已过去一半，不过，警方还没有理会他。

两人坐在一家半地下室的酒馆里。天色已晚，酒馆里几乎没有旁人，他们开始喝第三杯啤酒。

"这么说来，那些家伙不准你延长居留时间……"匈牙利人说道，"我知道，我的情况要好些，因为我只是匈牙利草原上一个黑糊糊的目标，一个同性恋、酒鬼和吸毒者。可你就

---

① 匈牙利人的姓名是姓在前，名在后，这同其他欧美人的姓名次序不一样。

不一样，你对这个正在退化的法兰西民族是有用的。……你
说过，你是一个犹太人。一个犹太人竟然无权在一个可爱的
革命和人权的摇篮里避难！"

"我收到了这个摇篮的一封只有两行的短信：'Regretons
beaucoup①，不过，要是您愿意，你也可以在这儿捡破烂！'
美国领事馆说，他们会关照我，要我有点耐心。我倒是有耐
心，可我既没有等候的时间，也没有钱。同时，我也没有住
的地方。我已经在小旅馆里花光了我的积蓄。"

匈牙利人很同情她。他摸摸后脑勺，说道：

"小妹妹，你就到我这儿来住吧……要是你不嫌弃，可以
住在我的套间里。虽说这个套间不像样子，总还可以凑合！
咱们就为欧洲侨民干杯，也为不欢迎侨民的欧洲干杯。"

他端起杯子，瞅着希尔德，碰了碰她的手。

"重要的是不要失去勇气。连美国熊有时候也有梦想。现
在，妹子，咱们不是还有个窝吗？"

她采纳了匈牙利人的建议。希尔德不知道还有没有比这
更糟糕的"窝"，因为匈牙利人费了很大的劲，才把她领进一
间小屋。这间小屋靠近菜市场，就像一个用布帘挡住的盒子。
公用卫生间夹在两层楼中间——这可是法国人老早以前的一
项发明。楼里的居民每天早晨都要遭罪，就像去上断头
台——法兰西精神的另一种创造。

男女两人都有一副好心肠。当她在他的床上醒来时，他

---

① 原注：意为"很遗憾"。

还在睡觉，把四肢蜷缩在不知从哪个垃圾堆搬来的有个窟窿的单人沙发上。他的身边放着一个小铁盒，先前的老太太们就是用这种小盒子存放鼻烟。不过，现在的小盒子里存放的不是鼻烟，而是一种白色粉末。

匈牙利人把她介绍给了古怪的小仓大夫。这个日本人在哈佛完成学业后，目前正在巴黎"圣安娜"耶稣会士勋章医院实习。他同意在不当班的时候，充任电影制片厂的顾问，因为德国侨民格奥尔格·帕布斯特正在完成一部名为《上海戏剧》的影片。晚上拆换灯光时，往往有许多空闲时间，有时孤独的小仓大夫就会在制片厂内部小卖店里碰到这个匈牙利钢琴家。

小仓很有修养，是个地地道道的亲欧日本人。东方的生活使他很有礼貌，他有时甚至显得过于谦恭。

有一天，希尔德拍完电影，同新结识的匈牙利朋友一起从摄影棚走出来。小仓在门口等到他们后，就献给希尔德一大把芳香月季花。希尔德惊讶得叫了起来：

"采这么多花，把您累坏了吧？"

"我觉得这很好玩。"

"您贵姓？谢谢您，先生。"

"他叫小仓，小仓广大夫，是我的朋友。"匈牙利人赶忙介绍说。

"谢谢您，您真的好热情，小仓大夫。"

这个日本人个子不高，戴着一顶受人尊敬的高筒礼帽，系一条白丝巾，样子有些滑稽。

一般说来，他的同胞都特别喜欢这样的装束。高筒礼帽大概表明了他们较为高贵的地位，要不就表明他们推崇西方世界的时尚。至于白丝巾，它表明了日本人对美国影片中那些拥有几十亿财产的富豪的病态的崇拜。

日本人试探性地问道：

"不知道我请您吃个晚饭，是不是太冒昧了？您尝过日本料理吗？请您不要拒绝。我希望我们的匈牙利朋友也同我们一起用餐。"

"啊，我可不行。我知道你们日本料理有生鱼片和温过的清酒！"伊什特万·凯莱蒂表示坚决拒绝，"你不要勉强我，大夫，我是吃匈牙利饭长大的，不习惯日本料理。再说，我还要同朋友们聚会……"他见希尔德犹豫不决，又说："你就答应下来吧，小姑娘，日本人想干什么事情，一定会坚持到底的，特别是对于上日本餐厅这样的事情。"

希尔德最终同意了小个子日本人的请求。这个日本人戴一副厚厚的圆眼镜，镜片后面的两只眼睛总是让人觉得神秘莫测。

·20·

她平生第一次进日本餐厅，周围的一切都使她感到惊喜和新鲜：一个艺伎跪着送来热毛巾，另一个艺伎盘腿坐着，用两个手掌为客人捧上她已斟好的一小杯热茶，就像一个祭司在做宗教仪式一样。小仓广还教她用红木筷子夹菜，恭恭敬敬地为她倒上热乎乎的清酒。

她喝了一口清酒，呛住了，竟笑得流出了眼泪。她像小学生一样，瞅着日本人的手，学着用两根筷子夹起一小块蔬菜或者鱼片。两根筷子在她的手指间滑动，老是不听使唤。

在另一个包间里，用上过清漆的木条和稻草纸制作的灯笼发出柔和的白光。他们坐在绸缎软垫上，把一双只穿袜子的脚放在小桌子下面的空洞里。这大概是为不习惯盘腿打坐吃饭的欧洲人准备的。

"您没有去过日本吗？"他问道。

她默默地摇了摇头：没有去过，没有去过。

"说不定这儿的一切都使您感到陌生。"

"我觉得，我是待在一个臆造出来的人世间并不存在的地方。可能是喝了这种热酒的缘故吧。"

"这是清酒。"

"可能是因为喝了清酒，我觉得我是漂浮在白色的风吹动的雾气中。"

"这就说明，您进入了日本境界！"小仓惊叹道，"'在白色的风吹动的雾气中'……这很有一点日本味道。"

"是吗？那就请您说说日本吧。"

小仓的两只近视眼透过厚厚的、圆圆的镜片瞅着希尔德，沉思着，然后慢慢说出一句让希尔德摸不着头脑的话。

"这是什么意思？"希尔德问道。

日本人把目光从希尔德身上移开，闭上眼睛养了养神，然后盯着清酒酒杯，仿佛在杯底读出了这么一层意思：

"你的手在看着我，就像白色的风……如梦如幻，就像白色的风……在枝叶间孤独地哭泣——这白色的风……"

"写得很美。作者是谁?"

小仓拘谨地笑了笑。

"我临时编的。"

"我听说，有许多大夫后来成了诗人。"

"忧郁的诗人。不过，也有许多诗人成了大夫，就是医治精神病人的大夫。"

"您是不是过于胆小和谦虚啊? 就像一个乡村教师。请说说您自己的情况吧。"

小仓广大夫耸了耸肩膀:

"乡村教师? 是呀，可能是吧。我是从远洋飘过来的一阵风。一个在美国学习，又到巴黎实习的日本人。是一株不结果的幼苗被移植到异国土壤上……我的双亲在冲绳。父亲也是医生，也曾在这儿，在法国学习。我想去他的诊所工作……他是一个极好的人。我父亲就是小仓教授。他曾在法国进修，因为他信任沃尔特和奥居斯特·雷诺阿而不相信军医。现在轮到您说啦，就连您的名字我也还不知道哩。"

"我叫布劳恩，希尔德·布劳恩。我从德国来。"

"您要留在巴黎吗? 要不然，就回祖国?"

"不，我既不留下，也不回国。"

"那就是路过巴黎到……到哪儿去呢?"

"哪儿也不去。"

日本人盯着她，等着她继续说下去。但是，她始终一声不吭。他于是说道：

"这就是说，无路可走。看来，咱们同是天涯沦落人，可往后呢？"

"就说这些。听天由命吧。"

他举起小小的瓷杯：

"干杯，希尔德小姐，我为您的健康干杯！"

"干杯，小仓先生，我也为您的健康干杯！"

·21·

虽然特奥多尔·魏斯贝格一味迷恋音乐，不会做其他事情，但他懂得，德国的犹太人必须离开第三帝国新的疆界，而这新的疆界后来竟能同欧洲平分秋色。对他来说，这是一项艰巨得几乎无法完成的任务。这个世界越是想用战争手段解决问题，德国犹太人要想获得入境签证就越是困难，哪怕获得仅在邻国作短暂停留的签证也是如此。尽管许多科学家、演员和政治人物预感到悲剧即将发生，提前离开了德国，但是，外国领事馆，不管是西方国家的领事馆，还是苏联的领事馆，都当着他们的面砰地关上了大门。还有无数十分单纯的犹太人，即使在酒徒们在水晶之夜胡闹之后，仍然坚持认为，纳粹空前的暴行将使它无法长期执政。

小人物的状况更为复杂，而他们恰恰占了犹太人的绝大多数。一方面，他们在国外没有亲戚朋友可以暂时收留他们，另一方面，他们也没有钱财或者勇气脱离他们习惯了的生活，舍弃一切，走出生死攸关的一步。他们往往鼠目寸光，随波逐流，以为既然这一切牵扯到那么多人，他们总能找到一条出路。

然而，对于那些心存侥幸的犹太人来说，要找出路，为时已晚。纳粹为他们找到的出路就是"彻底解决犹太人问题"。当时还没有焚尸炉、毒气室和火葬场，从肉体上消灭欧洲犹太人的"万湖"解决方案也尚未出台。这时候，就连盖世太保也大肆鼓励移民，而国际犹太人组织则在埋怨，它们用于帮助有限难民的基金很快就已告罄。一些著名的非政府组织试图说服法国政府，将马达加斯加岛用于安置德国犹太人，但是，西方国家纷纷反对这一主张。这些国家非常清楚，斯大林曾想在远东的比罗比詹人为地制造一个犹太国家，但他的努力已经失败。比罗比詹是阿穆尔河①岸边的一片沼泽地，它迟早会变成世界上最大的关押犹太人的集中营。

反对这种想法的不仅仅是西方国家："巴格达阔佬"在上海的金融巨头埃·卡杜里和维·哈伊姆先生，在无法撼动德国本土的纳粹集团后，又向日本当局施加影响，要求该国限制并在可以预见的将来，彻底制止欧洲犹太人迁往中国、满洲里和朝鲜。他们要日本人相信，他们不会反对这种限制措施，相反，东京将得到他们的谅解和支持。很久以后，当全世界都知道达豪、茅特豪森、马伊达内克、奥斯威辛或者特林布林卡这些地名的真正含义的时候，有些人还羞羞答答地

---

① 阿穆尔河即黑龙江。

试图从人们的脑海中，抹去他们向日本当局施加压力的鲜活记忆。

当所有犹太人都已明白，要想得救就必须不惜一切代价，甘冒任何风险离开纳粹德国的时候，时间已经太晚了。

当时流传着这样一则笑话：

> 外国记者问希特勒：什么是他的政策的最终目标？
>
> 希特勒回答：要把所有犹太人赶出德国，同时也把意大利男高音歌唱家赶出歌剧院。
>
> "为什么要赶走男高音歌唱家呢？"《费加罗报》记者问道。
>
> "你要知道，"希特勒叹息一声，"这样一来，世界舆论就不会对我们驱逐犹太人作出反应。"

于是，以色列的儿孙们只能依靠自己。

"圣路易斯"号客轮事件不是唯一的事件，但却是最典型的一起事件。根据最初的"彻底解决"方案，纳粹当局发了善心，试图一般性地把所有犹太人赶出第三帝国的边界。于是，这艘客轮在汉堡起锚，驶向古巴。船舱里甚至挤了一些侨民。但是，古巴地方当局不准客轮在哈瓦那港停泊。在经过两个星期紧锣密鼓的交涉之后，客轮不得不离开这个加勒比海岛国的水域，继续驶向美国。船上的移民向罗斯福总统发去要求救命的电报，参议院的相关议员也向总统施加了压力，但是，罗斯福总统对他们的请求始终未作答复。在这方面，许多欧洲的美国组织起了相反的作用，因为它们致函总统说，美国经济在经历大萧条后伤痕累累，而它们在欧洲的传统商业活动中却受到了不公正的待遇。这些组织还提醒总统说，德国犹太人中的许多人具有"左"倾思想，要防止他们把共产主义传染给美国。戈尔德施密特，就是底特律成衣厂的犹太厂主，虽然不反对他的同宗兄弟——科隆成衣厂的厂主戈尔德施密特先生，甚至还在声援德国犹太人的请愿书上签了名，但是，他又不想看到本国商人在美国土地上同他竞争，因为戈尔德施密特家族经过三代人的打拼，才过上了幸福生活。美国驻柏林大使馆大概也非正式地、委婉地向美国总统提出了类似的想法：不要让染上"移民寒热病"的纳粹高层人物抱有幻想，以为可以在美国觅得一片乐土——就是让仅仅得了气管炎的纳粹高官产生这种想法，也非常危险。

这艘客轮最后收到了罗斯福总统的答复。总统的答复虽然吞吞吐吐，但却非常坚决：

不能让德国移民拥入美国。

于是，"圣路易斯"号客轮又沿着新大陆的海岸向南航行，但是，墨西哥、智利、阿根廷和其他所有国家都拒绝了它的要求。这些国家提出的冠冕堂皇的理由是：它们的移民配额已经用完。

"圣路易斯"号客轮的船长为了寻求人道主义援助，在蔚蓝色的海洋上颠簸了几个月后，只好转舵驶向善良的老欧洲。但是，善良的老英国和老法国，对于客轮提出的停靠它们码头或它们的殖民地码头的要求，竟然置若罔闻。在意大利，禁止接受犹太移民的反犹太法已经生效。瑞士只发给过境签证，不准在该国停留。比利时和荷兰很有礼貌地答复说，它们至多接受 200 个人。从阿姆斯特丹传来的回复是：不准在苏里南、库拉索或其他荷兰领地寻求避难。

苏维埃国家也同样表示坚决拒绝。再说，这些难民对于到苏联避难也不抱希望：那儿刚刚结束一场新的审判和清洗，而在乌克兰和白俄罗斯，在革命后形成的犹太人聚居区，秘密或公开驱赶犹太人的活动又甚嚣尘上。

最后，这艘幽灵似的客轮只好返回汉堡。

这个故事的结尾部分隐藏在奥斯威辛和特林布林卡的档案中。

魏斯贝格一家住在"但丁·阿利吉耶里大街"3/5 号。这是一座后古典主义风格的豪华的两层楼房，位于极有威望的贵族街区。每年春天，园丁都会在一大片花园里修剪花草。现在，这一家人已经绞尽脑汁，多次讨论寻找避难所的问题。

要舍弃一切，走向一个可怕的未知世界，确实非常困难。

这个未知世界的名字就叫上海——开放城市上海，充满对未来的恐惧的上海，要远涉重洋才能抵达的上海！但是，伊丽莎白同她优柔寡断、情感脆弱的丈夫大不一样，她神经健全，具有女人稳定人心、摆脱困境的本能。

他们认识的许多人已经收到寄自中国的书信，这些较早迈出决定性一步的犹太人在信中如释重负地写道，他们已经逃离了纳粹的地狱，但他们同时又提醒说，上海是另一个闻所未闻、不讲情面的地狱：失业、经济危机和疾病像铁钳一样夹住了这座城市。他们还说，要是没有钱，要是在国外，特别是在美国没有愿意慷慨解囊的亲戚朋友，你就只好为了生存而进行残酷的拼搏。与此同时，几乎所有的来信都提出警告说：犹豫不决和拖延时间无异于等死：上海已经有传言称，这座城市已经塞满了难民，地方当局已经不能解决最基本的公共事业问题。有些外国机构承受不了压力，考虑到自身的安全，很快就会撤走，不再接待难民。到那时，世界上最后一个开放城市也将为寻求自救的犹太人关上大门。

从意大利的的里雅斯特或者热那亚到上海，只有两艘悬挂意大利国旗的客轮，也就是"波克"号和"康维德"号客轮。两艘客轮的航班途经开罗、孟买、马尼拉、新加坡、香港，航程为六个星期。除了购买船票，按照日本当局的要求，每个旅客还要向轮船公司支付四百美元的押金，这笔不小的费用要在客轮抵达中国港口后，才退还给旅客。日本当局的这一要求实际上难以兑现，也有漏洞，因为移民在最初的几个月里，只有很少一点钱财可供支配。欧洲一些救援组织为了筹措资金，并为每个移民提供四百美元的押金，就在购票时向轮船公司提出一个条件：要轮船公司当即返还三百美元。这些救援组织再把这些钱通过内部渠道送回德国，以解救更多的难民。这就使这种保险方式部分失去了意义。当然，接受日本当局提出的要求又是解决燃眉之急的唯一办法，因为至少是到战争初期为止，德国领事馆是根据船票发放出境签证。这就是说，签证同这该死的四百美元纠缠在一起。除此之外，移民必须解决应付上海严峻现实的问题。他们还担心一开始就被弄得囊空如洗，还担心轮船公司不退还他们的押金。

截至 1939 年季春，已有一万七千名犹太人到达上海。而在大战爆发之前的几个月里，等待搭乘"波克"号和"康维德"号客轮的犹太人共有三万人。

同年 8 月，上海港务局突然宣布，限制运载欧洲移民的客轮停靠；作为例外，只接受那些已有亲属在上海落脚的移民。在这种情况下，轮船公司的代表处开始退钱。尽管如此，仍有小股移民通过几条艰难之路抵达上海，即绕道西伯利亚、印度，甚至直接绕道日本。

正是在这个节骨眼上，一道无法逾越的障碍出现了：9 月 1 日凌晨 4 时 45 分，希特勒武装力量的五十七个师和五个步兵旅从北面、西面和南面向波兰发起进攻。西伯利亚铁路这条陆路被封死了。对于指望通过这条陆路逃出德国的犹太人来说，他们前面的大地已经在熊熊燃烧。

从欧洲到上海的移民大大减少了，后来就绝迹了。

幸运的是，在"波克"号客轮的最后几次航行中，小提琴演奏家特奥多尔·魏斯贝格和女中音歌唱家伊丽莎白·米勒-魏斯贝格乘坐其中的一个航班，抵达了中国海岸。这艘客轮后来载着它的六百三十一名乘客，在返航途中触雷沉没。

·22·

希尔德和小仓广站在陡峭的海岸边，头上不断掠过银灰色的海燕，而在他们脚下，海浪汹涌，涛声震天。日本人心血来潮，要在这个星期日到法国西北部的海峡，呼吸一点带有咸味的空气。匈牙利人仍像过去那样没有跟随他们，因为他更喜欢在午饭前放松身心，懒洋洋地坐在"圣日耳曼"教堂对面的咖啡馆里，同侨民一起闲聊。他总要在咖啡馆里喝上几杯，然后昏昏沉沉地回到住地。他把这样消磨自由支配时间称为"星期日的积极休息"。

几天以来，小仓广大夫总是显得更加神秘和忧愁。他无心回答希尔德向他提出的问题，即便回答，内容也很模糊，还说他再过几天会向她宣布重要事情。可他老是拖着，不肯宣布。她现在只想快快活活地享受海风，因为这是她平生第一次看到大西洋。广阔无垠的大西洋用它的一抹海峡，把英国同欧洲大陆分开。

日本人牵着希尔德的手，扶她顺着岸边一条陡斜的小路往下走，海风把咸咸的海水刮到他们的脸上。她穿着薄薄的夏衫，直打哆嗦，身着西装的日本人就把她揽在怀里。这时，他们完全贴在一起，脸对脸，日本人除了闻到大海和海藻的腥味外，也闻到了"蒙布多尔"香水的气味。小仓头一回被搞得神魂颠倒，大口大口地吸着海风，掏出手巾不安地擦拭他厚厚的镜片。

希尔德高兴得笑了起来。

"不戴眼镜，你显得有点滑稽！"

"我听不见！"小仓试图压倒海浪拍击岸礁的声音。

"我是说，你不戴眼镜，样子有点滑稽！"她大叫道，但海风又带走了她的声音。

"我还是听不见！"

"我想，你是我见过的最可爱的怪人！"

"现在听见啦！"小仓的回答压倒了海浪的咆哮。

"我说什么呢？"

"你说我不戴眼镜，显得有点滑稽。"

离海岸不远有一家烹制昂贵鲜鱼的小餐馆，他们就在这个舒适的餐馆里享用午餐。当希尔德最后决定再问问小仓时，他仍是沉默寡言，心事重重。

"你怎么啦？你答应过我，说是再过几天就向我宣布重要事情。现在已经到了'再过几天'的时间。"

他把一只手放在桌上。

"好吧。把手给我，帮我壮壮胆子……我就要走了，希尔德，就在今天晚上。咱们现在就告别。"

"今天晚上。天哪！要离开很久吗？"

"也许是永远离开了这个地方。日本已经实行战争动员，我要应召入伍……正像俗话所说……站到军旗下。"

希尔德沉默了很久，小声问道：

"非得这样吗？不能躲避吗？"

"非得这样。不能躲避。这是战争动员。"

"可你是在巴黎呀，离'那儿'很远，可以不走。你说过，你父亲不信任军医。"

"军医是一码事，祖国又是另一码事。这你难以理解……有些事情，我也不知道是善还是恶，可我们日本人就是与众不同。也许我们的思维方式跟种族、海岛有关，这是同其他种族，同任何国家都不一样的地方。……这不是国家规定的纪律，也不是盲从，而是更深刻的东西……就像是一个人的脐带，是命运，是因果报应，不管你怎么叫它都行……因此，我必须走！"

"你是什么时候知道的?"

"就是在我等到机会，向你送上月季花的时候……希尔德，希尔德小姐，谢谢命运在乌云密布的时候，给了我一线光明。你是一束阳光，谢谢你。不过，我也为你担心。你怎么办呢? 你的下一站在哪里呢?"

"连火车都没有了，哪还有下一站?"

他不再吭声，用手指轻轻触摸她仍然放在桌上的那只手。随后，他犹豫不决地说道：

"我想留一点钱给你。"

希尔德猛地把手缩了回去。

"要是这样，我马上走人！"

"这我理解，也在我的预料之中……不过，请让我有可能报答你对我的善意，接受我的友情。"

"我不记得我为你做过什么善事……"

"你甚至并不明白，是你为我打开了一扇窗子，使我看到了另外一片天地。你使我明白了，一个人值得活在这个世界上……请接受我真心实意的一鞠躬……"

他把手伸进一个既像药箱又像大学生书囊的包里。他这个"圣安娜"医院的勤奋进修生，总是随身带着这个包。他从包里摸出一个紫色丝绒饰面的扁平盒子，盒子里盘着一条黄灿灿的饰物，而盒子中央的丝绒上嵌着一个闪着金字的金属片。

他用一个指头在金属片上摸了摸，轻声念道：

"樱花。"

希尔德吃惊地瞅着眼前这串日本玫瑰色珍珠项链——它肯定价值不菲。她嗫嚅道：

"你疯啦！"

"是我们生活的这个世界疯啦。请接受吧——它表示我对你的感谢。只是来自遥远的地方，非常朴素，装饰着富士山下盛开的樱花……要是你不接受，我会受到深深的伤害！……我那趟火车是在今天晚上二十二点从里昂站发车。要是你来送行，我会非常高兴……就像那阵白色的风……"

最后几个字，他是用日语说的。

小仓和希尔德站在开往马赛的卧铺车厢前面，就像她在两个月前站在开往柏林的卧铺车厢前面一样。

"一路平安。见到你，我感到幸福。"她简短地说道。

"日本人说，每一次见面都是分别的开始。"

"德国人说，每一次分别都像死去一回。小仓先生，人在一生中要死多少回呢？"

他取下眼镜，眨了眨眼，仿佛有尘土钻进了眼睛。

"你能亲我一下吗?"希尔德略显羞涩。

"不值得,不过呢,可以。"

她俯下身子,让小仓亲她的脸。

这一回,舅舅家的爷们儿变成了日本人。

·23·

"你已决定离开我们吗?"

阿伦·康蒂问道,用牙齿死死咬住雪茄烟。

希尔德默默点了点头。

"要是把你的工资每天增加十五法郎呢?"

"我很不好意思说出口,阿伦,我骗了你。你的秘书相信我的一双蓝眼睛,以致没有要我出示工作许可证。可是,我没有工作许可证。我的申请遭到拒绝。昨天我在伊夫里那家老旅馆旁边露面时,大家高高兴兴地告诉我,警察在找我,打听我的新住址。我要躲起来。"

阿伦·康蒂摸了摸鼻子。

"首先,你没有骗我,我早就知道你的底细,是匈牙利人告诉我的。现在也有人在找他的麻烦。这种游戏不是针对你一个人的。看来,不只是你一个人成了牺牲品。很明显,警方在普遍采取行动。战争就要爆发,国家要清理入境人员……我们国家,也就是 la belle France①,在胜利的军团踩

---

① 意为"美丽的法兰西"。

着红地毯走过之前，需要拍打拍打地毯，清除尘土，你明白吗？"

"不明白。"

"没关系。趁着那些笨蛋还在伊夫里搜查那些小旅馆的时候，我可以把你隐藏一段时间。难道他们知道你在我这儿工作吗？不知道。既然如此，我们为什么要为他们效劳呢？在我的个人计划中，你排在第一号。"

"谢谢你，阿伦，可我不想在你的个人计划中排在第一号。不好意思。"

"姑娘，你看，是这么回事——我们大家都在某种计划中扮演自己的角色。咱们这个地球上有多少人呢？我记不清楚。但是，几十亿人都在扮演自己的角色。你知道这是一场什么样的争斗吗？你要做火车的乘客，而不要做送行人。你要尽可能坐快车，坐一等车厢。这就是问题的核心。上路吧！我一眼就看得出来，你是适合坐火车的人。你的位子还给你留着，我要把你放在你的位子上……如果你还有什么更好的想法，你还有时间继续考虑。不过，你要记住，所有在我们摄影棚里工作过的姑娘，都是我们的姑娘。要是你走得不顺，你什么时候都可以来找我。你知道我在哪儿喝白兰地。"

一个谢了顶的大胖子穿着一件高领衫，突然冲进这个堆满东倒西歪的道具的摄影棚。

"但愿我没有迟到，康蒂先生。"

"没什么，克洛德，你迟到啦，但愿这是最后一次。请坐，乐谱在那儿。"

阿伦·康蒂牵着希尔德的手，客客气气地把她送到摄影棚的另外一头。

"喂，殿下，对不起，咱们开始干活。"

希尔德走到门边，又折返回来，瞅了一眼那个大胖子，只见他坐在伊什特万·凯莱蒂的位子上，轻轻弹着一支曲子。

"匈牙利人出什么事啦？他昨天晚上又去喝酒，今天早晨很早就出了门，当时我还没有醒。我真不知道他是什么时候清醒过来的。"

"是这样，姑娘，他是一个真正的酒仙！……你问他在哪儿，可我不是告诉你了吗，国家正在清理外国人。这是警察的事情，真头疼。如果你想见他，他就在对面的小饭馆里。你就告诉他，不要到这儿来，也不要喝醉，要不然会出乱子。午休时，我会过去看看。好啦，亲你，你快走吧。"

总司令阿伦·康蒂飞快亲了她一下，又向挤在走廊上的姑娘们大声嚷道：

"安静，这儿不是市场！下一个！"

· 24 ·

希尔德走进制片厂对面的小饭馆，睁大眼睛搜索着匈牙利人。他坐在一个角落里，酒杯旁边放着一个喝光了的白兰地瓶子。他还是那样面黄肌瘦，就像昨天刚从停尸房里拖出来的一样。

"伊什特万，出什么事啦？"她惶恐不安地问道，坐在圆桌的旁边，"干吗没有上班？康蒂对我说了几句，但是没有把话说完……"

"你喝杯咖啡吧？喂，服务员，给这位小姐上一杯咖啡！……出了点事，亲爱的妹子，有人诬陷我。今天早晨，警察突然找上门来，康蒂必须为此付一笔不小的罚款，因为他雇用了一个证件过期的外国人。"当服务员送来咖啡时，他停了停，然后又说："情况就是这样。说实话，警察也做得对，成千上万的法国人处于失业状态，我们却从他们的嘴里抢食。是呀，他们现在倒是有了光明的前途，失业的音乐家也会显著减少。可怜的康蒂！他必须塞满检查员的腰包，免得他们没收我的签证。你的情况怎样？你今天去过美国领事馆吗？"

希尔德吐出一口闷气：有必要详细解释那些讨厌的法律条文吗？今天早晨美国领事馆一开门，她就去了——一大早就排队等候。这一次，同其他申请人不同，是领事亲自接待了她。领事特别热情地通知她说，由于缺乏充足的理由，华盛顿不能发给她移民入境签证。领事的眼睛偷偷滑过她漂亮的大腿，建议她不要丧失信心。他很有礼貌地邀请她再次见面，她也很有礼貌地表示拒绝。

"瞧！亲爱的，情况就是这样。"匈牙利人说，"这个美国，就像每一个伟大的民主国家一样，只会给你出主意，拍拍你的肩膀，并不希望哪个不速之客上门讨饭，只有爱因斯坦是个例外。这个国家只网罗对它有用的人，压根儿就不考虑需要它帮助的人。"

希尔德把咖啡杯子捧在手里，转了很久，苦苦思索着什么问题。她最后说道：

"要是我让你看一样东西，你能请我喝一杯伏特加吗？"

"我请你喝两杯，不过，一人一半。"

她平时在巴黎大街上闲逛时，手提包里只装些零碎物品，可是今天，她却从包里掏出一个紫色丝绒饰面的扁平盒子。在小饭馆低矮的拱形天花板下，小仓广大夫送给她的玫瑰色项链熠熠生辉。希尔德让瞪着两眼的匈牙利人摸了摸项链，然后才说：

"是我们的日本朋友送给我的。我觉得，这是真货。我本想留着它。我从来就没有享用过这样贵重的东西。当一个人朝不保夕的时候，没有权利拥有这种奢侈品，我也没有放它的梳妆台。我知道，把它处理掉，很没有道德，简直堕落到了社会的底层。可是，咱们早就生活在社会的底层。要是我把它卖了，你有什么想法？换来的钱够我们两个人用吗？我指的是你设想的那个计划……去西贡或者别的地方。"

"去上海。"匈牙利人平静地说。

"去上海。这跟去西贡有什么区别呢？"

·第二部·

第二篇

·25·

寒气袭人。一群祈祷者——其中多数是老年人——嘴里叽叽咕咕地背诵着祈祷文，而犹太教的牧师莱奥·莱文清晰洪亮的男中音，明显盖住了他们的声音。莱文正在以典型的德国式犹太腔调，用希伯来语口诵圣训：

"Шемá Исроел！Аттоной Елохену，Аттоной Ехот...（听着，以色列！我们的神永世长存，我们的神是永世长存的唯一的神……）"

不知道在这个星期六的早晨，在这座供奉着其他神灵，由其他信徒朝拜的破破烂烂的佛教寺庙里，永世长存的唯一的神能否听到莱奥·莱文的颂词。

这个神殿不久前还是虹口的一座街区小庙。虹口是上海许多贫穷的巨型蚁垤之一，这里的居民文化不高，生活悲惨。小庙的两角饰有飞檐，飞檐下盘踞着怒目圆睁的金龙。小庙在日本飞机轰炸时几被焚毁：炸弹的冲击波削去了它东边的一部分，毁掉了数以千计的佛经的手工刻版——用于印刷书籍的底版——这些刻版比德国柯尼希的印刷品早了几百年。许多被烧坏的刻版就像一摞摞建筑用砖一样，被新来的犹太居民整整齐齐地码放在一个角落里。新来的移民懂得，刻版是书籍之母，是文字的载体，那些遗弃了小庙逃亡的人，总有一天会回来寻找自己的经文。

把一座破庙变成一座犹太教堂，这简直闻所未闻！首先提出这一想法的是杜塞尔多夫孜孜不倦的犹太牧师莱奥·莱文，他投身俗界，生性乐观，爱讲一些离奇的故事。但是，他对正统教徒的要求非常严格，而对无视经典、俗不可耐的异教徒则疾恶如仇。他欣然接受了别人的意见，认为供奉烧坏了的两条金龙和金身佛像的寺庙，同古犹太人的神庙对神、对人和动物的要求并不一样，因而不得随意改动。他耐心地解释说：佛陀盘腿坐在盛开的莲花上，他不是平凡的逝者，更不是耶和华；龙并非实有，而是被神话了的生物——诸如此类中国独有的事物，在《塔木德书》①中根本就找不到。他口诵的圣训，多多少少使基督教徒们得到了安慰，尽管他本人在内心深处，仍然接受不了新改建的犹太教堂门口，卧着两尊利爪踩着石球的大理石狮子。

这天，神学硕士奴仆莱奥，莱奥·莱文就在鸡市上卖他妻子做的粢饭团②。他妻子埃斯特曾是杜塞尔多夫中学的教员。下午，牧师总是无私地帮助那些畏神的灵魂，因为他们身处这座完全陌生、一团漆黑而又充满敌意的城市，渴望通过祈祷来洗涤心灵，求得一线光明。为了安置欧洲新来的移民，奴仆莱奥总是乐意提出忠告，无偿地跑东家串西家，为欧洲新生儿施行割礼，或者为新婚夫妇举办婚礼。在上海，他的妻子埃斯特·莱文包揽了全部家务，毫无怨言，而她的那些新来的同乡姐妹总是满腹牢骚，说是可恶的"窝"里令

---

① 《塔木德书》亦称《塔木德经》《塔木德智慧枕边书》，犹太教圣法经传。
② 粢饭团，食品。将糯米掺和粳米，用冷水浸泡，沥干后蒸熟，吃时中间裹油条等捏成饭团。

人憋气，臭味熏天，床铺、活人和箱子堆得顶住了天花板。他们当时睡通铺，每个屋子挤了四五十人。这些住所是被日本飞机炸坏的纺织厂和成衣厂，后来被天主教卡尔美里特修会会士①用来安置无家可归的难民。同他们相比，较为富裕的移民就住得宽敞一些——他们住在苏州河那边较好的街区。这样的移民中有纽伦堡珠宝商约·巴赫，据说他耍了一个花招，把榛子般大小的八颗钻石藏在皮鞋的后跟里，带出了德国。说这些钻石像榛子那样大，可能有些夸张，不过，这只是一种传闻，而传闻是允许夸张的，夸大一点无碍事实真相！这位巴赫先生还在轮船上时就讨厌所有的人，特别是和他同名同姓却又有着不同信仰的一位作曲家势不两立。现在，接受过割礼的巴赫同他的妻子和两个未婚的女儿，一起住在福州弄堂体面的楼房里，因此，卡尔美里特修会会士起码不会为他和像他那样的家庭操心。

这些卡尔美里特修会会士无一例外都是中国人，但她们的会长安东尼娅早在青年时代就从法国阿尔萨斯的某个地方来到上海，因此，她不但会讲法语，而且还会讲德语，起码能同新来的德国移民进行交流。她在上海学会了中国话，以至可以拍着桌子，同中国公共服务部门昏庸的官僚吵架，迫使他们为免费公共食堂提供更多食品。这些公共食堂每天都要为贫穷的移民供应盒饭。这桀骜不驯、顽强倔犟的女性还要求中国当局为犹太难民，即为匆忙建立的 The Jewish

---

① 卡尔美里特修会会士原为 12 世纪十字军东征时在巴勒斯坦卡尔美勒山建立的天主教修会会士，13 世纪移入西欧。

Refugee Hospital（犹太难民医院）提供药品。这家医院由阿图尔·曼德尔教授负责，他是柏林"夏里特"医学院的外科主治医生。安东尼娅会长是卡尔美里特修会全心全意为移民服务的一位工作人员，不管是在过去还是在饥饿和战争的日子里，不管是在伤寒流行的时候还是现在，她总是坚守自己的岗位，从不懈怠。她眼下的主要工作是帮助那些冒着纳粹迫害的风险刚刚抵达上海的不幸的人们。

修会会士到码头上迎接新来的移民，扶老携幼，照顾病人，尤其是关照那些剪着短发的男男女女。她们心中有数，这是一些从达豪集中营逃出来的人。还在长笛演奏者西蒙·齐纳尔的亲友找到他以前，修女们就把他认了出来，跑过去帮他，因为他一个人提不动两个箱子。他手上缠着绷带。他在被海因茨·施埃因布雷纳重罚之后，十个手指上满是伤痕。

同他一起共事的音乐家们早他几个月抵达上海，他们现在亲吻他胡子拉碴的面颊。

"西蒙，亲爱的西蒙！你在达豪活过来了，简直就是奇迹！"

"我把死忘啦。"长笛演奏者阴沉着脸说，高高举起缠着绷带的双手，做出投降的姿势。

熟悉西蒙·齐纳尔的人都知道，他有一股韧劲，永远不会投降。他随后的表现也证明了这一点。

就这样，移民一批批从舰桥上走下来了。这时，卡尔美里特修会的铜管乐队奏起了施特劳斯的圆舞曲，以德国式的Willkommen（欢迎）迎接他们。

这是一幅具有异国情调的风景画：中国会士用长号和喇叭在浑浊的黄浦江边奏响了《蓝色多瑙河》。这的确有些怪诞，可它亲切，感人肺腑。这种突如其来的节日般盛大的欢迎仪式，使经过长途跋涉正身心疲惫又不知所措的难民有了勇气，它点燃了以色列这个注定永远流亡的民族心中希望的火种：事情并非那么糟糕，一切最终都有可能如愿以偿。不过，这种脆弱的希望不久后就受到了严峻的考验。

令人感动的还有，老修道院院长、严厉的天主教徒同快乐的犹太牧师莱奥·莱文之间倏忽产生了友情。他们一起研究共同遇到的问题，一起接待、安置和帮助难民。除此之外，他们还有一个小小的秘密：莱奥·莱文教天主教徒打纸牌、掷骰子。"骰子"是一种特殊的筹码，一"点"等于上海一分钱。还需说明的是，在这种小额赌博中，修道院院长既轻信，又上瘾，往往输给犹太牧师。这种游戏倒是难不倒安东尼娅会长，因为她掌握了作弊的诀窍。她觉得，不管什么游戏，天大的道理都是以此取乐而不是赢钱，是从中寻找刺激而不是为了输钱。不过，当这位老太太的欠账超过一个美元时，她就掩饰不住内心对公道的上天的怀疑，以为犹太人的神灵保佑了自己的牧师。见此情景，犹太牧师干脆免除了对方的欠款，重新发牌，再来一局。

……牧师的妻子埃斯特·莱文思念自己主动离开的心爱的学校。那一天，柏林最高行政当局要求在她讲授的德国历史课中，塞进1923年11月纳粹党徒策划慕尼黑阴谋的"英雄"业绩。希特勒及其帮凶当年打着争取德国光辉未来的幌子，发动了一场政变，不得不住进兰德斯堡监狱。元首在监狱里向他忠实的战友鲁道夫·赫斯口授了回忆录《我的奋斗》的第一部分。因此，教师们必须根据新的历史教科书，虔诚地讲解书中的伟大思想和奋斗目标。中学校长是一位荣誉市民，很难同意纳粹的宣传，仍然忠于传统的德国秩序。他心甘情愿地接受了教员的辞呈。要知道，要辞掉一位第三帝国新一代的犹太教员，会受到良心的谴责，但是，在当时的情况下，这又是不可避免的结局。眼下，新的历史教员在奴仆莱奥的帮助下，临时找了一口小锅，在破旧的缫丝车间里制作粢饭团。开始时，有一位满脸皱纹，瘦小但却热情的邻居向教员传授手艺。这位老太太不懂一句德语，而埃斯特也不认识一个汉字。但是，她们两人能相互理解。据说犹太女人现在制作的粢饭团，同中国人制作的粢饭团相比毫不逊色。

当时，中国经济停滞不前，从第一船难民开始，大家就都住在拥挤的屋子里，里面没有水管，没有自来水，臭虫和跳蚤倒很活跃。在这种情况下，每个人都要干些累活、脏活，都想多挣些钱。除星期六外，每天一大早，奴仆莱奥·莱文都要操起竹扁担，在两头挂上篮子，随着扁担晃悠晃悠的节拍，连走带跑地到鸡市上出售粢饭团。天体物理学家马库斯·阿龙松又瘦又高，活像一根电线杆子，他也挑着同莱奥差不多的东西，在莱奥旁边蹦蹦跳跳，样子十分好笑。马库斯·阿龙松是莱奥卖粢饭团的第一个帮手，可他过去却热衷于量子力学理论，曾因当过爱因斯坦的助手而被大学生们称为"光量子迷"马库斯。令人不解的是，他当年竟没有跟随自己伟大的导师前往美国，因为他认为大科学的土壤是在德国。他个人的德国之路不仅没有使他奔往银河系无数闪亮的星星，而且还把他直接领进了集中营。当他最终意识到这一点时，为时已晚：美国已经不可逆转地筑起了一道阻止移民的屏障。现在，生存之路只能穿过上海的鸡市。

请别误会，以为鸡市上出售的只有伸长脖子、拔光了毛的家鸡、鸭子、田鸡、鸽子和乌漆墨黑的茶叶蛋。其实，使外国人看得目瞪口呆的，首先是关在精致竹笼里活蹦乱跳、嘤鸣相召的小鸟。当然，在麦秸小笼子里叽叽乱叫的蝈蝈在鸡市上也不鲜见，而欧洲根本就没有这种宠物。至于欧洲人偏爱的小狗，不见市场上有人买卖。使欧洲人感到恐惧和恶心的是，在一些偏僻的地方，一些活狗老老实实、无精打采地待在竹笼子里，被人买去杀了吃肉。同狗肉摆在一起的还有猪肉、牛杂碎、活鱼、咸鱼、干鱼，还有当着买主的面活剥的蛇、鳝鱼、海虾和个头很大的牡蛎。

但是，人能适应一切，就连欧洲人也只好妥协。在这样的环境里，每个人都把狗肉当成食物链上的一环，尽管从来就没有见过白人在欧洲街边的小饭馆里向顾客推荐狗肉，也没有见过大洋彼岸的美国人在大餐厅里把狗肉当成佳肴，相反，那儿严格禁止烹制狗肉，并有专门法规予以惩处。

当欧洲人参与这种勾当时，最先得到实惠的是小偷什洛莫·芬克施泰因的那些最要好的朋友。什洛莫曾是达豪集中营的一个囚徒。人们发现，一段时间以来，一条接一条的家狗，从卷毛狮子狗到凶狠的德国牧羊犬，陆续从法租界和英租界的花园里，从网球场和高尔夫球场的周边消失了。到底这个肩宽、腿短的矮子是采用什么特殊的方法，通过怎样复杂的程序勾引主人的爱犬，并把它们运走的，谁也搞不明白。看来，市场上那些推小车的人参与了这一活动。丢了狗的主人惶惶不可终日，希望尽快找到自家的爱犬，于是就去询问那些在市场上出售狗肉的中国人、朝鲜人和越南人，以每公斤活重的价格把相应的肉钱付给他们。结果，对方点头哈腰："咱们成交，米斯托-米斯托！OK！"

· 26 ·

奴仆莱奥·莱文承认，今天早晨他的确心急如焚：他匆匆忙忙把粢饭团交给了助手马库斯，马马虎虎主持了星期六礼拜仪式，随随便便唱了祈祷歌《基杜什》。诚然，他很喜欢这首歌的歌词，因为它倾吐了草原牧民的忧伤，表现了他们对怜悯的渴求和对唯一的神的忠心耿耿。歌词经过千百年的锤炼，言简意赅，但是，对一个有经验的牧师来说，即便是唱一首被奉为经典的康托尔①，要漏掉其中的某些段落而不被人发现，也是轻而易举的事情。如果这是他的过错，那他也没有什么好隐瞒的。唯一的神一定会原谅他，因为他现在要参与完成一项极其重要的任务。你瞧，小提琴演奏家特奥多

① 原注：康托尔，犹太教堂歌曲。

尔·魏斯贝格和外科医生阿图尔·曼德尔虽被一场春雨淋湿，可他们仍然坚持站在犹太教堂外面，耐心地等着他。The Jewish Refugee Community of Shanghai[1] 今天把一项重要使命托付给了他们三个人。The Jewish Refugee Community of Shanghai 是 1937 年以后逃离德国和奥地利的犹太难民社团的正式名称，这些难民主要集中在虹口区，这个街区因规模最大而自成一体。德语犹太社团不可能对上海十分复杂的环境完全负责，因为在该市犹太居民中，逃脱纳粹魔掌的难民只是其中的一部分，虽然是最穷的一部分。富裕的犹太人早就住在公共租界豪华的中心地带。除了这些富人外，上海市内还形成了另外两个犹太群体。这两个群体都来自俄罗斯，总共只有四五千人，犹如一盘散沙，很不团结。他们使用的"伊迪什"犹太语，是中世纪德语和古犹太语的混合体，其中又夹杂着斯拉夫语的某些单词。一个犹太群体由哈萨克难民组成：1905 年俄日武装冲突后，俄罗斯国内抛起了反犹浪潮，这些犹太人不堪蹂躏，逃了出来。另一个群体的犹太人在 1917 年十月革命后和接踵而来的国内战争期间，逃到上海避难，因为在当时，不管是红军还是白军，只要吃了败仗，都把别尔季切夫、奥德萨或者切尔诺维策州的犹太人当成出气筒，把城乡结合部的犹太小孩称为"废物"或者"小肉"。犹太人经常成为偶然发生或有意煽起的反犹暴行的牺牲品，由此而形成了大规模的难民潮。有的犹太人逃到西方和美国，

① 意为"上海犹太难民社团"。

有的犹太人逃到东方，即通过西伯利亚和伊尔库茨克迁到中国和朝鲜。在上海，他们主要投靠由小私有者和职员组成的中产阶级下层，尽管后者自己也不富裕。

这两个群体粉碎了犹太人善于抱团的神话。它们彼此不相往来，并且敌视每一个新来的移民，把他们看成是同自己争抢饭碗和地盘的竞争对手。更要命的是，这些移民出生于欧洲和近东不同的地域，文化底蕴、历史、传统和语言千差万别，除了共同的宗教和对于共同的祖先的遥远记忆外，简直就没有其他任何共同之处。

……牧师和他的两个战友走在乱哄哄的弄堂里。这种地方人声鼎沸，叫卖声不绝于耳，遍地是兜售纺织品和其他成品的小摊，每时每刻都可能有人把你的帽子抢去，然后钻进旁边的里弄。那些缺胳膊少腿的残疾人吃了上顿没有下顿，只得伸手向你乞讨。此外，有人还用铁锤敲击木板，使之发出令人难以想象的砰砰声，以吸引顾客的注意。

三个人并不知道，在他们后面二十来步的地方，跟着一个足智多谋的家伙，他正在略显粗鲁地用两手扒开妨碍他走路的行人。他就是那个偷狗和卖狗的什洛莫·芬克施泰因。他心甘情愿当了保镖，因为他比谁都精通上海一百零一种扒窃方法。这个原汁原味而又初识文字的什洛莫，颇受他的精神上司们的赏识。毫无疑问，他短小敦实的偷儿形象，他在达豪集中营保护柔弱的特奥多尔·魏斯贝格时表现出来的忠诚，都为他帮了大忙。什洛莫·芬克施泰因和特奥多尔·魏斯贝格是在不同时间抵达上海的，在上海码头上，当芬克施泰因瞥见魏斯贝格一家时，他就满心欢喜地自封为达豪集中营的难友和他知名的夫人的保镖。

要想在里出外进、拥挤不堪的弄堂里穿行，不是一件容易的事情，因为小贩们直接把席子铺在街面上，卖些蔬菜、大米、草药和佐料，完全不理会骑着摩托车巡逻的日本兵。这些日本兵只好拼命吹哨，小心谨慎地在地摊中间穿行。而在弄堂的人行道上，每个中国家庭都可以把两个木箱当成凳子，把另一个稍高的木箱当成桌子，再生上一炉火，配上三四种炊具，就开起了一家能够接待两位顾客的小餐馆。小餐馆用新鲜芦苇秆在屋檐下挂出沾满灰尘的一块猪肉和一条瞪着两眼的鲜鱼，就能引起行人的食欲。

直到踏上一座铁桥，犹太难民社团的三位代表才摆脱了拥挤的人群。这座铁桥是虹口区的一个标志性建筑。过了一会儿，他们就看见了跟在后面的什洛莫的秃顶。他们的脚下是黄浦江的一条支流——浑浊的苏州河，河中很少见到水上人家的木船和汽艇。在桥的两端，也就是在它的入口处和出口处，日本兵正在围着火堆烤火。时值春季，天还有些冷，因此，日本兵一大早就在这儿用汽油点燃木屑，生起了篝火。这时候，谁也不知道也不可能知道，这座规模不大但却严加守卫的外白渡铁桥，将成为一个世界通向另一个世界的唯一大门，因而将在虹口的日常生活中上演戏剧性的一幕。

三个人连同他们的义务保镖今天放下他们的日常事务，

去同富人和当权者交涉，是因为最近发生了令人恐惧的事情。一个月以来，一大帮中国青年法西斯分子在反犹报纸《上海犹太记事报》的煽动下，在犹太人的集体宿舍制造了三起反犹事件，对犹太人的小店铺实施打砸抢，并把汽油瓶扔进刚刚开张的可怜的甜食店。这家甜食店取了一个怀旧的名字——"维也纳"。日本兵对此类事件不理不睬，因为他们的任务是守卫桥梁和重要的十字路口，不负责维持街上的秩序。当一群中国"母狮"突然冲出来，让苍老的女医生西比莱·戈尔登贝格从她们胯下钻过去时，这些日本兵竟然哈哈大笑，手舞足蹈。西比莱·戈尔登贝格早已退休，她一到上海就尽其所能，在小医院里帮助曼德尔教授。

中国市政当局起先没有进行干预，但是，当德累斯顿大学合唱团从前的长笛手、爱打抱不平的西蒙·齐纳尔——就是那个被刑事七连打烂了手指的西蒙·齐纳尔组织一帮人进行反击，开始施展拳脚时，二十来个身着制服的骑警便迅速赶到现场。有人受了轻伤，另有一个人的头被打破了。西蒙·齐纳尔因破坏公共秩序而被拘押，但过了两小时，在他说明事件经过后，就被释放了。这帮中国年轻的肇事者后来全都蒸发了，谁也没有再找他们的麻烦。

《上海犹太记事报》用日文和中文两种文字出版发行。谁都清楚，这家报纸直接得到德国在上海的官方集团的资助和指导。实际上，该报登载的文章和漫画，几乎是逐字逐句翻译和转载自第三帝国纳粹的宣传品。在远东版的"水晶之夜"上演后，德语犹太社团的领导人决定向日本在上海的最高特使提出抗议，指责日方对法西斯匪徒的暴行采取了消极态度。他们还提请注意说，流氓们的行径并未受到阻止，这是同日本官方宣布的对欧洲冲突采取宽容和中立态度的政策背道而驰的。

但是，说归说，做归做。日本军事占领当局的领导人当时的主要使命是放出烟幕，掩盖正在紧锣密鼓地进行的日美关于互不侵犯条约的谈判，因此，龟鉴久泷将军拒绝接待德语犹太社团的代表团。他在答复中称，他享有的特权只限于军事领域，不涉及民事纠纷。中国傀儡市政当局在答复犹太社团的信函中坚称，来自德国的犹太人是德国公民，他们持有德国官方机构签发的护照和入境签证，根据国际惯例，市政当局认为，犹太人的问题应当由德国驻当地机构负责解决。上海市政机关当时还不知道，柏林正在讨论一项计划，就是要褫夺德国犹太人的公民权，把他们作为"不受欢迎的人"驱逐出境。他们现在仍是德国公民，但他们只有义务而没有相应的权利。

最难接触的要数法国人。他们龟缩在法租界里，四围戒备森严，对周边发生的同法国没有直接利害关系的事一概不予理会。法国人的忧虑显而易见：德国坦克部队正绵延不断地开往已被占领的比利时，这对法国形成巨大的压力，而法国又只能忍气吞声。在此情况下，法国再也无暇顾及其他事情。法国军事委员勒费福尔还疑惑不解地一扬眉毛说："这跟我们有什么关系？先生，我们自己需要操心的事情绝不少于你们！"

这个军事委员当然说得在理。早在这年 4 月，德国人就狼吞虎咽地吃掉了丹麦、荷兰、挪威、卢森堡和比利时，法国也正等着被吞下去。

古德里安指挥的装甲兵对"马其诺"防线虎视眈眈，一心想摧毁这座沙塔。所有关于这道防线坚不可摧、绝对牢固的神话都是一种幻想和宣传烟幕。德军甚至不愿花费时间粉碎这些水泥工事，而是绕道比利时和阿登山区，狼奔豕突般冲进法国。

英国受人尊敬的代表查尔斯·沃什伯恩先生被公认为公共租界的首脑。他有一副军人的装束，头发花白，嘴上翘着两撇大胡子。他曾担任印度旁遮普的副总督，年轻时加入了伦敦绅士俱乐部，曾到印度和纳米比亚狩猎。现在，他直挺挺地站在办公桌旁，很有礼貌却又轻描淡写地说道："英国行政当局原则上不干涉中国的公共事务。"他说这话，大概是指那帮年轻人的冒险行为，并且认为此事无关宏旨。他说，就连一些颇有影响的犹太富商也对德国同宗兄弟的做法持有不同意见，就是他们把自己的兄弟视为他们举行家庭聚会时不请自来的穷亲戚。他还说，在上海目前极其敏感的政治环境中，最好是直接去找德国驻上海的奥托马尔·冯·达姆巴赫男爵。这位先生当然知道，英国眼下正在同德国打仗，由于这一原因，上海的英国人同第三帝国的代表没有直接联系。沃什伯恩瞅了一眼怀表，满脸堆笑地以一句漂亮话结束了交谈："先生们，我很高兴，但愿……"

这不是虹口犹太社团的代表第一次登门拜访地方当局的上层人物。他们还有无数尚待解决的问题，更准确地说，大约还有两千个问题，这相当于安置在城市这一区域的难民人数。三位"议员"在白白忙活了一阵后，哪怕能解决一个问题，也会使他们的情绪不致受到打击。

今天这三个人——一个牧师、一个医生、一个长笛手，在职业扒手的护卫下，直接冲向虎口，找到了冯·达姆巴赫男爵。

小小代表团此刻行走在上海外滩上，不远处就是他们已经淡忘的欧洲商店和餐厅、办公大楼和银行。小汽车、自行车和黄包车穿梭如织，指挥交通的是一些戴着白手套、包着白头巾的锡克人。对他们三人来说，这个仅有一箭之遥的花花世界，犹如那颗可望而不可即的月亮。

他们来到了繁华的南京路。街道两边密布珠宝店、香水店、饭店、时髦的沙龙、维也纳甜食店、巴伐利亚啤酒店和夜总会。五光十色的橱窗堪与伦敦的橱窗媲美。红色的公共汽车和黄色的出租车从他们旁边驶过。三个人需要停下来喘一口气。在离他们很远的地方，什洛莫正靠在一根电线杆上等着他们。

一队苏格兰乐手吹着风笛，迈着整齐的步伐，精神抖擞地从他们旁边走过。这支乐队大概是从码头上走过来的，是到那儿迎接或欢送哪位要员的。这些穿着方格花布短裙的健壮的男子，一个个显得高贵和自信，向世人展示了大英帝国的傲慢和强盛。

三个人点燃香烟，一声不吭，但是，每个人都明白其他两个人在想些什么。他们的心飞到了苏州河的对岸。那里的人们就像一些从牢房里涌出来放风的囚徒。那个世界充满了贫穷和苦难，而他们就属于那个世界，马上就要回到那个世界，呼吸那种散发出浓烈臭味的空气。

……第三帝国的官方代表处位居德租界的中心，离跑马场不远，环境幽雅，风景迷人。两层楼房坐落在一个精心维护的公园的尽头，两边的配楼犹如一对翅膀，窗户明亮。与其说它采用了颇为流行的英国殖民主义的建筑风格，不如说它是采用了法国的建筑风格。楼房白得耀眼，仿佛用冰糖砌成。楼前正中修剪整齐的草地上立着一根旗杆，旗杆上懒洋洋地垂着一面"卐"字旗。"西方大道"的官邸后面有一所德国精英学校，最近五年来，犹太家庭的孩子进不了这所学校，尽管有些犹太家长负担得起昂贵的学费。

空气冷飕飕的，但很清新。季风时节，一场雨后，刚刚修剪过的草地送来阵阵青草和茉莉花的芬芳。十分明显，河这边的大自然生机勃勃，素雅淳善。

德国这方土地的透花铁门前站着两个身着制服的德国警察，这使人感到仿佛看到了柏林国会大厦前面的草地，而不是身处万里之外的东方。特奥多尔·魏斯贝格在走近德国代表处之前，猛一抬头，发现了站在角落里的什洛莫。当小提琴演奏家用手示意什洛莫过来时，什洛莫一惊，往四下里瞧瞧，看看是在叫他呢还是在叫别人。随后，他吐掉咬在嘴里的一根牙签，老老实实跑了过来，准备执行任何命令。

小提琴演奏家怪罪他说：

"什洛莫，你又在跟踪我们。我求你别干这种蠢事！"

小胖墩皱了皱眉头，一声不吭，两只脚不住地在地上捣腾。停了一会儿，他才怯生生地说：

"我在保护你们。"

"保护谁？为啥要你保护？"

什洛莫穿着一件旧棉袄。由于肚子大，棉袄紧紧箍在他的身上。他把手伸进棉袄里层的衣兜，摸出了一个钱包。

"魏斯贝格，这是您的钱包。还在虹口时，就有一个家伙用镊子把它夹出来了，可他没有发现，我就站在他的背后。"

很明显，这是两个扒手——亚洲扒手和欧洲扒手在比试高低，欧洲扒手暂时领先。

奴仆莱奥和医学教授扑哧一声大笑起来，而特奥多尔尴尬地接过钱包，嘴里嘀咕着什么，好像是在道歉。

· 27 ·

在这个星期六的上午，特奥多尔不光只为一件事感到心酸和愁苦。伊丽莎白原想在今天同他单独谈谈，可他在这个敬神的日子，一大早就溜出来了。在上海，你很难找到一种能挣半个美元，而你又想干的事情。你只能做些你偶尔碰到的零活，比如擦车，打扫租界某个漂亮商店前面的人行道，或者帮助哪个人搬运行李。总之，你找不到一件你想干而且有能力干好的事情。当你的能力只限于古典音乐这个行当时，情况就更糟糕。日军侵占上海后，谁也没有欣赏音乐的闲情逸致，不会为听古典音乐演奏付钱。据说，"法国城"过去有一支出类拔萃的室内乐团，但是，在法国实行战争总动员后，许多乐师回国去了，乐团也散伙了。在日机轰炸和日军继而入侵上海之前，中等水平但风格独特的北平交响乐团曾来这里作最后一场演出。日军占领上海后，这座城市变得死气沉沉，人们一般只能在酒馆里找点乐趣。在那些聘用乐队的休闲场所，主要是在高雅的大饭店里，乐队的每个位子背后都隐藏着十来名竞争者。情况更为复杂的是，失业的音乐家大多是亚洲人，由于他们工资低，他们在竞争中更有优势。毫无疑问，特奥多尔是一名技艺精湛的演奏家，但是，娱乐场所的老板，特别是中国老板，未必就欣赏欧洲的这颗明星。再说，他天赋的才能也很难适应新的环境。他必须在刀叉的撞击声中，或者在服务员和酒徒们的喊叫声中，演奏欢快的伦巴舞曲。同先前的幽雅环境相比，这里的环境使他很难有所作为。

他和他在音乐界的同事们抛弃了理想，每天都把精力耗费在几乎无望的抢食之上，现在只能擦车，搬运行李，或者做些其他杂事。这样一来，他在晚上演奏时，反而对乐谱感到陌生。于是，西蒙·齐纳尔就扮演了他的角色。齐纳尔的手指在达豪集中营被打坏后，无法再演奏长笛，但是，他又是一个出色的组织者。这位从前的长笛手白天在租界的一家大饭店里刷盘子，每逢星期二和星期四的晚上，就把同事们集中起来进行排练。这件事做起来十分困难——大家晚上从虹口干活回来，已经筋疲力尽，对音乐没有任何兴趣。但是，齐纳尔坚持不懈，有进无退，渐渐使大家产生了热情，把排练变成了一种仪式，为枯燥的日常生活增添了一点色彩和快乐。他们在钢铁构件厂废弃的厂房里公开举办了第一场音乐会，这场音乐会变成了犹太人的盛大节日。当特奥多尔·魏斯贝格用他激动得发抖的声音宣布"德累斯顿交响乐团上海分团"成立时，大家都流出了眼泪。当时，天主教卡尔美里特修会会士和她们的管弦乐团的"同事"就坐在第一排。以安东尼娅会长为领队的这些会士，全都为这场音乐会感到自豪和幸福。音乐会是一个重要信号，表明穷困潦倒的难民们又有了生活的勇气。

指挥和第一小提琴手当然由特奥多尔·魏斯贝格担任。他们演奏的柴可夫斯基的《小提琴与乐队协奏曲》，就像报纸报道的那样，取得了"轰动效应"。观众的掌声经久不息，他们被感动得流出了热泪。音乐会也使他们至少在一个小时内，不必再为他们在上海的生活操心。在过去每一个敬神的日子里，特奥多尔都品尝到难民生活的艰辛，而在这场音乐会后，他觉得自己适应了困难的环境。

伊丽莎白同丈夫不太一样。她毫不逊色，甚至可以说勇敢地经受住了命运对她的严酷考验。当她同特奥多尔抵达上海时，他们几乎是身无分文。纳粹政权只允许每个人带出十个德国马克。至于轮船公司退还给他们的押金——美元，他们在不知不觉中很快就花光了。当特奥多尔还在达豪集中营时，他们家里的珍宝就已损失殆尽，而他也轻信了妻子的神话，说是这些东西是被强盗从他们家里抢走的。此后，他们未能很快找到"但丁·阿利吉耶里大街"3/5 号那幢房子的买主，同时也不想积极寻找买主，深信他们有朝一日还会回来，还得有自己的栖身之地。他们不知道也不可能知道，还在战争结束之前，可爱的德累斯顿和他们凯旋门样式的楼房，就已变成一堆瓦砾。[①]

他们时下主要操心的还不是钱的问题，因为伊丽莎白很快就在安东尼娅会长的帮助下，到定居在上海的犹太富商约纳坦·巴萨特家里教授钢琴和德语。约纳坦·巴萨特身材不高，略微发胖，天生开朗。他出身于亚历山大银行家巴萨特的显赫世家，在"爱德华七世"大道上办了一家出口公司，因此，伊丽莎白就有机会关照他一男一女两个孩子，每天给他们上课。

不，他们忧虑的不是钱的问题，尽管在当地物价飞涨的情况下，他们来自巴萨特一家的收入只能勉强维持生活。

此外，中国青年法西斯分子也对伊丽莎白无可奈何。就连法西斯分子冲进他们那个"窝"——集体宿舍，高喊着"洋鬼子"，用竹竿乱砸东西的时候，她也镇定自若。"洋鬼子"是中国人对外国人的称呼，而在这种场合是特指犹太人，尤其是刚从德国来的犹太人。这时候，男人都不在宿舍，妇

---

① 二战末期，从 1944 年 10 月到 1945 年 2 月，美英飞机多次猛烈轰炸德累斯顿。

女和儿童只顾大声尖叫。眼见流氓砸窗户，翻床铺，伊丽莎白抓起一个三角凳就向袭击者冲去。

"滚出去，你们这些坏蛋！我要你们滚出去，野蛮人！"

她像复仇女神那样大喊大叫，竟把袭击者镇住了。有人用中国话下了一道命令，这些年轻人就马上撤了出去。最后一个年轻人——可能是这帮年轻人的头头——戴着一顶德式大学生帽子，奇怪地瞅着这个长着一头淡褐色秀发，什么也不怕的高大女人。当然，这些暴徒除了吓吓女"洋鬼子"外，什么也没有干。

"太太，请您不要侮辱这些人，"他用地道的德语说，"您是日耳曼血统而不是犹太垃圾。"

她把凳子朝这个中国年轻人扔去，但他面带微笑，一闪身子，把门砰地关上了。

令人头疼的还不是这些冲进"窝"里的法西斯分子。问题远不像对付法西斯分子那样简单。这个"窝"本身就很麻烦。

伊丽莎白表现出来的不是任性，而是勇敢和坚定，准备经受任何考验。最使她不能忍受的是令人恶心的集体宿舍里的混乱状态。白天吵吵嚷嚷，夜里有人哭泣；随时都有人进进出出；总有人说悄悄话，有孩子咳嗽，还有人在半夜里嘎巴嘎巴嚼东西。最糟糕的是，原先这个缫丝车间没有下水道，工业污水都直接流进苏州河。现在住人后，值日生每天早晨都要把马桶拿到街上去处理。不管是冷天还是热天，不管是出太阳还是下雨，你都得等候那辆慢腾腾走来的粪车。这种牛拉粪车体形很大，有两个轮子，车上放了一个木制大桶。中国人把马桶里的脏东西倒进大桶后，就用这些屎尿为水稻施肥，或者把屎尿直接倒在浦东三角洲的沼泽地里。居民倒一个马桶要付五分钱。

随后，你还得静候梆子声，因为卖开水的人是敲着梆子走来的。一壶开水要十分钱，也称一"角"。一加仑可以直接饮用的井水也要一角钱，也就是十分。

饮用开水或者用凉白开洗菜，比什么都重要。一般居民使用的水有一股海腥味，也可能受到伤寒、痢疾和其他各种肠道病菌的污染。要是吞下欧洲不常见的阿米巴，让这家伙舒舒服服地待在肝脏里从事破坏活动，麻烦可就大了。

这就是伊丽莎白无法忍受的现状——没有自己的住房，没有卫生间，没有自来水。她平常不允许钢琴上有一点灰尘，不允许窗帘皱皱巴巴，不允许烟灰缸里堆满烟蒂和把报纸杂志乱扔一气。她一天要洗两回澡！

她坐在肮脏的苏州河畔的长椅上，放声大哭起来。特奥多尔环顾四周，第一次感到无能为力。他抬起她冰冷的手吻了吻。

"不能再这样下去了！"她哭诉道，"咱们要自己动手。我在巴萨特家上完课就回来干活，该怎么干就怎么干，该在哪里干就在哪里干。就是当个清洁工，去餐厅刷盘子，那也无所谓，总之是不能再这样待下去啦！我想有自己的房间，一个小房间，哪怕是一间小贮藏室，一个火柴盒。我想把门关上后，屋里只有我和你两个人！"

这一回，特奥多尔不能再对自己心中的苦闷沉默下去了。哪能把生活的重担全都压在她一人身上呢！他只偶尔对家庭作点贡献，而且少得可怜。这再次证明，他对付不了上海生活的艰难困苦。许多个夜晚，他都因感到对不起伊丽莎白而唉声叹气。伊丽莎白是个德国人，而现在却在为一个犹太人受苦受难！他为她感到痛苦，从内心的痛苦转化为肉体的痛苦。这犹如利剑穿胸。有一瞬间，他觉得自己的心脏停止了跳动。

他一遍又一遍地重复着这样一句话：

"对不起，伊丽莎白……亲爱的伊丽莎白！我真心实意表示对不起你，因为这一切都是我造成的……可是我不知道，真不知道应当怎么办……"

她很不客气地打断了他的话：

"不要再说这种蠢话！要不，我就看不起你！我是你的妻子，你知道吗？我在问你：你知道吗？我是你的夫人！你又没有强迫我跟你走，你也不该对德国那帮坏蛋的胡作非为承担什么罪过。不要再胡说八道，不要再逼我！我对你只有一个要求，只有一个要求！要有一间屋子！自己的屋子！"

说话倒是容易。在被烧了一半而且现在又挤满了居民的虹口，根本就找不到什么单间。只有在街区以外的外国租界才有单间，而且对一般移民来说，租金又是个天文数字，就跟住在大饭店里一样。然而，正是在这个时候，命运之神把什洛莫·芬克施泰因送上门来了，他们不愉快的谈话也被打断了。最近几个月，什洛莫总是定期到这儿来搅局。小胖墩来自苏州河那边，手里捧着一大把茉莉花。

"魏斯贝格太太，这是送给您的……"他彬彬有礼地说道。

听口气，伊丽莎白似很严肃：

"谢谢你，什洛莫。你很可爱，可你要坦白告诉我，你这是从哪儿弄来的？别想骗我！"

"是从英国人的公园里弄来的。"什洛莫像是受了委屈。

"你不知道这叫偷吗？"

"太太，为什么叫偷？公园是大家共有的，不属于任何人。"

"要是把你抓起来，你就明白这公园到底属于谁！"

"太太，请放心。我给了看守公园的警察两角钱，他就帮我摘花。"

她笑出了眼泪。

特奥多尔明知无望，却仍然问道：

"什洛莫，你有关于住房的消息吗？"

什洛莫叹了一口气，把手一摊：

"没有什么消息，真的没有，魏斯贝格先生。这个烧得不成样子的街区能有什么住房？连中国人也是十几个人挤在一间屋子里。我倒是可以向你们让出我那个窝，可它只是一个小洞，连狐狸住在里面也感到憋气。"

看见特奥多尔满脸愁容，什洛莫连忙改口说：

"要有耐心，魏斯贝格先生。再等一等。我听说许多中国人要举家搬到南方山区去投亲靠友。每年夏天都是这样。也许到那时候……"

事情确实如此。冬天一过,一家一家的中国人就带着他们很可怜的一点财产,趁着昏暗的月夜悄悄溜出城去,钻进杭州附近的山区。稻子一成熟,日子就好过一些。对于这些摸黑转移到国统区的居民,日本当局是睁一只眼闭一只眼,因为他们一走,城里公共事务的难题就减轻了。再说,这也为日本移民提供了生存空间,因为这些移民大多是些在拥挤不堪的群岛上无家可归的穷人。在日本侵入上海后,虹口北边潮水般涌入了七万日本人,他们自发地组织起来,把这个地方称为"东京町"。

· 28 ·

男爵的私人秘书在官邸的大门口迎接他们,这个标准的德国美女倏地吸引了他们的眼球。

金发女秘书不无礼貌地把他们请进去,然后表示歉意,说是男爵先生过一会儿才能出来,因为他现时正在接待一个日本实业界的代表团。今天是一个出乎他们意料的日子。他们第一次没有遭到冷遇,而是受到很有分寸的友好接待。况且,这不是在别的地方,而是在纳粹德国的官方代表处,即他们需要诉苦的地方!

"喝茶吗?要不要上一点冷饮?"

一个穿着传统黑色绸衫的中国佣人为他们倒茶,向他们鞠躬,然后像影子一样,悄声无息地走了。

奴仆莱奥呷了一口散发着清香的绿茶，以孩童般的好奇心欣赏着这个精致的骨瓷茶杯。茶杯半透明的外表上画着一些凌空飞舞的金龙。他突然想起来了——据说这些金龙能消灾避祸。这种迷信说法还没有得到验证，因为这些喷吐着火焰的生灵只能保护中国人。就像复杂的中国文字一样，东方神秘主义的精髓是无法理解、奥妙无穷的！他瞥了一眼女秘书，发现她的眼神里流露出某种紧张情绪。她翻着一本书，时不时抬起眼睛，看看三个来客，好像想搞明白他们在琢磨些什么。奴仆莱奥心想：是什么东西勾起了这位德国女性的好奇心呢？大概她是看见了牧师那身传统服装吧？可能是这样。因为上海很少有牧师，就像动物园里很少有阿穆尔白虎一样。或许她根本就没有见过德国犹太人？这也没有什么好奇怪的。要是按照纳粹标榜的人类学，她显然出身在"纯种"雅利安人的环境里。

曼德尔教授完全是另一种感受。他是一个典型的神经过敏者，又高又白的额头上横着一股股青筋。这位从前的外科主治医生，此刻仿佛在吃力地举起什么重物。他神经质地揉着手里的一个小纸团，疑神疑鬼地偷偷瞄了一眼女秘书。她该不是党卫队的一条狗吧？看上去毛色鲜亮，可在实际上，比男人还要狂热和凶狠！

女秘书首先打破沉默。

"莱文先生，您在这儿感觉怎样？请原谅，我不知道大家对一位牧师有什么诉求……"

牧师抬起头来，不再看茶杯。

"倒是没有什么特别的诉求，小姐，我嘛，就像俗话所说，是神的奴仆。对于神的奴仆来说，最要紧的是为主子干活，特别是为我们的神效劳，因为耶和华是一个又严格又爱生气的小老头！"他顿了一下又高兴地补充说："我们感觉良好，尤其是最近，在物价下降以后。"

曼德尔教授皱起眉头。

"小姐，请您别把他的话当真。我们的生活很糟糕，糟糕得不能再糟！"

"是这样，是这样！"生性乐观的犹太老笑星、奴仆莱奥重复说道。

女秘书笑了笑，但马上又收敛了笑容。

"这我知道，我知道你们生活困难。你们来上海很久了吗？"

"小姐，来的时间有早有晚。"牧师回答说，"我和曼德尔教授是去年夏天随第一批人来的，特奥多尔·魏斯贝格先生来了……好像是五个月……该不是我记错了吧？"

"七个月。"特奥多尔说。

"您就是特奥多尔·魏斯贝格？你就是那位小提琴演奏家？"女秘书感到诧异。

特奥多尔不好意思地点了点头：

"对不起……咱们是不是认识？"

"啊，不，是我认识您。我出席过您在波茨坦的一场音乐会。"

"真是不可思议！在波茨坦听过一个人的音乐会，又在世界的另一头碰到他。"

"您确实无与伦比！"她真诚地说道，"尤其是您演奏的帕格尼尼的《随想曲》。"

"谢谢，听您这么说，我真高兴。"

他稍一停顿，又略带忧伤地说道：

"波茨坦，是呀……还有无忧宫。苹果树开花时，韦尔德河岸边就像飘浮着无边无际的白云……我现在觉得，这一切都不存在了。我只能在梦中……演奏《随想曲》！"

"这不只是梦，魏斯贝格先生，它真实存在，而且我也想证实它的存在……遗憾的是，事态的发展对您不利啊，不过，我希望……"

"我们还有什么希望？"曼德尔教授没好气地问道，"你们还能把什么希望留给我们呢？"

她似乎被教授尖锐的话语刺痛了，于是干巴巴地说道：

"希望战争能早点结束。这就是我想说的话。欧洲不断传来好消息，很有希望。我们的坦克部队闪电般突入法国后方，我们的步兵师开始了大规模的进攻。据最高统帅部昨天晚上发布的新闻公报，敌人已经溃不成军，拿下巴黎指日可待。"

"天哪。"牧师不由自主地叹了一口气。

"这一切，你们还不知道吧？"她泰然自若地问道。

"我们当然不知道……在这儿，在虹口，我们没有收音机……"

特奥多尔·魏斯贝格这样回答，是因为他觉得，乍看起来，女秘书是随口说出这则新闻，而在实际上，她却是在有

2

意透露战争进程。起码他有这样的感觉。他察觉到，她盯了他一眼，似乎还有什么话没有说完。犹太人是不是还有什么危险？他们是不是还会遇到不愉快的事情？长着一头金发的女秘书看起来并不愚蠢，她不会不知道，对他们这些被放逐的犹太人来说，这样的消息——用她的话来说——未必是"好消息"和"很有希望"。也许在他眼里，女秘书的自我陶醉和她若无其事的口吻，其实是在宣扬瓦尔基里亚女神的胜利。这位女神曾经把她的一只脚踩在遭到惨败的敌人的胸膛上。

气氛有些紧张，大家都不吱声。过了一会儿，牧师才鼓起勇气说：

"对不起，这是不是太过分了……不过，我们在虹口那边对欧洲的事态发展一无所知。只有很少人才敢奢侈，在租界里买一份报纸看看。听说战争开始时，你们散发过新闻稿，我们今后能不能拿到新闻稿？"

"当然啦，这又不是内部文件。我们也希望公众能够了解情况，特别是现在，在罗马、柏林和东京即将签订三国协定的时候。这项协定将使这儿的情况，也就是上海的情况，发生很大的变化，甚至有可能发生根本性的变化。"

她又狠狠盯了特奥多尔·魏斯贝格一眼。特奥多尔于是又觉得，实际上，她在提醒小提琴演奏家：空气中弥漫着某种烦躁不安的因素……

三个人相互对视一下，但都没有说话。三国协定！这就是说，原本相距甚远的欧洲战争和远东战争，过去犹如两个相互独立的环节，现在则要串连起来，形成一根链条，把全世界捆绑起来。

女秘书没有等他们作出反应，就冷漠地说道：

"可以认为，这只是未来的一项计划，一个谜团。要是有什么新情况，我会通报你们。只要有需要，你们也可以放心大胆地给我打电话。市内电话总机知道我们的号码。"

"谢谢，您真可爱……坦白说，我们已经不习惯……"

她嫣然一笑。

"不必再说啦，当然没有问题。归根结底，咱们不都是地球人吗？"

"归根结底……是呀。不过，到底还是有区别。"曼德尔教授阴沉着脸说。他不喜欢这种相互讨好的对话。

与他相反，奴仆莱奥喜欢人性中温和的相互妥协的那一面。

"我们怎么找您呢？要是方便的话，可以知道您的姓名吗？"他问道。

"我叫布劳恩。你们就找希尔德·布劳恩小姐。他们会把电话给你们转过来的。"

· 29 ·

当法国和英国同时向德国宣战时，希尔德和匈牙利人正在赶赴土伦。

其时，这座海港城市的人们喜气洋洋，欢天喜地，家家窗口都挂着蓝白红三色旗，好像都在准备迎接 7 月 14 日共和国国庆节，而没有遭遇一场新的战争。谁都不曾料到，在这个攻克巴士底狱的传统节日快要到来的时候，飘扬在埃菲尔铁塔上的不再是法国的三色旗，而是希特勒的"卐"字旗；行进在香榭丽舍大街上的不再是共和国的禁卫骑兵，而是德国的坦克部队。谁都不曾预到，这条胜利之路上将尘土飞扬，完全没有节日气氛。这是因为，正好在 6 月 14 日这一天，也就是在国庆节的前一个月，巴黎将落入纳粹之手，而在法国首都沦陷七天以后，在贡比涅森林的一节车厢里，法国将签署丧权辱国的投降书。二十多年前，德国代表正是在这节车厢里签署了投降书！①

不过，当希尔德和匈牙利人赶到土伦时，还没有发生这样的事情，只有少数人怀疑它会发生。在此之前，大家仍然在引吭高歌 Le jour de gloire est arrivé...②

战争机器再次运转起来：人类在制造新式武器方面取得了惊人的成就，但却没有产生新的思想来制止使用这些武器。

应征入伍的预备役官兵精神抖擞地走在大街上，老百姓入神地瞅着坦克部队，对法国的军事优势充满信心。的确，法国各种类型的武器，从重炮到战斗机，通通强于德国。酒店老板为战士们端出免费的葡萄酒，广播电台不停地播放着

① 1940 年 6 月 17 日，法国宣布投降；22 日下午，德法双方签署停战协定。其时，希特勒故意把签字地点安排在 1918 年 11 月 11 日一战结束后，德国向法国及其盟国签署投降书的贡比涅森林。此前两天，德国工兵推倒了这里的一个博物馆，拖出了一节已成为历史文物的森林小火车的车厢。德国代表当年就是在这节车厢里，同协约国军总司令福煦将军签订了停战协定。
② 原注：《马赛曲》歌词"那光荣的时刻已经来临"。

广场上的游行盛况。谁也没有想到，惰性十足、缺乏远见的法军指挥官们直到现在才开始考虑战争的战术和战略问题，似乎战争还离得很远，而不是迫在眉睫。于是，预料之中的事情终于发生了。

港口上乱成一团：用以加强北非防线的士兵和马匹正在登船，军事装备也被搬到船上；

来自近东的英国士兵正在下船，而波兰的志愿军和阿姆斯特丹的犹太人，则争先恐后在英国船上寻找座位。人们在一艘艘轮船上来回穿梭，似乎一切都扑朔迷离，捉摸不定。也许正是在这种混乱局面中暗藏着玄机：希尔德和匈牙利人不是在人群摩肩接踵的中心码头上，而是在旁边的小渔港里，找到了解决问题的办法。伊斯特万·凯莱蒂流利的法语，希尔德迷人的微笑，以及他们身上不多的一点美元，唤起了渔民们的同情心，他们用拖网渔船把两个人送到了海的对岸——比塞大，甚至也没有检查他们的护照和护照上过期的签证。再说，对护照和签证颇感兴趣的边防警察又寥寥无几。

要从突尼斯转到埃及，并不比高峰时段乘坐巴黎地铁简单。在非洲北岸，无数搭载走私者的小帆船穿梭往来，也有许多小渔船在争抢乘客。船主收费不高，也不询问乘客有没有证件，来自哪个国家。在那里，英法殖民当局的头头们关心的是别的事情——抓捕临阵脱逃的士兵和偷运阿尔及利亚香烟、摩洛哥茴香酒的走私犯。

在亚历山大港的夜总会上，他们两人被看成是出身富家的一对。英国军官及其女伴不断向他们投来钦慕的目光，并且很难想象一个枯瘦如柴、不断喝酒的男子怎么可能同一个魅力十足的女伴凑在一块。

"活着的涅菲蒂蒂同埃赫那吞的木乃伊①待在一起！"悬挂巴拿马国旗的"亚松森-Ⅱ"号远洋客轮的船长哈维尔·达·西尔瓦这样评论道。当年轻力壮、逍遥快活的船长拿着一瓶金酒走过来，客客气气地请求允许他与他们同坐一桌时，希尔德毫不怀疑，她这颗幸福之星现在又在冉冉上升。喝下第一杯金酒后，轮盘上的那个小球正好停在她下注的数字上："亚松森-Ⅱ"。两天后，客轮起锚，通过苏伊士运河、红海和波斯湾驶向东方，又取道新加坡、马尼拉、澳门，直抵他们朝思暮想的开放城市上海。

直到现在，可以说，他们虽然并不富裕，但生活有了保障：他们把小仓广赠送的玫瑰色珍珠项链卖给了巴黎里沃里大街的一家珠宝店，坐上了"亚松森-Ⅱ"的头等舱。这使活着的涅菲蒂蒂和埃赫那吞法老的木乃伊很有面子。千真万确，对于前途未卜的他们来说，这算得上是大手大脚，不过，他们两人经过仔细掂量，认为自己不能被新结识的船长达·西尔瓦视为难民。埃及的这个大港口上充斥着太多的移民，他们大多是些被海风刮上岸来的囊空如洗的冒险者，另外还有一些国际骗子、外国雇佣军的逃兵和其他一些倒霉

---

① 埃赫那吞法老大约在公元前 1379—前 1362 年在位，是古埃及历史上最著名的统治者之一，也是与"艳后"克娄帕特拉齐名的涅菲蒂蒂王后的丈夫。他因实施宗教改革而闻名于世，而他奇异的身形几千年后还成为世人研究的课题，甚至有人认为他是"外星人"。

的人。

船长进而得知，两位船客既非旅行结婚的新人，也非一对情侣，而是两个希望尽早逃离欧洲战火的千金小姐和绿鬓少年，因此，他安排他们住在他私自掌握的防火舱里。他万万没有想到，他们之中的一位竟是犹太人，而她的同伴竟是因一桩吗啡案而被警察赶出国门的匈牙利人。此后，两人又作出明智的决定：不让船长知道他们更多的情况。

既然"亚松森-Ⅱ"来自阿姆斯特丹，到亚历山大港停靠只是为了过境，因此，港口的边防警察对船上乘客的检查就非常马虎。当一名英国少校以怀疑的目光查看希尔德盖满法国印章的德国护照时，她向他解释说，她是从纳粹德国逃出来的，现在是途经法国前往上海。上校觉得她的话无懈可击，而她说的也确实是真话——真话往往是生活之谜中最有说服力的那一部分。战争刚刚开始，还不十分残酷，德国人还准许持有英国护照的人逃出被占领的国家，英国人也没有干涉德国外交官的行动，就连苏联移民也可以毫无阻碍地在欧洲各国穿行。那时候还没有开始怀疑每一个生人，还没有监视外国人，尤其是监视来自敌方营垒的人，还没有搜捕情报员和间谍，也还没有镇压本国公民。只是过了很长一段时间，当伦敦、纽伦堡或者列宁格勒上空夜间响起防空警报时，人们这才意识到，这不是司空见惯的短期军事冲突，

而是一场你死我活、史无前例的血腥厮杀。

·30·

客轮底舱的发动机隐隐约约发出单调的轰鸣，仿佛使得船体的每一个部分都在微微颤动。希尔德透过打开的舷窗，漫不经心地浏览着窗外索然无味的风景。她已经凝望了一个小时，也许还要凝望一个小时，但是，窗外的景色未必会有什么变化。非洲地区火红的太阳硕大无朋，像一个血色大盘朝天边缓缓移动。

"亚松森-Ⅱ"长时间地在苏伊士运河上向南航行。在这昏昏欲睡的傍晚时分，亚非两岸光秃秃的画面懒洋洋地铺展开来，继而消失，画面上全是稀疏的椰枣林，筋疲力尽的农民以及返回泥舍村落的骆驼、山羊、水牛和黄牛。

门铃响了一下，接着是轻轻的敲门声。进来的人皮肤黝黑，穿一身白色夏季军官服，衣服上饰有金色穗带。看他的模样，起码是个海军少将。这个黑皮肤的男人蓄着稀拉拉的墨西哥小胡子，长着一对水灵灵的而又略略外鼓的眼睛。他照例鞠了一躬，似乎他面对的确实就是那位神话般的涅菲蒂蒂。

"这是给你们的，布劳恩小姐和凯莱蒂先生，是达·西尔瓦船长要我送来的……如果你们还有什么需要，任何时候都可以通过服务员找到我。我是大副，我叫帕科·拉米雷斯，我白天黑夜都会为你们效劳。对不起，打扰了……"

他瞟了金发女乘客一眼，又鞠了一躬，然后就退出去了。这个奇怪的大副更像是一个拉皮条的家伙，要不就是毒品贩子。

大副送来的是一个信封。信封的左上角印着徽章图案和客轮名称，里面装着一份请柬。手写的印刷体文字殷勤地表示，如果两位客人接受邀请，在船长贵宾席上同他一道用晚餐，船长达·西尔瓦将感到万分荣幸。"请允许我向你们致以最诚挚的……"诸如此类的甜言蜜语。显而易见，船长作为拉丁美洲的一个神秘人物，也会遵从这一大片土地上的繁文缛节，把这种礼仪打理得如此文雅。希尔德嘲笑这种谄媚的、文绉绉的，然而却又是亲热的拉伯雷①时代的法语，对这种邀请毫不介意。她当时没有意识到，这个印着皇家国徽图案的信封，将决定她今后的命运。

这个取了德国名字、持有德国护照的犹太女性，好似收到一张火车预订票，而这列火车就是女演员们的总司令阿伦·康蒂提到过的那种火车。

头等舱的餐厅位居上层甲板。沙漠里的微风透过打开的方格舷窗，拂动了缎料窗帘。天花板上的两排电扇虽然搅动了热带傍晚沉闷的空气，但无法驱走全部热量。

一支由女乐手组成的小小弦乐队不停地演奏乐曲。尽管时间还早，但餐厅里已经座无虚席：每一艘远洋客轮上都会产生一种很难治愈的传染病——寂寞。

当希尔德和匈牙利人在帕科·拉米雷斯的引领下走进餐

---

① 拉伯雷（1491—1553），法国人文主义作家，著有五卷本长篇小说《巨人传》。这部小说被誉为法国文艺复兴文化的百科全书。

厅时，第一个蹦起来迎接他们的是达·西尔瓦。他笑容可掬地向他们介绍了几位新船客。贵宾席上坐着一位已婚芬兰姑娘，她要去本国驻英国殖民地维多利亚——中国人称为香港的商务处工作；另外还有两位去上海的瑞典工程师，他们将在那儿转乘开往神户的定期班轮。两人并不讳言，他们是瑞典"博福尔"兵工厂的代表，将向日本推销一种便于在山区移动的新式榴弹炮。对于中立的瑞典也会参与生产作战国家需要的新式武器，一个旁观者可能感到奇怪，但是，在战争刚刚爆发时，当它还没有演变为一场世界大战时，比这奇怪的事情还多着哩。

几分钟后，又有一位微微发福的中年妇女在忠实的拉米雷斯大副的陪同下向餐桌走来。

她微笑着，涂过粉的脸上现出两个迷人的酒窝。看得出来，她开朗，随和，知心贴意，善于交往。她显然是船长这个圈子里的老相识和中心人物，因为大家都很有礼貌地站起来迎候她。

船长达·西尔瓦向她介绍了两位新客——希尔德和匈牙利人。

"希尔德小姐，她是您的同胞，而凯莱蒂大师是一位钢琴家。"

刚刚戴上桂冠的"大师"向新来的妇人鞠了一躬，然后吻吻她的手。他在巴黎那个圈子里，从来没有过这样的动作。不过，正如法国人所说，人要有高尚气度。

船长达·西尔瓦逐一介绍客人，兴高采烈地宣布：

"……这位是我们亲爱的朋友、男爵夫人格特鲁德·冯·达姆巴赫！"

冯·达姆巴赫男爵夫人就像自己家里人一样和蔼可亲。她向希尔德笑了笑，让人觉得她柔软、香甜得犹如一个馅饼。

晚餐开始了。

俄罗斯黑鱼子和伏特加，法式鹅肝、地菇和香槟酒，还有冰镇"霞多丽"葡萄酒和斯堪的纳维亚烟熏鲑鱼。所有这些东西都很讲究，完全符合法式大餐的苛刻要求。大副拉米雷斯站在船长背后，仔细观察每一个步骤的细枝末节，履行着晚餐司仪的种种职责。

谁也没有注意到，帕科·拉米雷斯和匈牙利人几次偷偷交换眼色。大家都在忙着享用马德拉酒制作的浇汁小鸡。与此同时，谁也没有发现，当匈牙利人不拘礼节，不断往自己杯子里倒酒时，希尔德恶狠狠地瞪了他几眼。

男爵夫人亲切朴素，她一眼就喜欢上了希尔德。她甚至不怕惊动大家，要大家交换位子，让她同希尔德靠在一起。

"我很高兴见到我的同胞……亲爱的，您是哪个地方的人呢？"

"我是柏林人，但我在巴贝尔斯贝格的乌法电影制片厂工作。"

"哟，乌法电影制片厂！这么说，你是演员啦？"

"不完全是……"

"那你还有什么工作呢？"

"怎么说呢……还帮帮导演里芬施塔尔。"希尔德说漏了嘴，连自己也觉得奇怪，怎么就撒了这个谎。

男爵夫人的眼睛里流露出惊讶的神情：

"是莱尼·里芬施塔尔吗？……真不得了！亲爱的，我怎么总是觉得，我在哪儿见过您？"

"您未必见过我……"希尔德回答说。

"不，不！要是我见过某个人，我会一辈子记住他。我在哪儿见过您呢？在哪儿，在哪儿呢……总之是见过您！"她像相交有年的朋友一样，贴着希尔德的耳朵嗫嚅道："我 20 年代在腓特烈城市宫殿剧院的游艺厅跳过舞。亲爱的，就在你们中间，是吧？不过，一个人总是不知道他会遇到什么灾难。我的理想是当一个电影演员，可结果呢，当上了男爵夫人！"

她突然笑出声来。刹那间，笑声又听不见了。

"我想起来啦！我在《冲锋队员报》上看见过您的照片！我说得对吗？"

"我的天哪，"希尔德心里一惊，"这就是说，那个了不起的维尔纳·高克还是找了那些白痴，登了照片！"不过，登就登吧，反正那五百马克已经成了她开始这次冒险的原始资本！

"是有这么回事……"希尔德支支吾吾地说，"我觉得，有人给我照过相……可我没有亲眼看见登出来的照片。"

"当然是这样，我记得很清楚……是在巴黎照的！是的，在巴黎，是吧？真奇怪，我现在又在哪儿见到您了呢？居然是在一艘船上！亲爱的孩子，生活就是历险。莱尼·里芬施塔尔的助手！不可思议！"

对男爵夫人来说，头一杯开胃酒伏特加下肚后，再喝两杯香槟酒、一点点霞多丽和几口波尔多葡萄酒，这就显得有些多了。她情不自禁了吻了一下希尔德的脸颊。

大家分别时，天上没星光，海上漆黑一团。海水波澜不惊，默默反射着客轮上的灯火。只有船体的轻微振动和看不见的海浪拍打船舷的声音，才使人觉得"亚松森-Ⅱ"正在驶向远方。

希尔德洗完澡，穿上睡衣，决定去看看匈牙利人。她想去看他，只是因为他们在菜市场旁边的小屋子里共同度过的那段时光，使她养成了聊天的习惯。现在，她想谈谈今天晚上的事情。匈牙利人是首先提出这次旅行的冒险者、幻想家和设计师。晚餐过程中，她不断向他瞪眼，这很可能伤害了他，现在该去安抚安抚他。不过，对于喝酒，她的担心是多余的。尽管他喝了许多，但他没有失态，这位匈牙利"大师"确实名副其实。

希尔德把门虚开一条缝，随即看见大副帕科·拉米雷斯蹑手蹑脚地钻进了对面匈牙利人的船舱。几秒钟后，她听见了那边上锁的声音。

她脸上掠过一丝苦笑，回到自己的船舱，轻轻把门关上。这个拉米雷斯真是狡猾！今晚早些时候，他那对水灵灵的而又略略外鼓的眼睛，曾经热辣辣地盯过她，其中隐含着一种让人捉摸不透的诡计！她从来不管别人的闲事，也无心琢磨同她无关的事情。

　　然而，过了一会儿，她凭着女人的直觉，预感到的那件不可避免的事情终于发生了：随着一阵轻轻的敲门声，船长达·西尔瓦拿着一瓶香槟酒跨进她的船舱。　　　　　　·

　　"可以吗?"

　　她绝望地点了点头，言不由衷地说：

　　"船长，您真可爱。您这想法真奇妙，出人意料。不过，我刚才把我们在丰盛的晚餐上喝的、吃的东西全都吐了。我这个人不识抬举。"

　　"喝一两杯香槟酒，可以驱散您的寂寞，真不错。请您相信我。"

　　"就只一两杯吗? 我喝一杯，吐一杯，喝两杯，吐两杯……您觉得该喝几杯? 除此之外，亲爱的船长，问题不在于寂寞，而是我已经有了身孕。"

　　就连她自己也对她当场发挥、随意编造的谎言感到吃惊。这种谎言脱口而出，发自内心，不可遏制，就像一个人止不住打嗝和流泪一样。

　　船长达·西尔瓦一脸沮丧。他把两个脚后跟一并，勉强鞠了一躬，一扭屁股走了，就像同女王告别一样。

　　这个达·西尔瓦船长真是神秘莫测!

　　几秒钟后，当她准备上锁时，又有人来敲门。这回还是达·西尔瓦。他像跳芭蕾舞那样踮着脚尖，一边道歉，一边把香槟酒抓在手里。夜，现在才真正开始。

· 31 ·

一个人待在船上往往搞不清时间，总之是枯燥、寂寞。

这天下午，两人并排躺在折叠椅上，周围是一碧万顷的大海、大海，还是大海。

男爵夫人头上那顶宽沿花帽，几乎遮住了她那张胖乎乎的和蔼的脸。她的脸上布满了不断晃动的光斑。她突然想起什么，于是说道：

"亲爱的，咱们在一起待了好多天了，可您还是没有清清楚楚地回答我的问题。我始终不大明白，你们这趟旅行的目的地到底在哪里。你是去新加坡呢还是去马尼拉？或者说，你们要保密。"

"没有什么秘密。这么说吧——就走到天涯海角。"

"能说得具体一点吗？"

希尔德试图说出"天涯海角"的名称，可她到底把话咽下去了。正在午睡的匈牙利人把手伸过来，在她肩上拍了拍。她怀疑，匈牙利人昏昏沉沉，是因为他藏在鼻烟盒里的神秘白粉起了作用。希尔德从来没有碰过这种东西。她知道，每个人都蒙着一层面纱，想把自己的缺陷和恶习掩盖起来。

"伊斯特万，天涯海角在哪里？"

匈牙利人一惊，似乎没有听清希尔德的问题。他转过脸去，想问问站在他背后，随时准备为他效劳的忠实的帕科·拉米雷斯：

"帕科，天涯海角在哪里？"

帕科·拉米雷斯扫视四周，目光如炬：旁边没有任何特殊情况，谁也没有留意他。于是，大副盯着远方的地平线，郑重其事地说：

"根据最新研究成果，先生，地球是圆的。由此推断，先生，任何一个地方都是天涯海角。"

男爵夫人拍拍巴掌：

"说得好，说得好，您真是个哲学家！您知道吗，您一点都不笨，先生！"

"您太夸奖我啦，男爵夫人，不过，根据我自己的印象，地球确实是圆的。"大副不卑不亢地说道，仍然望着地平线。

"不过，我还是不明白你们的最终目的地。请告诉我吧，亲爱的孩子！我们不是都成了朋友了吗？"男爵夫人说得既温和又坚决。

希尔德好像忘记了那个地名：

"是呀……叫什么名字呢？西贡！是西贡吧，伊什特万？"

"是上海。"正在打盹的匈牙利人纠正她说。

"我的天哪，咱们去的是同一个地方！"男爵夫人惊叫道，"你们是把它称为'天涯海角'吧？请听我说：上海是地狱的入口，亲爱的！是九层地狱的第一层！你们有什么不懂的就问我吧，我一辈子都待在那里……要是没有什么秘密，能不能告诉我，你们到那个鬼地方去干什么？"

"我不知道……真的不知道。说不好，很复杂……"希尔德确实感到无奈。她不能说出她去上海的理由——犹太人都奔赴这个"第一层地狱"。"我也没有具体计划。"

男爵夫人陷入了沉思。她抚摸着希尔德的手，琢磨着什么，可能是忆起了哪部言情小说的某个情节吧，因而说道：

"我猜出来啦，是有私事，是爱情纠葛，想摆脱困境……这再清楚不过了。您不要再这样哭诉，我的孩子，别再说啦！我觉得，如果您不是百万富翁，您在这座乱糟糟的城市里怎么生活？"

"随便什么工作都行。"

"哎，耶稣，圣母马利亚！在上海还能找到工作吗？您不知道每两个人就有一个人失业吗？不，不，不要再跟我说这个！亲爱的，您生下来，不是为了干'随便什么工作'！要听我的话！"

男爵夫人再次陷入沉思。她见希尔德没有反驳她，于是又说：

"您上的是哪个学校？"

"洪堡大学语言文学系。"

希尔德觉得，她没有必要向男爵夫人详细说明，她还没有毕业就已开始工作。

"哎，您瞧?！"

希尔德不知道她要"瞧"什么。男爵夫人自顾自地继续说道：

"我在上海认识一位可爱的老头，他神通广大，可以帮您找一份体面的工作。这我敢打包票。他爱寻花问柳，不过，您不要介意，他完全没有危险。他会讨好您，吓唬您，控制您，但这只是走走过场，最后只不过是要您给他倒杯啤酒。他不会碰你的。"

"好一个弗洛伊德，性心理学家！到底这名巫师是谁啊？"

"到底是谁？就是奥托马尔！就是我的丈夫，亲爱的孩子，男爵奥托马尔·冯·达姆巴赫！"

男爵夫人望着远方，哈哈大笑起来。

匈牙利人仍然闭着眼睛，伸出一只手，摆动着几个指头：

"帕科，你在这儿吗？"

"我在，先生。"

"能不能给我一杯伏特加？要是方便，那就两杯，加冰块和柠檬汁。"

"真遗憾，小卖部还没有开始营业。"

"这地方真讨厌，我的天！难道这趟旅行没有尽头了吗？"

"先生，这趟旅行嘛，有头也有尾。"

"什么时候才能到你们那个可恶的上海呢？"

"具体说来，先生，是在半夜。"

"现在是几点？"

大副看了看手表。

"先生，现在是下午四点二十分。"

"天哪！还要熬到半夜！"

"很遗憾，航程表是不会改变的。'亚松森Ⅱ'在航行十二天后，正好是半夜在上海港靠岸。"

· 32 ·

希尔德把犹太难民社团，也就是 The Jewish Refugee Community of Shanghai 的三名代表，领去见第三帝国的外交官。这是犹太代表团正式拜会希特勒德国的最高特使！这一事实很有意义，并且说明，只有在开放城市上海，才会有这样反常和荒唐的事情。

奥托马尔·冯·达姆巴赫男爵身材修长，背部略驼，一对浅蓝色的眼睛已经褪色，而一头直直的金发向后梳着，油光可鉴。就连那些热心维护种族纯洁性的人也不会怀疑，他的血管中流着克尔特人①或者北欧人的血液。

三位代表骤然发现，他的翻领上别着一枚饰有希特勒"卐"字标志的圆形徽章，这说明他是一名纳粹党员。这种徽章有时使人感到恐怖，尤其是使犹太人感到恐怖，但是，知道内情的人不会对它大惊小怪。众所周知，每一个在国家机关担任一定职务的人，都是这个党的党员，而这个党已经同国家、国策和未来融为一体。三位代表有所不知，其实男爵本人作为一个老资格的外交官，对佩戴这种徽章也是心存芥蒂。他十分懊恼地屈从了纳粹党的新规。他老在想，他反正不久后就要退休，因此，他眼下对元首的第三帝国能否长命百岁毫不在意，一心要安排好图林根达姆巴赫家族儿孙们的日子，使他能颐养天年。

---

① 克尔特人，亦称"高卢人"，古代印欧语系的部落集团，公元前 1 世纪被罗马人征服。

男爵的办公桌旁安放着一尊元首的镀金半身像。他走离办公桌，大大方方地做了一个手势，让三位代表坐到日本来访者刚才坐过的沙发上。希尔德抱着一个文件夹，直挺挺地站在高高的窗户前面。

"先生们，请坐！"

"男爵先生，我还有事吗？"希尔德问道。

"有事，请您留下。我还要跟您谈点事情……先生们，请说吧。"

曼德尔教授介绍了目前的情况，说是一帮法西斯小子定期来虹口找犹太人寻事生非。他完全不顾外交礼节，以尖锐和毫不妥协的言词提出怀疑，认为德国驻上海的外交机构在暗中支持这些家伙。

奴仆莱奥发现男爵心里不爽，直皱眉头，就想缓和一下气氛：

"当然，男爵先生，我们指的不是您个人。但是，毫无疑问，有人在资助和怂恿那家报纸和那些反犹活动。鉴于……怎么说呢……鉴于报纸的那些措词，我们想，这未必是中国人或者日本人干的……"

"日本人肯定不会干这种事。"冯·达姆巴赫咬着嘴唇，苦笑了一下。

听口气，他很反感日本人，可又没有把它说出来。谁都知道，虽说希特勒的德国和裕仁的日本在官方层面上宣布建立友好关系，但在具体措施上，还看不出两国确实互为特殊伙伴。在通报秘密计划方面，两国相互嫉妒，神经过敏，尽量隐瞒实际行动。留存下来的希特勒和德军总参谋长约德尔上将的秘密谈话记录，就说明了双方是貌合神离。元首当时称日本朋友是"说谎者"和"骗子"。另一方面，在"犹太问题"上，希特勒上层表现出一种狂暴的病态心理，采取的措施越来越极端。与此相反，岛国日本却没有把这个问题当成一回事，没有在犹太人移居日本的问题上大吵大嚷。而在日军占领区，日本虽然感到俄罗斯和德国犹太人的到来造成了一些社会问题，但它却同五六百个"巴格达阔佬"家庭进行了卓有成效的合作，因为这些"巴格达阔佬"已经在上海建立了牢固的国际联系。东京的实业界还讨好犹太富商，认为同他们结成有益的联盟，将有利于摆脱日本传统的孤立状态。

男爵点上一支细长的埃及香烟，独自抽了起来。他瞅着不断向四周扩散的烟雾，思索了很久才说：

"先生们，大家知道，我可不是上帝。我理解你们，但是，上海除了设有德国代表处外，还设有德国的商务、政治和宣传机构，而这些机构由它们在柏林的中心直接指挥。毫无疑问，我名义上是所有这些机构的头，但是……如果你们理解我的意思，我名义上是……"他无法找到适当的话语来表示自己的无奈，于是又烦躁地说道："归根结底，你们的困境不是我造成的！你们这是自作自受！"

"您很清楚我们是如何陷入这种困境的，"特奥多尔·魏斯贝格低声说道，"我们本不想离开德国，假如……"

"先生们，我不想议论这个'假如'。我不喜欢同你们讨论德国政府的官方政策！"男爵烦躁不安地打断了魏斯贝格的话。

"请原谅，"小提琴演奏家仍然是轻言细语，"我们并不想说明，只是由于有人无动于衷，有人沉默寡言，流氓才胡作非为。您管不了这种事，我们更管不了这种事。我们只是要求您出面干预⋯⋯"

"好吧，好吧，我知道你们的想法，我将尽力而为。我不相信明天就会有人邀请你们出席宴会，但我希望《上海犹太记事报》周边的小青年不再去打扰你们。但我希望你们能够加以配合。我请你们准备一份名单，把所有 1937 年以后从德国和奥地利来到上海的你们的同胞列入其中。你们能帮这个忙吗？"

三位代表面面相觑。他们明白男爵为什么要 1937 年以后的名单：正是在这一年，日本在法律上接管了上海。但是，是谁又是为什么要这样的名单呢？

特奥多尔·魏斯贝格瞅了一眼女秘书。她把文件夹贴在胸前，直挺挺地站在窗下。魏斯贝格觉得，她悄悄摇了摇头，示意他们不要提供名单。

"您拿这个名单有什么用呢？"魏斯贝格满腹狐疑地大声问道。

男爵可能没有察觉到魏斯贝格语气的变化。

"柏林要这个名单。可能用于统计⋯⋯要有关性别、年龄、健康状况等的详细资料。"

特奥多尔又瞄了一眼女秘书，发现她又稍稍摇了摇头。

三位代表不再吭声，一个个惴惴不安。

"对您来说，恐怕这未必是必须完成的任务，"牧师终于
开口说道，"大概您没有去过虹口，不知道那儿有多拥挤，有
多混乱。再说，分散在上海各个角落的德国移民不是一个两
个，而是成千上万，每个人都在为生存挣扎……我想您很清
楚，我们没有一个行政机关，甚至也没有一台打字机，没有
一部电话。我不相信我们能够把那么多人调查清楚，写进名
单。男爵先生，这相当于德国一座中等城市的居民。"

"相当于一座中等犹太城！"男爵气愤地纠正说。

"您为什么不向日本当局要这样的名单呢？"曼德尔教授
问道，似乎把男爵的这句话当成了耳边风，"男爵先生，我们
可不是跳伞来到这里的！您知道，我们所有的人都是带着正
规的证件，公开经由海路到达这里的。这当然不包括那些乘
坐西伯利亚火车到这里来的捷克斯洛伐克和立陶宛的犹太人。
日本当局在码头上进行了严格的检查，是这样吧？所有的人
都在边防站作了登记，差不多连祖宗三代都登记上了。您为
什么不去找他们呢？"

男爵的脸上又掠过一丝苦笑。

"我可没有询问你们奶奶的名字！我知道，她要么叫雷贝
卡，要么叫萨娜。至于日本当局，即使你想打听东京的气温，
他们也不会告诉你！不，不，先生们，我只希望你们能帮个
忙。这是我个人的要求，也是对德国公民的极其坚决的
要求。"

"眼下……"曼德尔教授插话说。

"只要你们还是德国公民，就得这样办！"男爵没有等他

说完就站了起来。

接见到此结束。

· 33 ·

奥托马尔·冯·达姆巴赫的私人秘书掌握的情报真实可靠：正是一个星期以后，在墨索里尼进攻希腊之前，意大利、德国和日本在柏林签订了三国条约。德国和意大利在条约上签字的是外交部长冯·里宾特洛甫和齐亚诺伯爵，而日本方面是该国驻罗马大使来曾三郎。尽管三国各有图谋，暗中争斗，但它们的战略利益却是一致的，这就是夺取英国的势力范围，侵占欧洲、非洲和远东。

这则消息在虹口的移民中一传十，十传百，人们忐忑不安地四处打听：纳粹从今往后是不是不再向日本这个新的盟国施加反犹压力？因为那时，德国向它的小卫星国，如匈牙利、克罗地亚、罗马尼亚和保加利亚，以及已被肢解的欧洲占领区的傀儡政府，施加了强大的压力，要它们明确、坚决地支持德国的反犹政策。

谁也不知道在离欧洲上万千米的上海，将执行什么样的政策。不过，奴仆莱奥·莱文已经判定：男爵的女秘书已经暗示特奥多尔·魏斯贝格，德国不会改弦易辙。小提琴演奏家不能在瞬息万变的局势中迅速辨明方向，更难理解这样那样的暗示。为了预防万一，牧师要他的妻子烧掉犹太教堂的名录，因为他在名录里记载了犹太人的出生和安葬详情，救济基金会的赠品清单，接受割礼的男孩名单，参加婚礼和割礼仪式的人员名单，以及举行成年礼的犹太少年名单。

俗话说，快乐和忧伤是一对孪生姐妹。当那位可能活到一千岁的中国女人——埃斯特·莱文的粢饭团师傅，看见她的女邻居从很厚的一个本子上撕下纸页，投入火中时，她比比划划地说了些中国话，大概是想表达某种意思。老太太凭着她的生活经验断定，如果不是迫不得已，埃斯特是不会这样做的。与此同时，魏斯贝格家却收到了好消息：忠实的什洛莫·芬克施泰因最终以可以接受的价格，果断租下了一处住房。

这间小瓦房离钢铁构件厂不远，出租人是一家早就搬到山区的当地居民的亲戚。小房有两个房间，还有一间用作贮藏室的低矮的偏房。在上海被占初期，住在这里的是日本厨师一家，这个厨师现在在苏州河对面租界的日本高档餐厅找到了工作。两个小房间装修得十分精致，完全不同于伊丽莎白几个月来朝思暮想的"两个火柴盒"。什洛莫·芬克施泰因从被炸毁的一辆卡车上弄来一个汽油桶，在小偏房里把它改造成了一个名副其实的淋浴器。同整个虹口区破烂不堪、又脏又臭的环境相比，这儿可是一片小小的绿洲。这是一座干干净净的日本小房，窗户上挂着花窗帘。日本厨师一家在恭恭敬敬地行过礼，同小房告别时，在屋里留下了几样家具。

伊丽莎白想有自己住房的愿望实现了，但是，另一方面，她又受到新的威胁——本来就不富余的家庭收入如今捉襟见肘。诚然，集体宿舍拥挤、恶心，就像小车站的候车室，但是，由于有安东尼娅会长的修女们的照应，它们是免费的。可伊丽莎白呢，现在必须在每个月的第一天付清房租。虽然同欧洲相比，这里的房租比较便宜，但是，上海的房租正在成倍地上涨。

当约纳坦的夫人西姆哈·巴萨特要伊丽莎白帮她一个忙，找一个合适的犹太人当园工的帮手时，伊丽莎白不得不放下架子。最近，雇佣犹太人成了一种时髦。有些早已在上海定居的富裕的犹太家庭出于怜悯心，或者出于迷信——想要忏悔，往往在新来的走投无路的德国犹太人中物色佣人。这也是提供帮助的一种形式，因为它比侮辱人的施舍要好得多。一般说来，中国佣人手脚麻利，便于使唤，佣金又低，但是，对上海的犹太精英来说，只有雇一个会讲德语的佣人，才能提高自己的社会地位和文化地位，这就好像当年奥匈帝国的中产阶级为子女聘请瑞士教师一样。

伊丽莎白建议丈夫马上开始干活。当雇主问起她丈夫的职业时，她吞吞吐吐，说他生在"职员"家庭。她避而不谈特奥多尔是著名的小提琴演奏家，以免对方感到为难。不过，巴萨特一家倒也不需要魏斯贝格为他们演奏萨拉萨蒂①的作品，他们需要的只是园工帮手。就这样，普鲁士艺术学院的天才、德累斯顿交响乐团的灵魂特奥多尔·魏斯贝格就成了种花种菜能手武老姜的助理。

城市公共交通的红色汽车开到滨河路就掉头回去，不再

---

① 萨拉萨蒂（1844—1908），西班牙小提琴家、作曲家，作品有《流浪者之歌》《西班牙舞曲》《歌剧〈卡门〉主题幻想曲》等。

驶往苏州河那边。虹口区的居民既没有坐公共汽车的习惯，也没有钱坐车。伊丽莎白和特奥多尔雇不起黄包车，更别想坐出租车，因此，魏斯贝格一家每天早晨都要从虹口钢铁构件厂的厂区步行五千米，再穿过英国公园旁边即苏州河上的外白渡桥，及时赶到"红衣主教路" 342 号。

一到那里，全家人就开始干活：伊丽莎白教孩子们学英语、弹钢琴，特奥多尔负责运肥、锄地或者清除园子里的垃圾。

这天早晨，西姆哈·巴萨特太太故意靠在阳台的栏杆上，看着老园工和他的帮手干活。

"魏斯贝格先生，您能来一下吗？"她用德语喊道。

尽管宗教信仰不同，周围使用的语言也千差万别，但是一般说来，受过教育的犹太人在二战以前全都或多或少会讲德语，即当时"最犹太化的"外语。巴萨特太太从未去过欧洲，但她能讲一口流利的德语。她到过的最远、最使她激动的地方是英国保护地巴勒斯坦的耶路撒冷。这是她祖先的土地。

巴萨特太太一般不用"先生"称呼下人，更何况还是用德语称呼下人。在那个严格区分主子和奴才、富人和穷人、亚洲人和欧洲人的大环境中，早已消失的奴隶制的气氛仍然非常浓厚。然而在今天这种场合，巴萨特太太用"先生"称呼纯朴、拘谨，而且无疑受过高等教育的犹太人，显然是对这个犹太人的尊重。

在上海，特奥多尔就像多数"德国人"那样，也像刚到这里的犹太人一样，虽然文化程度很高，但为了生存，他也必须找点事做。尽管特奥多尔在干粗活方面不像武老姜那样熟练，但他规规矩矩、勤勤恳恳，巴萨特太太把这一切都看在眼里。这位武老汉蓄着像中世纪官员那样稀稀拉拉的小胡子，是武家园工的儿子和孙子。早从清朝开始，在鸦片战争以前，也就是在巴萨特的祖父梅纳希姆和父亲耶罗哈姆还活在世上时，他的爷爷和爸爸就在巴萨特家里当了佣人，而武老姜本人从小就在这儿干活，被这家人看成是继承下来的一种工具。

特奥多尔把锄头靠在一棵大树上，恭敬地摘下破草帽，朝主人走去。

"巴萨特夫人，有事吗?"

"我瞧您干活的样子，心里就想，您和您妻子都是了不起的人，都是很有修养的人。大概你们在德国的生活是另一种样子……更有意思吧。"

"啊，是这样……太太，确实是另一种样子，更有意思。"

"坦白说，这使我感到不安……因为你们应当有另一种生活。"

"巴萨特太太，您可不要这样说。相反，我很感激您……您知道，要在上海找到一样固定工作，很不容易。"

"是这样，是这样，很不容易。"她心不在焉，正在琢磨别的事情，然后突然问道："你们是怎样过安息日①的? 我的

---

① 安息日，犹太教节日。犹太教以星期五日落到星期六日落为休息日。

意思是，你们所有正统的犹太人都过安息日吗？"

特奥多尔有些摸不着头脑：巴萨特太太心目中的"正统的犹太人"是什么意思？他记得小时候，大概是星期五的晚上吧，他就跟随父母到柏林郊外去看望奶奶，奶奶用颤巍巍的手点燃蜡烛，而他父亲掰开大圆面包，分给每人一块……他甚至还记得，那些内层镀了金的银质高脚杯，装着酽酽的红葡萄酒，大人们"咕噜"一声吞下肚去。他当时还小，但大人仍然准许他尝一尝……这就是"安息日"。是的，这就是安息日。和平的星期六。从那时起，水量丰沛的施普雷河渐渐冲走了几十年的光阴，也冲走了星期六的和平！"正统的犹太人"！她是怎样理解这个字眼的？

"如果这个星期五你们能同我们一起晚餐，我们将非常愉快。"巴萨特太太继续说道。"我们的儿子要过生日。遗憾的是，我们不能邀请老姜，因为他是中国人，跟我们的信仰不同。您懂了吗？"

特奥多尔隐瞒了真相：伊丽莎白也跟"我们的"信仰不同。至于他自己，虽然他的父母都是犹太人，但他很少到当地金碧辉煌的犹太教堂去，即使偶尔去一回，也不是出于宗教方面的原因。

"晚些时候还有客人来。您知道，在这个时节，世俗生活的晚餐都开始得很晚，在十点以后。希望我们能过得愉快。"

"谢谢您，巴萨特太太，这确实不错，只是……"

她仔细打量着特奥多尔：他穿着旧裤子和磨出了窟窿的蓝布衫，一双赤脚上套着草鞋。

她摆了摆手。

"这没关系。约纳坦，就是我的丈夫，他有很多衣服，要什么有什么。确实，他又矮又胖，而您……不过，总会有办法的!"

· 34 ·

伊丽莎白曾经从欧洲各大歌剧院唱到肯尼迪艺术中心，曾经出席豪华的宫廷宴会和无数隆重的庆典活动。连她自己也不明白，她在接受巴萨特太太的邀请时怎么就那样兴奋，就像一个大学生要去参加毕业晚会一样。她觉得，在虹口暗无天日、失意潦倒的日子里，哪怕只有一两个小时，她也愿意重温当年一去不复返的光荣岁月，再次翻开过去读过的那本书，回味那些美妙的词句。

她无需为衣服发愁：大皮箱里应有尽有。巴萨特太太为特奥多尔找了一些不完全合身的衣裤。不过，魏斯贝格不大在乎衣服，只是觉得钱少，不好为小家伙购买生日礼物。给男孩买个皮球或者给女孩买个洋娃娃，这太俗气。要买的这种礼品，应当既朴素又典雅。

最后，他们在奴仆莱奥·莱文的帮助下，找到了一个小商贩。这个商贩在离犹太教堂不远的地方，把蒲席直接铺在地上，出售五花八门的小商品——从掉了一个镜片的眼镜到不再发声的小闹钟，还有假牙、钥匙链、橡皮筋和破损的汽车车灯。在所有这些商品中，引人注目的是一尊很小的捧着一条鲤鱼的玉雕笑佛。这个笑佛用一根细线拴着，大概是一种护身符，因长时间摩挲或揣在口袋里，已经磨得非常光滑。考虑到鱼是耶路撒冷的象征，而虹口的犹太教堂又是犹太教庙宇和佛教庙宇的结合体，因此，大家觉得怀抱"耶路撒冷"的笑佛十分有趣，极有意义。

在购买这个护身符时，特奥多尔和伊丽莎白也学到了一点东西，懂得了远东商业活动双赢的道理。牧师在卖粢饭团时，在讨价还价的过程中，学会了虹口小商品买卖的一些原则和程序。这一回，老卖主先是喊出一元钱，而且看他的样子，似乎少一分钱也不行。牧师想了想，决定大杀价，只出一分钱。特奥多尔看到如此巨大的差价，感到非常为难，莱奥就让他躲到一边，装着同这件事无关。随后，莱奥嘴里不断重复：就一分钱，一分钱，一分钱！于是，老商贩略一思忖，大大方方地降了价——只卖五十分。谈判过程中，一人说中国话，一人说德国话，同时用手在空中比比划划。最后，奴仆莱奥在经过长时间讨价还价后，慷慨地出价两分。老头摇了摇头，意思是说：不行，不行，米斯托-米斯托，不行，要三十分！但是，当牧师气呼呼地似乎想走时，老头赶忙追了上来。最后，双方相互妥协，终于以二十分成交。买卖成功后，双方长时间握手。奴仆莱奥感到满意，因为他出的价钱只相当于原价的五分之一；卖主也很满意，因为他把买主原先出的价钱提高了二十倍。大家都很满意，尤其是对买卖过程感到特别满意。

魏斯贝格事后笑得合不拢嘴，而牧师却摆出一副教师爷的架势，向他解释了刚才这笔交易的原则：

"我敢保证，要是你付给他一元钱，他会感到很不自在，一心以为他很不幸，一出门就遇到了一个灾星，这一天就令人沮丧，使他失去了讨价还价的精神享受。就连这儿的小孩也知道，开始的要价出奇地高，而还价出奇地低。这是一种有趣的商业行为。没有长时间讨价还价、斗智耍滑的买卖，不管谁输谁赢，都像 11 月的雨天那样索然无味。这也很像是在打牌。要是你去问问懂得其中奥妙的安东尼娅会长，她准会对你说，乐趣比赢钱更重要。犹太人以善于经商名扬天下，可他们在这个老头面前，简直就是小巫见大巫。"

奴仆一边说话，一边走进堪称一绝的犹太教堂。教堂门口的石狮子把它的利爪放在石球上，而飞檐下的两条金龙喷吐着火焰。

……佣人把米饭和武老姜喜欢吃的炒菜送到他的小房前面，毕恭毕敬地放在一张小桌上，然后向老姜鞠了一躬。

"武大伯，请用饭！"佣人说完这话，就回厨房去了。

"大伯"是一种亲切的称呼，这家的主人和其他家庭成员也都这样叫他。

尽管时间还早，但对面大房子的窗户全都透出灯光。佣人早就知道，对主人来说，星期五的夜晚是神圣的夜晚。她也知道，根据犹太人的习惯，晚餐的准备工作要提前开始。日落以前就要开灯，因为一直到明天，到星期六的晚上，他们家禁止生火，禁止使用火柴、煤炭或者打开电灯。不仅是家人吵嘴骂架，就连下人拌嘴也是一种罪恶。请别问这是为什么：犹太人就这样度过安息日。不管是年轻人还是老主人，历来都是如此。

园工吃了饭，喝了茶，就靠在垫子上打饱嗝，十分舒坦地用他的长杆烟袋抽烟，同时瞅着前面的园子。那是他用汗水和智慧换来的果实啊！

他在属于自己的这个角落里，在这间白房子里生了儿子，送走了妻子。他总想把两个儿子培养成为出色的园工，保住他们武家的好名声，但是，两个儿子都想当兵，他们在一个朋友的怂恿下，悄悄离开了上海，投奔重庆哪位将军去了。打那以后，老人只收到过儿子们的一封信，这封信是托一位悄悄溜进上海的熟人捎来的。两个儿子在信中祝他春节好，健康长寿，还顺便带回来一个装满外国烟丝的圆圆的金属盒子。烟丝早就抽完了，但圆盒子还被他当成宝贝珍藏着，老汉思念儿子时，就拿出来看看。他久久地凝望着壁龛里的圆盒子，百感丛生。壁龛里老早就放着一个瓷的老寿星，他挂着一根竹雕拐杖，腰上挂着一个葫芦。为什么要挂葫芦呢？因为一个人从青年到老年，光阴似箭，而从老年走进坟墓，时间却十分漫长，因此，这就需要用葫芦装酒，以酒打发日子。

有的老人靠拨动骨制念珠度量时间，而老姜却根据大自然神奇的、均匀的呼吸度量时间。在一年的开始，当人们还没有意识到寒冬已经过去的时候，木兰树就开花了。随后，李花和樱桃花朝向太阳；随后，粉红色的桃花赏心悦目；随后，水仙花和茉莉花突显妩媚；随后，池塘里的荷花和百合花含苞待放；随后，周围的槐花、含羞草、白色和粉色夹竹桃、血红的石榴花争奇斗艳。最后，大朵大朵的白菊和黄菊纷纷登场，结束了一年一度的花草之旅。从春到秋，花园里最活泼、最听话的孩子——漂亮的月季花不停地开放，眉开眼笑，令人迷醉。当深秋到来的时候，阳台下的三棵白杨树慷慨地把金黄色的叶片撒在草地上，宣布今年的童话故事已近尾声，但明年和明年以后的岁月仍将把故事讲述下去，因为神和人永远听不厌这样迷人的童话。

是呀，自古以来就是如此。一切都是那样有序、自然，就像一个人从小孩变成老人一样。生命必定走向死亡，为新的生命腾出地方。过去如此，将来也是如此。巴萨特的父亲耶罗哈姆到了桑榆之年，意识四处游荡，话语在喉咙打转，谁也听不明白。年轻的主人说，只有身处阴阳两界之间的人才会这样说话，但是，阴阳两界又是在什么地方交会呢？过不多久，耶罗哈姆躺在盛开的茉莉花旁安详地走了。也许他的魂魄飘向了那个阴阳两界交会的地方。于是，远方的客人和牧师都赶来吊唁，老姜的爷爷也忙着安排丧事。他穿着白色丧服，在庙里点燃香烛，虽然这不合犹太人的葬俗。不管合不合犹太人的葬俗，总而言之，香烟袅袅上升，说明耶罗哈姆的灵魂非常满意。老姜把三个身着黄色道袍的道士请到灵堂上来念经，以此安慰死者和活着的主人。他的信仰同犹太人不一样，这也无妨，只要心肠好，多一种祷告总是有益无害！此后，老姜的爷爷也跟随耶罗哈姆，志快意惬地踏上了九泉之路。

当老姜的父亲跟随主子，也就是约纳坦的父亲故去时，后者死去还不满四十九天。就连傻子也知道，每个人的肉体上附着七种阳气，它们像铁锚一样拉住人的灵魂，不让它在四十九天内升上天去。因此，活人要念经，烧香，烧纸钱，请求这些阳气放了死者的灵魂。外国人认为这需要四十天，可这不对。每一种阳气都要在肉体上停留七天，七七就是四十九天，一天也不能少！犹太人当然不相信这种说法。不过，管你信不信呢，反正老姜的父亲尽心尽力做了他该做的事情，让阳气放了主子的灵魂，让主子的灵魂轻轻松松地去享受阴间的富裕生活。只有在做完这一切之后，老姜的父亲老武，才心安理得地开始自己在生死之间的长途跋涉。人世间的规矩就是这样：佣人跟着主子走——爷爷跟爷爷，父亲跟父亲！

约纳坦出生时，老姜已经长大成人。虽说老姜也面临同样的命运，但他肯定早于约纳坦去过另一种生活。这是没有办法的事情。如果有生之年就是这么短，你能把时间强行留住吗？不过，另一方面，令人欣慰的是，老姜起码可以在心里营造一个天堂上的花园，这样，当他在地下等到约纳坦时，善良的约纳坦一定会感到高兴。

· 35 ·

巴萨特太太及时点燃了银蜡台上的蜡烛——这件事必须由

母亲操作。巴萨特先生口诵神圣的 Барух атà Адонай Елох-ену[1]，然后掰开面包——这件事必须由父亲操作……

孩子生日的庆祝活动十分隆重，两个中国佣人端来巴萨特太太亲手制作的犹太食品，这些可口的食品具有阿拉伯风味，全都与众不同。主人向客人介绍说，犹太教的清真食品传统上叫做 кашер[2]，其中没有非清真食品。但是，特奥多尔无法区分犹太教的"清真"和"非清真"的差别，伊丽莎白更是一窍不通。

随后，特奥多尔向十岁男孩赠送了怀抱鲤鱼的玉雕佛像。伊丽莎白坐到钢琴边，弹了一曲 Happy Birthday（生日快乐）。生日蛋糕上插着蜡烛，一切都进行得有条不紊。

客人们在围着餐桌聊天时，自然谈到了虹口青年法西斯分子的胡作非为，以及最近签订的三国条约。但是，交谈进行得不太顺畅，因为巴萨特完全赞成英国总督沃什伯恩先生的观点，认为不必理睬小流氓们的所作所为。至于纳粹同日本军国主义结盟，中国方面也不太重视。他说，这种政治交易同我们犹太人无关，谁也没有征求我们的意见，我们唱的是另一首歌，因此，我们只能袖手旁观。

约纳坦·巴萨特是世袭的商人，是"巴格达阔佬"的继承人。他的先人在阿拔斯王朝[3]衰败后，接收了一些友好的阿拉伯商队和丝绸之路上的其他合作者。因此，他对政治不感

---

① 原注：犹太教祈祷祷词。
② 音译为"卡谢尔"——允许笃信犹太教的人享用的食品。
③ 阿拔斯王朝，即公元 750—1258 年阿拉伯哈里发王朝。系出于穆罕默德叔父阿拔斯。首都为巴格达。

兴趣。巴萨特太太没有参加议论，因而觉得无聊。欧洲和欧洲的事态发展，距离这儿实在太远。当时，欧洲正在进行反犹十字军东征，这场反犹运动残酷迫害犹太人，压制他们的追求，破坏他们世世代代形成的宗教传统、文字和创造力，而巴萨特却对这一切一无所知，且格格不入。欧洲发生的事情现已成为世界舆论的中心，巴萨特一家不会不有所耳闻，但是，他们把欧洲发生的事情同乌拉圭习惯性的政变等量齐观。他们每个星期都去电影院看新闻片，知道乌拉圭发生了政变，然而，他们搞不明白是谁发动了政变，政变又是在反对谁。他们更搞不明白这场争斗的深刻含义。不能说西姆哈和约纳坦·巴萨特对犹太同宗兄弟的命运无动于衷——完全不是这样。但是，他们仿佛只是听见了地平线那边隐隐约约传来的沉闷的声音。时移势迁，对他们来说，种族主义犹如过眼云烟，就同小孩的麻疹来了又去了一样。他们对德国局势的看法尤其如此。

"天哪，先生们，"西姆哈感叹道，"谁能谈谈日耳曼精神在世界文明先锋队中的地位呢？总之，咱们能不能谈点愉快的事情？你们看过弗雷德·阿斯特的最近一部影片吗？你们知道天才的弗雷德·阿斯特本来叫奥斯特尔利茨，是个犹太人吗？"

不，魏斯贝格一家不看电影。虹口没有电影院。

简言之，富裕的"巴格达阔佬"一家同穷教员伊丽莎白和园工的助手特奥多尔·魏斯伯格，这回在安息日的晚餐上相聚，是富有人情味的和无拘无束的。能说明这一点的是，巴萨特太太坐到教员旁边，同她一起弹了一会儿钢琴。没有任何迹象表明，这个好的开端过不一会儿将以另一种方式结束。

老佣人，一个很胖的中国女人，兴高采烈地跑进大厅，贴着女主人的耳朵嘀咕了几句。西姆哈·巴萨特喜上眉梢，立时蹦了起来：

"总算来啦！约尼，轮船靠岸了！"

约纳坦即刻冲到外面，而女主人兴奋地解释说：

"这是我丈夫在商业上的一个老伙伴。他来自德国，途经神户……是极好极好的一个人。我相信，你们一定会喜欢他。"

巴萨特先生把一个笑眯眯的德国将军领了进来。将军的衣袖上饰有"卐"字符号。西姆哈冲上去迎着他说：

"曼弗雷德，交上什么好运了？成了军官！天哪，我们的曼弗雷德成了军官！"

将军把两个脚后跟一并，举起一只手，正经八百地敬了一个标准的希特勒军礼，然后张开手臂拥抱女主人，亲了亲她两边的面颊。

"不是普通军官，是将军！这种军衔不是在战场上获得的，而是靠坐办公室得来的。没有办法，朋友，我们这些官僚也得到了承认，肯定我们在以不同的方式参加战争！战争改变了许多东西，不仅仅是国界，就连衣服也不一样了。你觉得我这套军装合身吗？"

他学着时装模特儿的样子原地转了一圈。她笑了笑，说：

"战争使你学规矩了！朋友们怎么样？有他们的什么好消息吗？"

"最好的消息是我们在巴黎开办了一个分公司。我上个月去过那里。巴黎这座城市呀，真是让人惊叹，使人感到就像在家里一样！这瓶香水就是从那儿买来的，现在送给你。"

他想献殷勤，又把两个脚后跟一并，递上一个精美的包装盒：

"Voilà!（给你！）"

接下来是老一套的相互介绍。将军感到吃惊：伊丽莎白夫人和魏斯贝格先生竟都来自帝王之都德累斯顿！他在心里琢磨：从姓氏上来看，您是德国犹太人吧？没关系，没关系，我在德累斯顿有许多犹太朋友！说不定您认识齐梅尔曼诺夫一家吧？不认识？他们也是犹太人！我确实在德国见过许多气度非凡的人士，一同他们接触就发现，他们有着犹太血统，真想不到！有人为此背上了包袱，但有什么办法呢？血统是天生的！我说这话不是针对你们的，我不反对你们，相反，我钦佩你们。不过你们要承认，你们十分狡猾。眼下，你们只是修修路，而我们的男孩子却在战场上送死。

这位客人对德国犹太人在上海干些什么，没有一点兴趣。对他来说，更重要的是，他还有另一条消息：将军从神户来时，带来一项建议：巴萨特先生的公司应当大大增加物资供应，其条件是，他设在上海的犹太银行要开辟一条新的融资渠道。这可是为了战争呀，先生，这可是为了战争！战争将吞噬大量锡、铬和生橡胶，更不用说石油了，是这样吧？

他觉得自己绝顶聪明，因而哈哈大笑起来。

"战争正在吃人。"特奥多尔轻声说了一句。

"啊，这太悲观。德国的犹太人也持有这种观点。让他们去空谈吧，去抱怨现存的秩序吧。我说的不是你们。我只想表示，大多数德国犹太人是社会民主党人，甚至是共产党人！我说得对吗？这儿的犹太人可同他们不一样，啊，完全不一样！说实话，我没有具体所指，我在你们犹太人中有千千万万个朋友。约尼，是这样吧？"

约纳坦·巴萨特耸了耸肩膀。他不喜欢再这样谈论下去。将军立刻领悟到，这条路太滑，他得收住脚步，于是，他笑嘻嘻地说道：

"事情很清楚：战争需要战略物资，就像我现在需要喝一大杯白兰地一样！哎，从极其喧闹的欧洲来到这个和平、好客的地方，重新会见老朋友，这有多好！"

他温存地吻了吻巴萨特太太的手。这个改穿将军制服的人天真直率、大言不惭地颂扬的，正是战争需要的东西。

随后，客人纷至沓来。正如女主人所说，在上海的世俗生活中，晚餐开始得很晚。多数大公司的代表带着夫人，还有两位来自新加坡的中国银行家和一位日本高级军官。

此后发生的事情，留存在特奥多尔脑子里的，只是一些杂乱无章的碎片——含糊的话语、笑脸、笑话、流言，如此而已。

日本军官听不懂笑话，大家向他解释了半天，他才微微一笑，点了点头。他微笑、点头，可能只是表示一种礼貌，因为日本人对生活中的幽默的理解，同欧洲人大不一样，就像那个德国军官理解不了犹太人对某些问题非常敏感一样。

特奥多尔如坐针毡，两次表示想走，但伊丽莎白使劲抓住他的手，暗示他说，这样做没有礼貌！巴萨特太太竭力为将军出言不逊打圆场，也不让大家说一个"走"字。

"等等，等等，亲爱的，'百合花'马上就端来潘趣酒①。她一大早就开始忙活，你们可不要怠慢她。再玩一会儿，好吗？"

"百合花"是指那个胖子佣人，而那位柏林来的贵宾在喝了三杯白兰地后，同意坐到钢琴边弹一首夜曲。伊丽莎白觉得，这位供应商弹得还真不错。

"弹点新曲调吧，"一位客人提议说，"因为新乐曲传到我们这个闭塞的地方，要晚整整两年。"

"咱们跳舞吧！"女主人心痒难挠。

但是，热脸碰到了冷屁股：这位将军虚荣心强，尽管时机不对，他仍想成为这个小社会的核心，坚持要为大家演奏欧洲的时新曲调。他开始伤感地唱起来，自己为自己伴奏：

> In einer kleinen Konditorei
>
> Da saßen wir zwei
>
> Und träumten vom Glück...②

---

① 潘趣酒，一种用果汁、香科、茶、酒等混合而成的甜饮料。
② 译文见本书第70页注①。

是的，是的，正是那首歌！他曾一天三次在该死的"小小甜食店"演奏的那首歌！集中营的囚徒们，每天正是听着这首歌，赶去修路而不是去打仗！正是在奏响这首歌时，天才的长笛手西蒙·齐纳尔的十个手指被砸烂了！

特奥多尔蓦然觉得恍恍惚惚。水晶玻璃杯滑出小盘，掉在镶花地板上，碎了；潘趣酒溅了他一身。

乐曲声戛然而止。将军回过头来，想看看发生了什么事情。

女主人拿着餐巾飞快走了过来。

"没关系，魏斯贝格先生！小事，小事，这衣服洗洗就行，不会留下酒渍的。"

"肯定会留下痕迹。"特奥多尔说，一张脸白得像餐巾一样。

特奥多尔很少喝酒，大概酒精过快地钻进了他的脑子。他一把抓住妻子的手，粗暴地拽着她往外走。别人的一套西服紧紧箍在他的身上，使他显得有些笨拙。

将军友善地说道：

"别担心，我有一种软膏，能去除任何污渍。"

"将军先生，您能舔舔我的屁股吗？"

在离开这幢好客的房子之前，普鲁士艺术学院的名人，文雅而拘谨的特奥多尔·魏斯贝格就说了这么一句话。这句话是他从达豪集中营的矿工那儿听来的。

女主人瞠目结舌，客人们面面相觑：这到底是怎么回事？

· 36 ·

差不多整整一个小时，他跟在希尔德后面，竭力不让她发现。当然，要做到这一点也不困难，因为他就悄悄躲在穿着花花绿绿衣服的人群当中。在公共租界的中心地带，街上灯光耀眼，人流穿梭如织。希尔德显然已经结束一天的工作，因此，她东游西逛，浏览橱窗，走进店铺翻弄服装和零碎物品，还在化妆品商店里挑了半天，选了一支口红。随后，她走进法语书店，翻翻这本书，翻翻那本书，买了一本时装杂志，然后走了出来。

南京路长得吓人，走起来很累。她犹豫片刻，踱进了维也纳甜食店，坐下来吃东西。令人难以置信的是，那儿竟有正宗的"察赫尔"蛋糕或水果制品，它们并不比和平年代克尔特纳大街甜食店里的甜品逊色。

他躲在维也纳甜食店外面，那儿有许多雏妓在勾引外国海员——摸他们的脸。

"沙伊勒，沙伊勒！Short time two dollars, long time five dollars！① 沙伊勒！"

"沙伊勒"只不过是招睐外国海员的一种呼语，据说它来源于上海六元兑换一美元的固定汇率，意思是说外国人可以支付当地货币。这个呼语很有吸引力："短时间"性爱只收取两美元，全套服务才五美元。双方谈妥后，具体活动就转移

_____

① 意为"短时间服务两美元，长时间服务五美元！"

到坚固的石墙大楼后面的院子里。为这个大城市服务的中国职员就住在这些院子里。院子的四周塞满了两层楼房，楼房里挤满了小孩。大多数楼房是木质结构，有些房子已在日本飞机轰炸时烧毁了。老人们在木板地的阳台上煮饭炒菜，葱花味和油烟味直钻鼻孔。这些楼房就是藏污纳垢的地方，人们在里面可以买到鸦片、廉价的走私酒，还可以找到"短时间的"或"长时间的"性爱。这些肮脏勾当表面上是被禁止的，并受到警察的监视，但在实际上，就连执法者也到这里来消遣，或者保护这种非法交易。

希尔德当然认识这个透过橱窗玻璃偷偷紧盯着她的年轻人。他们是老相识。她以前只知道他叫弗拉德克。他在巴黎就是通过这个显然是编造出来的名字，向希尔德作了自我介绍。现在看来，这似乎是很久以前的事了，简直就像是一场梦。他来上海已经有三个月，在这段时间里，他内心里交织着两种情感：一是想找到她，弄清事实真相；一是打她两个耳光，然后溜走，让她从他的生活中消失。然而，这两种想法都无法实现，都显得荒唐，都被他放弃了。

这儿有许多事情是他不该做的，而有许多事情又是他必须做的。对他来说，最重要的事情，也可以说是生死攸关的事情，就是要隐瞒自己的身份。他在这里名叫文萨，持瑞士护照。他在日本警备司令部登记簿上填写的职业和姓名是自由撰稿人让-卢·文萨。他根本不叫弗拉德克！

他从当地上流社会的报纸上获悉，希尔德·布劳恩住在上海。这些报纸把她当成一位新闻人物，经常报道她的动向——这位迷人的金发女神陪同她的女友冯·达姆巴赫男爵夫人忽而出席酒会和慈善招待会，忽而作为私人秘书，同第三帝国官方代表奥托马尔·冯·达姆巴赫形影不离。当地的黄色报刊还经常暗示她和男爵主人之间存在着暧昧关系。对于这些下流报刊在上海大肆散布的无耻诽谤和流言蜚语，男爵夫人嗤之以鼻。她没有给予反击，只是嗤之以鼻。这反而引起人们的怀疑。但是，不管他们如何造谣中伤，都没有使男爵夫人受到任何干扰。她显然摸透了这些人的心思。

三个月以来，欧洲报纸的自由撰稿人、瑞士公民让-卢在上海四处活动，几乎每天都进出四川路的 AGFA 照相馆。他先在这里冲洗胶卷，然后再把照片寄走。痴迷于俄罗斯伏特加的阿尔弗雷德·克赖鲍尔在附近开设了几家小酒馆，瑞士人经常参加这些酒馆里的聚会，往往要捱到深夜。

在这段时间里，始终有一些问题困扰着让-卢：在巴黎时，希尔德·布劳恩是不是受到盖世太保的暗中保护？是不是她把他的住址告诉了警察，才使他遭到逮捕，受到讯问和折磨？她的真正意图到底是什么？为什么她要装扮成逃出纳粹德国的犹太人，而现在又在一个德国的外交代表处工作？她跨越一万五千千米，从西方来到东方，很可能编造了新的故事和新的简历，开始了新的游戏。显而易见，犹太人不可能在德国代表处工作，不过，如果她是受到保护的间谍，为什么不可能呢?! 众所周知，就连外交官也经常受到他们表面上的下级，甚至受到司机或低级人员的监视。几乎所有特务机关都采用这种做法。

……当希尔德迈出甜食店，朝黄浦江走去时，他仍在后面跟踪她。然而，正是在一个行人稀少而又宽展的路口，在黄浦江岸边，她停了下来。江水浩浩荡荡，江里的轮船、驳船和无数木船或顺流而下，或逆流而上。这位让-卢，长着一张乡下人的脸庞的奇怪的瑞士人，也在离她很远的地方站住了。

突然，他们发现，后面的行人茫然若失，放慢脚步，相互挤撞，想看看前面发生了什么事情。原来，对面的人群打着许多缝有方块字的横幅和标语，潮水般涌了过来。

在这条街上闲逛的欧洲人中，很少有人认识中国字和日本字。但是，偶尔也有标语写着英文，这才使人明白，这是一次反日游行。标语上写着："日本人滚出去！""中国不是殖民地！""不许掠夺中国！""我们要工作！""制止战争！"游行者中有青年学生，有来自机械厂和纺织厂的工人，甚至还有老人和抱着孩子的母亲。他们有的穿着体面的服装，有的穿着破衣烂衫。走在最前面的是一大群仪表堂堂的老年人，他们是当地的大学教授、知识界著名人士和蓄着大胡子的宗教界人士。

希尔德搞不明白，游行队伍中怎么突然响起了喊叫声、奔跑声和打骂声，继之是杂沓的马蹄声、警察的口哨声和步枪声。骑警试图强迫游行者往后退，而地面上的警察则挥动竹棍乱打一气。一个警察头子用中国话发出短促的命令，连嗓子都喊哑了。

　　两个警察抓住一个年轻女人，而这个女子拼命后退，想要挣脱；一个男孩死死拽住她的衣角。一名警察怒气冲冲地跑过来，把孩子推倒在柏油路上。希尔德急中生智，扑向前去，把那个快要被马蹄踩住的男孩拖了出来。一个骑警从马鞍上俯下身子，一把抓住她的衣服，把她的连衣裙的袖口撕了下来。希尔德一边抵抗，一边保护男孩，还用她会说的各种欧洲语言大骂这个骑警。

　　又一个骑警抓住她的头发，想把她拖走。就在这时，跟踪她的那个人，就是那个名叫让-卢的瑞士人，突然抓住骑警的手，把他从马鞍上拽了下来。骑警重重地摔在地上，但他很快就直起身子，朝希尔德举起棍子。但是，骑警被一拳打倒在地上。

　　希尔德抱着正在哭泣的男孩，着实吃了一惊：挣脱警察、喘着粗气站在她面前的，正是巴黎那个使用弗拉德克假名的年轻人。就是他！

　　"弗拉德克，是你吗？"她好不容易才说出这句话。

　　他没有来得及回答这个毫无意义的问题，因为一个凶神恶煞的矮子警察出现在他们面前，似乎想从枪套里拔出手枪。这又需要他再次施展拳脚。

・37・

　　这间屋子的墙壁刷成白色，它只开了一扇带有栅栏的窗子。屋子里挤满了被抓来的游行者，他们有男有女，共约五十人。有人坐在木板搭成的条凳上，有人直接坐在地上，都在小声议论着什么。当希尔德和弗拉德克被推进来时，谁都不说话了。不过，即便他们说话，希尔德和弗拉德克未必能听懂只言片语。条凳上已经没有空位，弗拉德克打四下里望望，然后坐到一个角上，没有理睬同他一起被推进来的希尔德。她犹豫片刻，规规矩矩地坐在他旁边极脏的水泥地上。地上有许多烟头和花生壳。两个人都显得有些拘谨，她几次瞅他，想同他说话，但他每次都把头歪到一边，现出一副愁苦的样子。

她又瞄他一眼，但他仍然不理她。这已经不是巴黎那个为她慷慨解囊、快乐友好的小伙子。希尔德隐隐约约猜到了他采取这种敌视态度的原因，然而，这儿不是向他解释复杂情况的地方，时间也不对。她的经历十分荒唐，不合逻辑，没有道理：战争编织出许多离奇古怪的饰品，而希尔德只不过是这个复杂编织物上的一根细线。

"你没有回答我，你在这儿干什么。"她终于轻声说道。

"你呢？"他冷冷地回她一句，眼睛仍然瞅着别的地方，"你在干什么？"

"跟你想的不一样。"

"在你看来，我在想什么呢？"他第一次侧过身子，粗鲁地问道，"是不是你把我在巴黎的住址告诉了警察局？有没有告诉？除你之外，谁也不知道我住的地方。谁也不知道！就连我的西班牙同志也不知道。"

她吃惊地看着他，嘴唇动了动，但没有作声。这种怀疑毫无道理，侮辱人格。希尔德一时找不到话语来反驳他。这一回，是她想打他两个耳光，并且就在这里，在这关满游行者的屋子里。

恰在这时，矮子警官走进来，环顾四周，指着两个坐在地上的欧洲人，只说了一句话：

"你们跟我来。"

小小的办公室里有一大股烟味。不消说，这是警察局大尉自己的功劳。他熏得焦黄的手指夹着一支烟，抽得格外香甜。身后上方的墙壁上有一个长方形的白色印痕，过去可能挂过哪个伟人的肖像，现在颇似北平紫禁城一幅古画的复制品。大尉一面从咖啡色的牙缝里吐出浓烟，一面神经质地翻看着被捕者的瑞士护照，这本护照上盖了许多花里胡哨的边防印章。办公室里鸦雀无声，气氛沉闷。希尔德和弗拉德克坐在长官办公桌对面的椅子上，等候他的发落。

电话铃响了一下，大尉拿起听筒听了听，然后用中国话说了几句，就把话筒放下了。只是在这时，他才把视线从护照上移开，用比较流利的英语说：

"小姐，你们的官方机构证实，您是那儿的职员。好吧，这就确定了您的身份。但是，您还得为您的行为负责。您还有什么想说的吗？"

"我没有什么好说的。我已经多次声明，是您这位警察表现不佳，先生……是您这位警察。"

"我是大尉。"他回话说。

"是的，大尉。这是和平游行，而且游行队伍中还有孩子！这我已经向您说过，而且我还想再说一遍：不能就这样了事。我会把发生的一切告诉冯·达姆巴赫男爵，不漏掉任何细节！"

"这是您的权利。我们的权利是把您抓起来，关三天。在此期间，我们会设法找到那个抢您提包的人。要是说得直率一点，请别介意，找到您提包的可能性很小。盗窃个人物品是一个小问题，而您作为一个德国公民，推卸不了您的责任。关您三个昼夜！除此之外，不会把您交给检察机关。我们不想对您这样做。"

她像受到处罚的女学生一样回敬道：

"好吧，我就在这儿住三天！我很乐意待在这儿，让你们这些警察出出丑！"

警官抬起沉重的眼皮直视着希尔德，然后冷冰冰地说：

"由于您行为不检，侮辱警察，再加三天。"

"总共是六天，然后呢？"

"然后，"弗拉德克用法语插话说，"然后，我在外面等着你，做好安排，让你永远记住我！……你不要激怒那个当官的，我们应该想办法早点离开这里。"

"要是你不顾脸面，向他们屈服，你就走吧！"

"你呀，是个民族英雄！是贞德①！是你们那个国家的贞

———————————

① 贞德（1412—1431），一译"冉·达克"，百年战争末期法国女民族英雄，有"圣女"之称。

德，对吗？她叫布劳恩·希尔德吧？"

"不要交头接耳，浪费时间！"警官打断他们的话，又重新翻阅让-卢的护照……

"这怎么念……让-卢……"

"先生，我会念……文相……我的发音对吗？"

"正是这样。文相！听您的发音，好像您出生在日内瓦湖畔。"

"那你认为我出生在哪里呢？"

"这儿写着：洛桑。"

"那么，日内瓦湖又在什么地方呢？"

"同一个地方。未必需要证明，日内瓦湖在日内瓦近郊，反正是在瑞士。"

警官认为他的回答无懈可击，就把写满中文的一页纸向他推去。

"文相先生，请您在这儿签名。"

"这篇东西是用中文写的，我可不认识中国字。"

"这是一份认错书，"警官耐心解释说，"是说你打了公职人员。就在这儿签字。"

弗拉德克犹豫不决：要不要把蘸水笔伸进墨水瓶呢？最后，他把蘸水笔在后脑勺上蹭了蹭，客客气气地说：

"您瞧，长官，是这么回事。过去的事嘛，就让它过去吧，何必把它张扬出去呢？这儿都是自己人，可以说，咱们差不多都成了朋友。咱们就像邻里调解纠纷那样，好不好？您很清楚，上海警察在瑞士有很好的声誉！……您看这够不够?"

弗拉德克说着,从衬衣口袋里摸出一张五十元的钞票,放在桌上,轻轻推给警官。那个职业老手随即把钞票塞进了抽屉。

"您真是个快手,可您只把问题解决了一半!另一半呢?"

弗拉德克摸摸口袋,一筹莫展地用法语对希尔德说:

"你能帮我补上另一半吗?"

"很可惜,你知道,我在慌乱中把钱包丢了。再说,我对此不感兴趣。我就在这里待三天!"

"是六天。"弗拉德克纠正她说。

"六天就六天,我要让全世界都知道上海发生了什么事情!"

"你要冷静点,这个世界什么都不会知道,不会知道布劳恩·希尔德蹲了一个星期监狱,同她关在一起的有小偷、妓女、生疥疮的人……"他觉得这还不够狠,于是又补充道:"还有梅毒患者!……麻风病人!"

希尔德感到全身发痒,顿时泄了气。

"好吧,我懂你的意思。别说啦!咱们怎么办?"

弗拉德克以尽可能缓和的口气对警察说:

"是这样,亲爱的长官,咱们都是文明人,能相互理解。我保证明天给您送来五十元。"

"对我来说,先生……"他扫了一眼护照,"文相先生,你的保证没有用。为了使您记住这件事,您的护照就暂时留在我这里。"

"留下护照，长官，这可要了我的命!"

"啊，为什么会要命? 我们都是文明人，这是您自己说的。不管文不文明，扣您的护照是通常的做法，您要按法定程序把它取回去。您平时用什么钢笔?"

弗拉德克喜形于色，随口说道:

"'勃朗峰'牌金笔，笔尖是 18K 金。我就把它送给亲爱的朋友作个纪念吧。您可不要拒绝，否则我会难过的!"

警官接过自来水笔，拧下笔帽，仔细瞄着笔尖，想弄明白哪儿是 18K 金。随后，他在一张白纸上划了几下。

弗拉德克神气活现地说:

"您瞧，好使!"

"好吧，我相信您，明天就把钱送来。小姐，我希望您下不为例。请转达我对男爵先生的问候。"

当警官又开始翻看护照时，希尔德很不好意思地默默点了点头。

弗拉德克这回打错了算盘。他原以为，一旦他用 18K 金的"勃朗峰"钢笔增加一点友好的表示，他就能取回护照，可是，当他把手伸过去时，警官却把手掌按在护照上:

"我对您说过，您要按照法定程序取回护照。您自由了，先生……叫什么呢……"

"文相先生!"弗拉德克大声说道，从座位上站起来，气冲冲地朝门走去。

"哎，哎，你要把我留下吗?"希尔德惊呼道。可在几分钟以前，她还想当个英雄，让上海警察拘留六天哩。

弗拉德克满脸不高兴地折返回来，拽住她的手，急匆匆把她拉出了大门。

趁着等待德国外交代表处汽车的时机，两人直接坐在警察局前面的人行道上。她沉默着，而他愤愤不平地抽着烟。

"你现在能告诉我，你究竟是什么人吗？"他终于问道。

"就跟在巴黎时一样。我发誓，没有任何变化。不过，弗拉德克，事情很复杂，很复杂。这是我能活下来的唯一机会，你明白吗？"

"不明白，也不想明白。你拿了盖世太保的钱吗？"

"天哪，胡扯！"

"一个犹太人，怎么可能得到纳粹匪徒的信任呢？"

"要是你了解男爵，你就知道他根本不是什么匪徒，而是一个可爱的老头。他帮了我的大忙。"

"何以……见得？"

"你还不适应中国的气候，不要乱说！从我的护照上根本就看不出来，我的父母是犹太人。我出生时，父亲给我取名拉希尔·布劳恩费尔德，因此我就叫布劳恩。由于无人知晓其中的底细，我才逃出了德国……现在还在冒险！这你忘了吗？"

"我没有忘，可往后怎么办呢？"

"难道你不知道，凭着一本护照，还可以蒙混下去吗？我问你：你是瑞士籍吗？侥幸碰到了机会，但不知道能混多久……这只有我们两个人知道。弗拉德克，要是我被认出来，那就完啦！"

他沉默了许久，然后又忐忑不安地问道：

"你没有把我在巴黎的住址告诉警察局吧？"

"天哪，又在胡扯！我没有！没有，没有，没有！请相信我！"

"要相信你，时间还早，首先要弄清楚你到底是个什么人。"

"而你到底又是什么人呢？"

"要是你还记得的话，我还是在巴黎时候的那个人。"

"我记得，一个语言学家毫无迹象地突然失踪，然后就杳无音信。我从你同警察局捉迷藏的整个过程中悟出了一点：你在从事非法活动。"

"听你这么一说，我倒感到新鲜，可我们两个人在一起的时候，一切都是合理合法的。"

"是呀，是呀，可我总是被蒙在鼓里。你一会儿是捷克人，一会儿是波兰人，一会儿又变成葡萄牙人。现在看来，你又出生在洛桑。我能认识你这个合法的受人尊敬的瑞士人，确实感到骄傲。你真会变戏法！不是吗？你没有做任何犯法的事情，真的没有！我真傻，成了一只容易上钩的多情的小猫！"

弗拉德克沉默了很久，用一个指头气恼地指指她，像是要责备她。可是，他最后说道：

"如果你想知道，我也觉得陷入了你的圈套。你还想怎么样？"

他往地上啐了一口唾沫，然后用他沉重的军用皮鞋使劲蹭了蹭。

"唉，我不是像你想的那样，只不过……我离开巴黎后，一直在想你。"

"在哪儿想我？"

"在某个地方。这没有关系。我没有办法同你联系，也不知道你在哪里，真见鬼。"

"可你现在知道了。但是，我觉得你已经不是那个在巴黎桥上往河里扔皮鞋的小朋友。"

"你也不是那个垂头丧气的小姑娘，无钱买一个火腿面包……你能告诉我出了什么事吗？……是说你的犹太人问题——那些傻子为什么拒绝你待在巴黎？你是怎么到这儿来的？怎么又当上了纳粹的秘书？"

"我不能同时回答三个以上的问题。现在不是时候，地方也不对。你任何时候都可以给我打电话。我总觉得，你知道我的电话号码。"

"是这样，我有许多次拿起电话听筒，但又把它放下了。我知道，我会找到你。可你不要忘了，你欠我的债：我今天浪费了半天时间，还付了五十元钱。"

"要是我没有搞错的话，是一百元。"

"另外五十元，该由你来付。"

"谁出的主意，谁就付钱。我在天朝帝国不曾参与讨价还价！我被免除六天拘留，只能以一元钱参加这种交易。我说的是上海货币一元，一分钱都不能多！"

"是这样吗？你把我搞糊涂了。要是我处在你的地位，我就用第三帝国的名义，把一百元钱全都揽下来。"

"是呀，揽下来，可我说过这话吗？要是我有钱，当然可以揽下来。要不然，我就借你的。你到底在上海干什么？要说实话！"

他不再吭声，琢磨出了一个较有说服力的答案：

"我现在从事自由职业。"

"听你这话，好像你是巴黎的国会议员。你在这儿从事自由职业……多久了？"

"三个月。认识了五个中国字。"

"确实是个语言学家。"

她不再说话，若有所思，最后才犹豫不决地说：

"在你被捕后，你知道那个看门人是怎么问我的吗？就是那个胖女人，你肯定记得她。她问我你是不是德国间谍。"

"不是，肯定不是。"

"我百分之百相信你不是德国间谍，肯定不是德国间谍。不过，我还知道，你没有一次说真话。现在，在玩了瑞士这一招后，你可不要再让我相信，你又变成了一个从事自由职业的塞内加尔人……另外，我多次指出，瑞士的奶酪工人在出师以前，必须在言行举止方面经过严格的培训，譬如说，向我敬一支烟。"

弗拉德克在衬衫口袋里乱掏一阵，摸出皱巴巴的一包烟。希尔德奇怪地瞅着那支软绵绵的香烟，然后又被军用汽油打火机突然冒出的火光吓得往后仰了仰身子。

"这打火机很可怕！战时可以用作燃烧弹。"她说。

"是吗？"他心不在焉地说道，然后又突然改变话题，问道："你那位男爵是怎样一个人？"

"怎么？你也知道报纸上的那些胡说八道？"

"我并不想打听你们之间的暧昧关系。我对此不感兴趣……我想问点别的事情……他是不是同意你的观点……比如说对阿道夫·希特勒的看法？他会同意你的看法吗？"

"这我没有把握。你为什么要问这个？对于男爵，你有什么话要对我说吗？我想，我知道他的情况。"

"你以为我会告诉你什么吗？"他嘟哝道，显然是在想别的事情。随后，他一挥手说："没关系，忘了他吧。"

她站了起来。

"汽车来了！对不起，文相，一切都乱了套。尽管如此，再次见到你，我仍然感到非常高兴……你会给我打电话的，是吧？请你给我打电话！"

她想亲他那张几天没有刮过的脸，但他直往后退。

一辆黑色"欧宝"——冯·达姆巴赫男爵的私车，停在他们的前面。车盖的右边挂着一面希特勒的小旗。

……弗拉德克点燃一支烟，烟雾熏得他把一只眼睛眯了起来。他盯着这辆黑色豪华轿车，直到它隐没在黄包车、自行车和公共汽车中。

他站在警察局大门前咧嘴一笑，嘀咕道：

"男爵这位先生真好，真好！Yes-yes！"

· 38 ·

沃什伯恩先生的女秘书意味深长地看了看手表，以惊讶的目光打量着站在她面前的这个男子，因为他身穿一件敞开衣襟的军服，脚蹬一双形如小船的军鞋。

"文萨先生，这不关我事，不过，请允许我提醒一下，勋爵不喜欢不守时的下级。"

文萨先生对她的提醒同样感到惊讶：

"您用了'下级'这个词吧？啊，下级！您瞧，姑娘，我可不是勋爵的下级。这有三个理由。至少有三个理由！首先，我不是勋爵阁下指挥的英国殖民地的大兵，而是一个自由撰稿人。第二，我不是英国国民，由于因缘巧合而成了一个瑞士人。第三，除了教规外，我在原则上不想听命于任何人。国家当然也有相应的制度，想必您是听说过的。"

这一番表白使女秘书感到很不自在，但她强作镇静：

"对不起，请您不要坐我的办公桌！……沃什伯恩先生要求很严……"

"您是想说，要我说话客气一点吧……"

"我就喜欢客气一点！"

"可我喜欢你，姑娘。我不是个好色之徒，不会伤害您的。沃什伯恩先生是怎么说的？"

"他要我命令您马上到他那儿去！但愿这没有违反您的教规。请您不要拖延时间，因为他还有其他重要会见。"

女秘书在把他领去见勋爵之前，又看了看手表。

这间屋子很大，布置得既严谨又朴素，很有一点兵营的味道。不过，紧靠着英国国旗，在许多英国伟人朴素的肖像下方，一尊石雕佛像直立在一个角上。这一切都说明，这就是英国在远东的一个兵营。天花板上酷似飞机螺旋桨的电风扇正在旋转，而办公桌左边的几乎整整一面墙上，挂着一幅海岸线分明的上海地图。

勋爵站在办公室中央，唯恐来访者走来时，靠他的办公桌太近。

来访者兴致勃勃地自我介绍说：

"我是让-卢·文萨，我愿为您效劳！"

沃什伯恩先生摆出一副将军的架势，没有回应让-卢向他伸出的手。他向来不同列兵握手。他背着手，好奇地打量着这个不修边幅的瑞士人：他没有扣好衬衣的扣子，袖口也起了毛边。勋爵还特意瞅了瞅他那双后跟很厚的大头鞋。

弗拉德克的眼睛跟着他的目光移动，竟也低头瞅了瞅自己的鞋子。

"啊，看我这双鞋！挺吓人的，是吧？这是西班牙共和国军队的皮鞋。两年来，我穿着它从直布罗陀海峡走到比利牛斯山脉，还像新的一样！在轰炸马德里的时候……"

勋爵打断了他的话：

"我没有请您讲述这双鞋的经历！"

"哟，是这样吗？那您要我讲点什么呢？"

直到现在，弗拉德克才搞明白勋爵为何背着手。原来，他手里捏着让-卢·文萨的瑞士护照。

"请听好啦，文萨先生，我这话对您有好处。上海警察局向您提出了抗议，说您破坏了他们对外国记者的规定，参加了骚乱，动手打了规规矩矩的警察。"

"我向您保证：警察并非那么规矩，他们打人！"

"我劝您别想改变他们的生活方式。要是我理解得不错，您是从西班牙来的。"

"可以这样说吧……"

"您是直接从西班牙来的，还是'可以这样说'？"

"可以说我是从西班牙来的。这是因为，第一，我中间到过法国，去卢浮宫观赏《蒙娜丽莎的微笑》油画，还有别的艺术品。我还顺便欣赏了皮加尔①的杰作，这您猜得出来吧？随后，我回瑞士看望我的母亲。我来这里已经三个月了。"

"听说您去看望您的母亲，我真感到幸福。不过，也许您已经发现，这儿可不是西班牙。在西班牙，谁都可以插上一手，就像在自家厨房里忙活一样。"

"您用厨房打比方，这我喜欢。说实话，我不会恭维您的！尤其是在我知道您在厨房里熬了一锅稀粥的时候。要是这儿还没有成为西班牙，那只是时间问题。请您相信我。"

勋爵不解地点着头，觑着来访者，最后说道：

"您这话太复杂，我还没有完全领会。"

"想当初，我的老师也经常把我赶出教室，可后来的事实证明，是他们显得可笑……我的意思是说，阁下，西班牙只

---

① 皮加尔（1714—1785），法国古典主义雕塑家，作品有神话和风俗雕像、伏尔泰裸体雕像等。

是欧洲军国主义的一种试验，日本也要在上海进行这种试验。欧洲的彩排已经顺利收场，西班牙共和国的军队已被打败。要是您有所耳闻，您会知道，英国和法国打着'不干涉'和'法西斯比共产党好'的幌子，在西班牙战事中按兵不动。"

"我同意您的看法！"沃什伯恩先生斩钉截铁地回答。

"我不怀疑，您是一个有骨气的英国人。您瞧，我想说的是：我写过一些有关国际纵队中的英国志愿军的报道。小伙子们都很勇敢，英国应当为他们感到自豪。他们在特鲁埃尔倒下了，但这不只是为了保卫西班牙或者共产主义，而是为了民主，阁下。他们吃了败仗。法西斯的彩排非常成功，因此，这场戏就要在欧洲舞台上隆重上演。格尔尼卡的陷落，使西班牙的佛朗哥分子欢呼雀跃，不过现在，德国的干涉还没有停止。我相信，过不了多久，英国的许多城市就会被夷为平地。"

"危言耸听！您在开什么玩笑！"

"是呀，这玩笑让人笑破肚皮……尤其是当这场大戏触及到你们的痛处的时候。咱们打个赌，怎么样？"

但是，勋爵阁下不想打赌。弗拉德克在鼻孔里"呼呼"两声，东看西看，别别扭扭地说道：

"我能抽支烟吗？"

"不行。"

"我也觉得不行。可我还想说点别的。先生，请您听听一个毫不起眼的自由撰稿人的意见吧：上海就是远东的西班牙。在这里，彩排结束以后，演员们就要在更大的舞台上粉墨登场。要是现在不让日本人明白，他们再扩大侵略战争就将碰得头破血流，西班牙的一幕就会在这儿重演！"

"哼！"

勋爵骤然不知所措，因为光彩照人的冯·达姆巴赫男爵夫人已站在门口。

"但愿我没有打扰你们。我总是很守时的，阁下！"男爵夫人说。

沃什伯恩微微弯了弯腰。

"男爵夫人，对您来说，根本就谈不上打扰。"他把身子转向弗拉德克，递给他护照。"拿好，您走吧。咱们有必要再聊聊那个'彩排'。"

"好吧，好吧，我非常乐意。说句实话，看到您的秘书那么厉害，我还以为您比她还凶哩。"

弗拉德克友好地拍拍他的肩膀，这使勋爵似乎矮了半截。

瑞士公民让-卢·文萨出门时，好奇地瞅了瞅男爵夫人。男爵夫人也回头瞅了瞅这个青年，发觉他竟然穿着留有汗渍的军衣和小船一样的大头鞋。

在他关上门后，男爵夫人才问：

"这个人是谁？"

沃什伯恩先生只顾用一个指头揉着他的太阳穴，没有回答。

"是这样，阁下，我想来谈谈猎鹬①的事情。我知道，您

---

① 鹬，又称田鹬、沙锥，鸟的一类，常在浅水边或水田中吃小鱼、贝类、昆虫等。

枪法很准。我不怀疑，到了星期天，田鹬就会像雨点一样从天上掉下来。"

"我的眼睛，亲爱的，我的眼睛已大不如前。要是您见过我年轻时候在纳米比亚狩猎场上打猎，那该有多好！"

他笑起来，拉过她的双手吻了吻。

勋爵在会见虹口犹太难民社团的代表时并没有撒谎，由于英德之间爆发了战争，他同第三帝国驻上海的代表没有任何官方往来。这确是事实。但是，非官方的接触依然存在。大家已经深交多年，他们的孩子也都混得很熟。男爵夫人今天到这里来，是要敲定猎鹬和野餐的事情，至少女秘书是这样说的。

这就说明，一场战争也可能使战线两边的人们相互接近。

只有在战线离他们很远，在世界的另一端的时候，两边的人才有可能接近。

·39·

伊斯特万·凯莱蒂——为了方便，姑且就把他叫做匈牙利人吧——他屈身坐在草席上，用手掌抹了抹脸，又用他那双熬得通红的蓝眼睛把四周审视一番，才慢慢弄清他待在什么地方。他瞅了一眼那只罩着保护套的挺大的手表——这是他在黑市上，从英国水兵的手里买来的。手表告诉他，现在是 12 月 7 日下午 6 时，是该去蓝山路那家可恶的海员酒馆的时候了。酒馆离港口不远，名字就叫"蓝山"。那儿没有山，只有黑咖啡一样浑浊的黄浦江水，因为江里停靠着许多木船和日本警卫艇。一有大船驶过，渔港里的木船和汽艇就荡来荡去。

冬日渐渐逝去，昏暗的光线透过两扇窗户的蛛蛛网钻进屋来，同天花板下面的烟尘混合在一起，不停地飘荡。一百年来，这个冰冷、低矮、阴暗的屋子从来就没有暖和过一天。紧靠墙根铺了许多席子，衣衫褴褛的苦力就躺在上面，凝神静气地用竹制长烟杆子抽着旱烟，怡然自得。兴许他们昨天晚上拉着黄包车，挣了一点钱，因而有可能哪怕只享受一次酒足饭饱的人的生活。躺在草席上的还有一些小商小贩，他们一到晚上就打开店铺，卖些爆米花、炒豌豆和五颜六色的果子露，为街上散步的行人提供零食。草席上另有一些穿着军装的穷愁潦倒的俄罗斯移民和一个脸色像死人一样苍白的欧洲女人。从外表上看，她可能是斯堪的纳维亚人。

这是一个为囊中羞涩的人们开设的低档烟馆，它为"二等烟民"提供鸦片。"一等烟民"只去那些为富人开设的昂贵的、豪华的烟馆。瘾君子们那种迷离恍惚的感觉来源于一种像煤焦油一样的烟膏，这种烟膏会使你的脑袋像挨了一锤子那样，即刻头晕目眩，渐入佳境，忘却烦恼，沉入梦乡。然而，它造成的后果是不思饮食，头脑发胀。要想重新振作起来，只有再吸几口鸦片，再次飞向蓝天，寻找那个极乐世界。

匈牙利人感到嘴里发涩、发苦，舌根上好像沾满了锯末，每一次吞咽都使他感到疼痛。"二等烟民"醒来后，总有这种感觉。他现在很想喝一大桶米酒，一种不用啤酒花发酵又不起泡沫的浅黄色饮料。它比一口气喝下两公升白开水还要解渴。匈牙利人把中国这种浅黄色的饮料戏称为"啤酒",说在同性恋饮品系列中,它是"世界上最便宜的醉人的佳酿"!

他艰难地站起来,试图穿过躺在草席上的人们。他理了理正在打鼾的那个女人的裙子,用裙边盖住了她粗壮的大腿。

"再见,亲爱的伊洛娜!或许你叫英格曼?要不就叫扎纳特?我欢迎你,同时亲吻那个正在睁着眼睛睡觉的欧洲。我们可爱的丑陋的欧洲!我衷心为你祝福。"

他在用匈牙利语说这些话时,以同情的目光瞅着这个面无血色的少妇。她仰面躺在草席上,半张着嘴。匈牙利人叹了一口气,挥了挥手,心想:反正你摆脱不了困境,这很清楚!你这"二等烟民"被牢牢地束缚住了,就像被夹在长了锈的捕兽器上,就像被套上了牢房墙壁上的铁链,也像被抛进灵魂深处的一个铁锚。

他用脸盆里的水洗了洗脸。一个老妇人很不自然地欠下身子,递给他一条不太干净的毛巾。她长了一口结满牙垢的黑牙,这使她那张嘴看上去犹如一个无底的深渊。匈牙利人很不耐烦地摆了摆手,表示拒绝。上海不计其数的低级烟馆里的这种老妇人,十之八九不懂匈牙利语,但伊斯特万·凯莱蒂仍然坚持用他的母语说话:

"谢谢,伯爵夫人,谢谢,你这棵蔫了的含羞草。拿好,给你钱,下次见!"

他把十来枚铜钱哗啦啦撒在她瘦骨嶙峋的手上,然后顺着嘎吱嘎吱作响的楼梯走下楼去。

户外潮湿、寒冷，令人厌烦。厚重的乌云，五光十色的灯光广告，空荡荡的街上亮着的橱窗，渲染出一种恐怖气氛，似乎有什么灾难就要在这座城市降临。当他坐上黄包车奔向港口时，他才明白，就在他抽鸦片烟时，确实发生了某种不寻常的事情。一些饭店和高层建筑的拐角处和房顶上，站着一群群放哨的日本兵，意大利生产的装甲车和小型坦克封锁了十字路口，它们的炮口都对着看不见的敌人。周围的气氛使人毛骨悚然。稀稀拉拉的行人都在急着往家赶。日本小巧灵活的战斗机像黄蜂一样从他们头顶掠过，声音小得就像上海黄昏时的嘈杂声。

匈牙利人用一只脚轻轻碰了碰苦力的脊背，苦力放慢脚步，把头扭了过来。

"米斯托-米斯托，发生了什么事情？"乘客用英语问道。

干瘦干瘦的苦力先是很有礼貌地用英语"米斯托-米斯托"奉承他，然后一边汗流浃背地往前奔跑，一边说了一连串什么话，但匈牙利人什么也听不明白。

他只听出一个词：Nippon（日本）。

不管怎样，对于已经发生的事变来说，这终归是一个最重要的关键性的词汇。

过了一会儿，他又用鞋尖踢了踢苦力。

"停下，车夫大人！停下！"

干瘦干瘦的苦力像一匹高大的瘦马那样收住了脚步。

匈牙利人急忙跑向"宫苑"饭店下面的一个小烟摊。店主笑眯眯地向他点了三个头，才试探性地递给他一包乌黑闪亮的阿尔及利亚香烟。

匈牙利人直摇头。

"不，我不要烟。我是想问：发生了什么事情？轰隆隆……飞机。尼庞。怎么啦？怎么啦？你听懂了吗？尼庞，怎么啦？"

店主的脸上又漾起笑容，不住地点头，好像是听懂了：

"是的，是的，先生！"

他换了一包日本烟。

钢琴家摆了摆手，然后接过烟，付了钱，扭头就走。店主又向他点了三个头。

这就是说，"尼庞"的意思是"日本"。

很好，清楚了，可到底发生了什么事呢？

……一则消息在城里不胫而走：据国际广播电台报道，日本空军在今天早晨对夏威夷群岛瓦胡岛上的美国军事基地珍珠港进行了致命的突然袭击。这次袭击出人意料，因为全世界都知道，日美间正在为签订互不侵犯条约进行紧张的谈判，似乎签约只是时间问题。

日本的这次恐怖袭击是毁灭性的，它在极短的时间内重创了美军八艘战列舰、六艘巡洋舰和一艘鱼雷艇，摧毁了美军272架地面上的和空中的飞机，还炸死了美军2476人。

12月7日，星期天，这是美军太平洋舰队的象征——

"亚利桑那"号沉没的日子，也是美国和平的终结。但是，日本也为此付出了惨重的代价：尽管珍珠港一度陷入混乱，但美国人仍然成功地击落了日本天才战略家山本五十六海军上将乘坐的飞机，他当时正在指挥一场战役。

风向突然发生了变化，两个大陆的战争——欧洲战争和远东战争，转瞬间就演化成了一场世界大战。

这也是日本扩张的开始。珍珠港事件一天以后，日本军队占领了马来亚，随之侵占了菲律宾。一面又一面的太阳旗相继升起在英国的殖民地新加坡和维多利亚——香港。接下来还有缅甸、新几内亚、荷属东印度，而攻克远方地平线上的澳大利亚和新西兰也指日可待。最先升起太阳的岛屿帝国不仅要称霸太平洋，而且还要控制全世界生产的几乎所有的橡胶、锡、奎宁和大米。

所有这一切都有可能提前发生。迄今为止，日本的全面扩张所向披靡，在速度和规模上，堪与希特勒军队在欧洲和北非不可遏制的进军相比。在离港口不远的一家酒馆里，每天傍晚都响起梦幻般的钢琴声。这是在演奏颇为流行的美国电影插曲。匈牙利移民压根儿就不知道珍珠港的地理位置，他的脑子里也全无军事战略概念。

酒馆开设在一家小旅馆的底层，它占了几个房间。砖墙没有抹平，舞池也只是水泥地面。不过，海员们可以在这里搂着姑娘跳舞。酒馆比"蓝山"路的人行道低了许多，要到这里就必须往下走完十几个台阶。上海没有比这更低的建筑

物，因为支撑它的桩子直接揳入沼泽地。建筑物下面半米的
地方就是水，因此，这座城市没有防空洞。由于这一可以理
解的原因，日机的轰炸使市民遭受了重大伤亡。

希尔德只有一次到这家酒馆去找她在巴黎结识的朋友，
只有一次！海员们被她的美色迷住了，许多双眼睛死死盯着
她，还不断起哄。匈牙利人赶忙把她拉了出去。

他们现时坐在维也纳甜食店里。伊斯特万不停地用餐叉
搅动自己那份蛋糕，有好几次，他下了狠心才咽了一口。

希尔德把两只手握成拳头，默默地注视着自己的朋友。
他脸上的皮肤干燥得像是鳞片，紧绷在颧骨上面，使他活像
一个他的亚洲祖先。皮肤的颜色灰中透红，这大概是吸食罂
粟制品留下的痕迹。

他首先开口问道：

"哎，来自巴黎菜市场的姑娘，过得怎么样？"

希尔德耸耸肩膀：

"还好，过得去，你呢？"

"猪狗不如。你可能不信，我甚至向往布达佩斯最低级的
酒馆，在那儿同温柔的酒友们凑在一起，喝红酒，欣赏天才
的吉卜赛乐曲。除了巴拉顿湖外，匈牙利没有大海，不知你
听说过没有？谢天谢地，我在那儿不会为海员感到恶心。我
很想念阿伦·康蒂，他是个男子汉。"

"说不定他在非洲什么地方打仗。"

"这么说，你还是不了解他。他这种人，你就是赶也赶不走。
他去打仗？哈哈，你真的不了解他！他现在可能还在白色钢琴旁

边喝他的白兰地，他才不管是哪些混蛋在管理法兰西哩。"

匈牙利人并不知道，他的这一判断离真相实在太远。很久很久以后，直到战争结束，他才打听到，阿伦·康蒂这个爱抽雪茄烟的电影迷、演电影的姑娘们的总司令，在1944年2月4日黎明时分，被巴黎的盖世太保杀害了，原因是他曾经隐藏英国伞兵。

他们又在世界这一头的维也纳甜食店里闲聊了一阵。

水落石出，两人现在已经分道扬镳：她不会再到那家酒馆去，而他也不愿再提起那幢白色的德国官邸，再看那面飘扬在草地上的"卐"字旗。希尔德试图把他再骗到南京路上来，或者把他骗到维也纳甜食店，或者骗到法文书店，但是，从他脸上的厌烦表情可以看出，她的这种努力是徒劳的，因为他迷恋的是另外一些事情，同甜食店和书店判若鸿沟的事情。伊斯特万感到愧疚，说话吞吞吐吐。他说，一旦"有空"，他就去找她，把卖掉玫瑰色珍珠项链后他拿到的那些钱还给她。

希尔德不是傻瓜，当然不相信这是真话。

就在同时，从傍晚九点到半夜，一位名叫伊丽莎白·米勒-魏斯贝格的歌手，一位长着一对绿眼睛和一头棕红色头发的标致的女人，就是在这家酒馆里演唱，有时竟逗得德国军舰和商船的海员们发疯似地狂叫。她把第三帝国歌星扎拉·勒安德尔的歌曲演唱得出神入化。为她伴奏的富有经验的钢琴家——匈牙利人心知肚明，这位歌手受过正规的高等职业训练，她在欧洲歌坛上肯定拥有另一类听众，而不是酒馆里的这些海员。毫无疑问，她在这个陌生的场所，竭力展示另一种演唱风格。应当承认，扎拉·勒安德尔洪亮的胸音和她极具魅力的唱法，是任何人都无法超越的。伊丽莎白的演唱使英国、法国和德国的海员欣喜若狂。有人吹口哨起哄，有人却热烈鼓掌。上海仍然是一个好客的港口城市，它向所有的船舶开放。尽管欧洲爆发了战争，但各国海员仍然非常友好。要是当时就知道，受到元首宠爱和纳粹上层吹捧的扎拉·勒安德尔同时又是英国间谍（英国方面对此说法不置可否），那么，伊丽莎白·米勒-魏斯贝格的演唱肯定只会激起同情而不会有人喝倒彩。

　　酒馆里的海员无人知晓，是什么风把伊丽莎白·米勒-魏斯贝格吹到了远东这个地方。她不善交际，还有点清高，但她总能设法使海员们对她敬而远之。这位歌手很有分寸地向他们暗示，酒馆里挤满了各种肤色的海员，大家的欣赏习惯各不相同，要想在这样的场合同她纠缠，那是白费时间。同时，酒馆下面还有一个很陡的楼梯，直通中国的厄洛斯①玫瑰色的天堂。她不喝酒，也拒绝任何人的邀请，拒绝任何形式的拉拢，即便对伊斯特万·凯莱蒂也是如此。伊斯特万无法跨过那堵把她同众人分开的无形的、冷漠的围墙。也许由于德语是这里唯一的外语，而匈牙利人继承了当年奥匈帝国的传统，德语讲得很好，因此，两人才一点一点地相互接近。

　　深夜，一个瘦高个子的男人，穿着旧衣服的普通工人或

---

① 厄洛斯，希腊神话中的爱神。

者旅馆的洗车工，雇了一辆黄包车，把她拉回家去。匈牙利人猜对了：这是她的丈夫，一个落魄的犹太人，他们住在苏州河的那边。酒馆的胖子老板叶钦文斯斯文文，油头粉面，但他只付给歌手很少一点钱，因为他觉得这对夫妇非常奇怪，一个是文雅的歌手，另一个却穿着破旧的衣衫，他们未必同臭气熏天的虹口的移民有什么区别。伊斯特万·凯莱蒂倒是幸运：叶先生为匈牙利人提供了小旅馆上面的一间阁楼，以冲抵他三分之一的报酬。

· 40 ·

一般说来，替国家办事的男人都不相信噩梦，也不相信对他们不利的消息，相反，他们喜欢和迷恋蛊惑性的奇谈怪论，把这些东西当成宝贝。从前那些围着国王的宝座打转的大臣们善于溜须拍马，鼻子很灵，一遇风吹草动，马上就在国王耳边奏响主子爱听的催眠曲。传说古代有个苏丹，曾经杀了他的一个传信兵，因为这个传信兵带来的坏消息搅乱了他的一顿午餐。沃什伯恩先生尽管听到过许多在女秘书和其他人之间传播的流言蜚语，但当他的好友冯·达姆巴赫男爵夫人异想天开地向他提出，想同他一起去野餐和猎鹬时，他当然不想砍下男爵夫人的脑袋。毋庸置疑，她的丈夫，也就是男爵自己，作为交战国的官方代表，长着一双神秘的抑或居心叵测的眼睛，不会看不见她的夫人竟然去拜访英国总督。不过，这个女人偏要这样做，并且认为，这是公共租界那些浪漫时光的回光返照，她可以处理得天衣无缝。

问题不仅涉及猎鹬，它远比猎鹬复杂得多。

前面已经说过，冯·达姆巴赫男爵很不喜欢、很不信任日本军界和政界的上层人物，这是他在外交场合无法用笑脸掩盖的。外交领域的这只老狐狸在收到柏林"帝国安全"总局 Б-4 处发来的一份绝密电报后，马上就嗅出了某种气味，预感到将要发生什么事情。电报上说，鉴于日美关系即将发生逆转，务必要为党卫队和盖世太保的两百人准备好官邸、饭店和宿舍。众所周知，日美即将签订互不侵犯条约，两国关系恰在此时发生"逆转"，只能说明日本要改弦易辙，大打出手。男爵不可能猜透日本下一步的行动，但是，他对柏林新主子的态度却有很大的保留，尽管他身上佩戴着希特勒的徽章。他认为，他要尽他一个朋友的义务，把这一情况秘密通报给沃什伯恩先生。根据英国总督的要求，他还准备相机行事，继续通报有关情况。

据男爵掌握的可靠情报，美国的罗伯特·斯梅德利上校正以武官的身份，领导一个强有力的情报小组在上海开展活动。过去，即从 20 年代末开始到日本占领为止，也曾有一位名叫阿格尼丝·斯梅德利①的美国女记者在这里搜集情报。她

---

① 阿格尼丝·斯梅德利，即前译艾格尼丝·史沫特莱（1890—1950），女，美国记者、作家。1919 年侨居德国，从事写作。1929 年初作为德国《法兰克福日报》特派记者来中国采访，同情中国革命。1934 年底作为英国《曼彻斯特卫报》特派记者第二次来华，1937 年春到达延安。抗日战争爆发后曾深入前线采访。1940 年赴香港。1941 年回美国后，继续为支持中国抗战而写作、演讲、募捐。1949 年初被美国陆军当局指控为"苏联间谍"，同年秋被迫流亡，在来华途中，于 1950 年 5 月 6 日在英国牛津病逝。遵照她的遗嘱，1951 年将其骨灰移到中国，安葬在北京八宝山公墓。

是理查德·佐尔格博士的朋友。种种迹象表明，她化名充当了苏联间谍。谁也不知道这两个人都叫"斯梅德利"，是不是一种巧合。要是两个"斯梅德利"确有联系，难道这不意味着美国和苏联正以某种适当的方式，非正式地交换情报，至少是交换有关日本的情报吗？考虑到美国和俄罗斯都同样关注日本的意图和秘密计划，这种可能性是完全存在的。因此，冯·达姆巴赫遇到了一个他还没有找到答案的问题：为什么一贯消息灵通的美国情报机构，无论是在上海还是在东京，都没有探听到日本政府作出了戏剧性的决定，要改变日美关系呢？

无论如何，男爵都不愿意同沃什伯恩先生拉开距离，使他这位玩牌和狩猎的老伙计的个人安全受到威胁。再说，他们又不是第一次交换这种绝密情报。两人都确信一句格言：坦诚交往是相互信任和友好的基础。不仅如此，男爵并不讳言，他崇拜强大的英国，而沃什伯恩先生却同情德国纳粹新的统治者，因此，两人之间常常发生龃龉。令人费解的是，不是纳粹德国的官方代表，而是英国总督理解希特勒的奋斗目标，认为希特勒在为德国民族的今后几千年争取生存空间。当然，这里所说的"生存空间"，仅指从第三帝国向东无限扩展，直至把触角伸进苏联。

英国人起初是哈哈大笑：

"亲爱的，我亲爱的老朋友！您那些阴暗的想法是从哪儿冒出来的？互不侵犯条约至多再有一个月就要签订。我有可靠的情报来源，很清楚这一点。"

男爵夫人坚持说：

"我不相信，不相信，不相信！您有您可靠的情报来源，但是，盖世太保的两百名重要代表会毫无理由地突然从上海冒出来吗？这同日美关系即将发生的变化有关！为了预防万一，我和奥托马尔出于友好，有责任向您通报。您自己好好斟酌吧。"

最后，沃什伯恩答应再想一想，尽管他觉得德国朋友无需多疑。他可以在绅士俱乐部星期一的例行酒会上打听此事，觉得他有可能同斯梅德利上校聊上几句。是的，可能值得聊上几句！

今天是星期四的上午，到星期一晚上还有将近五天。这么长的时间足够他把事情想个明白。勋爵拘泥于英国的传统，遇事不急，每走一步都要经过深思熟虑。他有时甚至过于小心。也许正是这个原因，使他直到现在还孑然一身。然而，在从星期四到星期一这段时间里，就是在 12 月 7 日，瓦胡岛的珍珠港霎时就把世界推到了地狱的边缘。

可怜的沃什伯恩听到这一噩耗，大为震惊，对自己没有马上去找美国少校痛心疾首。好在一份密码电报通知他：珍珠港海军司令部侥幸保留下来的唯一一个无线电中心台，在日机空袭四小时后，就收到了华盛顿发来的警示性的密码电报：严令采取一级安全措施，谨防日本发动新的攻击。这道密令是通过各情报部门之间相互协调的繁忙线路传来的，海军官兵们以一句响亮的俏皮话回答说："谢谢啦，谢谢这个马后炮。我们差不多死了两千五百个弟兄！"

上述情况说明，美国在东京和上海的情报机构工作正常，及时察觉到日本的进攻。但是，如上所述，苏丹不希望有什么坏消息破坏他的一顿午餐。

至少从表面上看，事情就是这样明摆着。

· 41 ·

如果以为只有华盛顿才养成了一种坏毛病，把不合他们心意的情报通通束之高阁，那就太天真了。在这方面，法国人的麻痹大意近乎民族背叛。经过严格筛选的情报已经说明，希特勒就要实施进攻法国的计划。在此情况下，虽然不断有消息传来，说是成千上万的德国旅游者忽然拥进了卢森堡，沿着整个法国边界搭起了帐篷，但是，巴黎却没有一个人敢于搅乱"午餐"，没有一个人愿意稍稍费一点力气，只问这么一句：热爱大自然的德国人在那儿寻找什么？他们为什么独独钟情于边境一带的风光？莫斯科当时也在睡大觉，竟然对理查德·佐尔格的"拉姆扎伊"小组提供的情报，对来源于欧洲其他地方的可靠情报熟视无睹。这些情报全都发出警告：德国即将入侵苏联。与此同时，四川路即昆山路拐角处的"AGFA"照相馆也三次用密码电报向"中心"发出了警报。日本和德国的反间谍机关从空中截获了这些密码电报，发现这个发报员指法娴熟，为了不暴露发报地点，总是把密码发得短促而又清晰。

1941 年 5 月 15 日，当地时间午夜后两小时，符拉迪沃斯托克①接收到微弱电波，然后又立即转发了这份电报。"中心"译出的电报是：德国将于 6 月 20 日或 22 日进攻苏联，拉姆扎伊；5 月 21 日，差不多在同一时间，又有一份电报说：德国在苏联边境集结了九个军、一百五十个师，拉姆扎伊；四天后，5 月 25 日早晨五时的电报内容是：6 月 22 日凌晨将在广阔的战线上发起进攻，拉姆扎伊。

克里姆林宫的主子们对德军的动向有自己不同的看法，他们只喜欢盯着自己的肚脐眼，不愿倾听刺耳的声音。他们既不相信密码电报提出的警告，也没有采取必要的措施，一心陶醉于不久前同希特勒德国签订的互不侵犯条约。对于德国在苏联边境集结军队，柏林的头目们眨着狡黠的眼睛对俄国人说：你们知道吗，朋友们，这是为了转移英国人的视线。于是，克里姆林宫的主子们也眨着狡黠的眼睛回答他们：干吧，朋友们，祝你们好运！但是，当德国人正是在 6 月 22 日的"凌晨"进入苏联时，克林姆林宫的这些主子却还穿着白裤衩躺在床上。过了几天，曾多次受到自己人和外人警告的苏维埃姑娘恍然大悟：为了避免惹事生非，她竟然没有理睬那些德国坏小伙子。事情发生后，她又绝望地弯起两臂，抱头痛哭："天哪，小伙子们为什么突然变卦?!"

就这样，在德军进攻初期，在布列斯特展开血战之时，"AGFA"照相馆的老板阿尔弗雷德·克赖鲍尔和他的朋友、记者陈秀清痛苦不堪。他们的警告不受重视。他们还受到了

---

① 符拉迪沃斯托克即海参崴。

另一个打击。过了很久，他们听到一则不甚明确的传闻，说是一批苏联著名侦察员被枪毙了，其中就有他们最大的头头、学识渊博和经验丰富的一代宗师扬·别尔津。在国家生死存亡的严重时刻，莫斯科为什么要枪毙这些人呢？谁也弄不明白。但是，"AGFA"的人员任务繁重，成天忙得不可开交，只好把他们的怀疑置之脑后。陈秀清布下的情报网此时也陷入困境。这不是由于受到别尔津和其他被枪毙的苏联高级军官的牵连——这同他们根本无关。也不是因为受到报纸一贯的反苏宣传的影响——当时的报纸大肆渲染红军在战争初期遭受了无法形容的惨败。构成这个情报网的是一些肝胆相照的反战者和俄罗斯的朋友，主要是一些科学家、社会活动家和商人，这些商人同活跃在东京的日本军界和实业界上层人物有着广泛的联系。情报网工作困难的真正原因是，陈秀清必须严格执行对他下达的禁令：不准同中共地下党有任何往来，也不准同白俄移民保持联系。当时，虽然私仇未了，但白俄移民在感情上仍然支持正在遭受苦难的俄罗斯，而苏联的一个代理机构又把"重返祖国联盟"作为掩护，在移民中开展了卓有成效的工作。然而，"重返祖国联盟"受到日本方面的严密监视。

鉴于这种情况，陈秀清即便到俄罗斯浴池洗澡，也远远地躲着那些经常拜访他的俄罗斯人。

1941 年 12 月 6 日，在日本偷袭珍珠港前夕，"AGFA"照相馆的人员有充分理由欢呼雀跃。世界各大通讯社这一天异口同声地报道：苏联红军已经在莫斯科绝路逢生，眼下正以凌厉的攻势转入决定性的反攻，消灭了三十八个德军精锐师。这些德军作为纳粹"台风"战役的主力，曾计划在冬季来临之前一举拿下莫斯科。世界各大通讯社认为，红军这次毁灭性的打击使德军遭受了惨重损失。一些清醒的观察家甚至认为，即使不能说这是纳粹末日的开始，也可以说是德军在战场上轻而易举地取得的一连串胜利的结束。就连希特勒大本营的军事专家也痛苦万状，开始认识到这次失败具有战略性质，从今往后，东方的战争只可能延长，不可能取胜。此时的弗拉德克还在后悔他好心做了坏事，糊里糊涂地违反纪律，卷入了街头冲突。佐尔格博士的好学生陈秀清在保护他时起了决定性的作用。佐尔格始终认为，要使自己不被怀疑，最好的手段不是像天主教膳宿公寓里的姑娘们那样极度小心，而是头脑冷静、举止大方。那天晚上，弗拉德克为了同顶头上司言归于好，竟干了一件他从来没有干过的事情——同克赖鲍尔一起喝了一大杯伏特加。随后，他呕吐、忏悔，发誓今后不会再在所有事情上跟着顶头上司亦步亦趋，因为克赖鲍尔总能找到喝酒的理由，有时为坏消息喝，有时又为好消息喝。今天既有好消息，也有坏消息。莫斯科传来的是好消息，而东京传来的却是坏透了的消息。

对"AGFA"照相馆的人来说，莫斯科获救带来的喜悦又被一个坏消息，可以说是可怕的消息蒙上了一层阴影，就像是被当头泼了一桶冷水，虽然直接参与情报工作的只有技术员、速记员和译电员。两个月前，弗拉德克曾把信使从东京带来的一份密码材料亲自译成德文。他曾为自己作出的这一小小贡献得意忘形。当时，日本小组明显感到，日本方面对他们撒下的大网正在收紧，因而变得格外小心，停止发报。这个小组决定把一份只有两行字的材料变成密码，并把这些密码隐藏在《德国1935年年鉴》的字里行间。他们把《年鉴》混杂在其他报刊中间，绕道带给了"AGFA"照相馆。这本年鉴因此而被载入第二次世界大战苏联谍报工作的史册。就是这本封面已经磨损的《年鉴》，曾多年在"拉姆扎伊"、上海和东京之间旅行，从而同"中心"保持了联系。命运攸关的绝密材料是通过照相馆的发报机，利用第39兆赫短波发出去的，其中当然也有天才的发报员、伏特加的崇拜者克赖鲍尔的功劳。

DER SOWIETISCHE FERNE OSTEN KANN ALS SICHER VOR EIN-EM ANGRIF JAPANS ERACHTET WER-DEN

这份情报的大意是：苏联远东地区肯定不会受到日本的攻击。

克里姆林宫这回相信了"拉姆扎伊"的情报，把驻防阿穆尔河和乌苏里江沿岸的强大军队集群迅速调往莫斯科战场。这支生力军冲向了陷在俄罗斯泥潭和积雪中的德国军队。随后，这支军队又在斯大林格勒同德军直接交手，使德军最后遭到毁灭性的打击。

但是，这只是问题的一面，即获胜的一面；问题的另一面却令人沮丧和不安。就在送走上面那份情报后不久，"拉姆扎伊"小组的领导人，不曾受到任何人怀疑的理查德·佐尔格博士突然被捕了。他是一个乐观主义者、沙龙里的活跃人物、德国驻日大使奥伊根·奥特家里的常客。他还有一位名叫石井花子的日本女友。无线电通讯中断造成的直接后果是无法估量的。"拉姆扎伊"小组在东京遭到惨败，是德国无线电破译专家参与的结果。很久以后，正是在苏联庆祝十月革命胜利二十七周年那天，佐尔格被绞死了。同时被绞死的还有《朝日新闻》的记者尾崎秀实——内阁外事顾问西园寺近和的儿子。同欧洲情报人员马克斯·克里斯蒂安-克劳森和布兰科·武凯利奇同时被捕并遭到日本秘密警察严刑拷问的，还有以高广吉丰和水野茂为首的十六名日本著名科学家、文学家和社会知名人士，他们后来都被判处重刑。南满铁路公司贝枝久泷的被捕，也造成了重大损失，正是他首先获悉日本将把很大一部分兵力运往苏联边境。

据东京报纸披露，日本高层为破获佐尔格的情报网而上窜下跳，但在世界的另一头，在柏林，纳粹头目海因里希·希姆莱、海因里希·米勒和约阿希姆·冯·里宾特洛甫却怒气冲天：他们多年信任的那位可爱的笑星，原来就在他们的鼻子底下活动。

东京的喧嚣葬送了德国驻日大使奥伊根·奥特的前程，但是，西方媒体对此却反应冷淡，因为当时的报纸舍不得把视线移开，始终在大量报道希特勒在第二次世界大战中遭到的重大失败。谁也没有想到，希特勒的失败竟同此刻正在东京秘密警察的地下室里遭受酷刑的那些人士有关。12 月 15日，就在珍珠港事件一个星期以后，"拉姆扎伊"小组的技术员和信使川丸义男被折磨致死。他是在上海被捕的，因此，"AGFA"照相馆只好把发报机拆散、运走，小组成员之间也停止了往来。起先，大家还担心川丸义男的被捕会使上海的情报网受到损失，但这种担心是多余的：尽管川丸义男在日本内大臣木户海军上将的亲自监督下，遭受了难以忍受的酷刑和轮番审讯，但他没有说出任何一个人的名字，也没有暴露任何一个接头地点。

当时盛传，约瑟夫·斯大林为苏联战场的转折作出了特别重大的贡献。这是可能的。但是，如果把所有的胜利和失败都归因于某一个人，那就太轻率了。在莫斯科上演的这场大戏中，瑞士记者让-卢·文萨翻译的那份密码材料，同样起了很大作用。这令人想起一具木马攻下被围十年的特洛伊城的故事，还有吹响号角拿下耶利哥城的故事，以及一群白鹅拯救罗马的故事。但是，这些故事只不过是极具魅力的文学创作，并不能完全反映复杂的、血腥的全部历史真相，更何况历史真相是个相对的概念，它就像一只上下开口的箱子，海关人员只看见它上面一层装的东西，而它的下面一层却还藏着另外一些东西。蒙蔽海关人员的类似骗术不胜枚举，珍珠港事件就是其中一例。

总而言之，在上海的这些戏剧性的日子过去之后，一切又都恢复平静。此后不到一个月，两架"容克"式客机降落在上海龙华机场，盖世太保和党卫队的第一批人员步下了飞机舷梯。由于飞越战场和已经管制的西伯利亚上空风险很大，两架飞机绕了一个大圈，花了整整三天的时间，中途还在土耳其东部和曼谷作了停留。冯·达姆巴赫听说盖世太保和党卫队来了，虽然心里感到郁闷，但他还是在私人秘书希尔德·布劳恩的陪伴下，到龙华机场迎接了来自柏林的贵宾。

就在当天，甚至新来的人还没有来得及放好行李，第一次联席会议就在"临桥公馆"即 Bridge House——梅机关上海办事处举行。男爵作为第三帝国驻上海的最高级别的代表，理所当然地出席了会议，而作为严格保密的会议记录，则由他的私人秘书负责整理并交由信使带回柏林。

· 42 ·

俄罗斯浴池位于广州路的尽头，而广州路直通嘈杂的重庆路。浴池对所有人开放，到这里来的不仅仅是俄罗斯人。在充耳的外语声中，俄语独占鳌头。宽阔的浴池隔出了许多单间，弥漫着白色蒸气。人们三五成群，有说有笑地拥进浴池，脱去衣服，披上浴巾沐浴；其中既有中国商人，也有不同民族的欧洲人，甚至还有日本军人。浴池内充满了说话声、嬉笑声、水勺声和哗啦啦的喷水声。人们长时间地坐在热烘烘的木椅上聊天，享受着亚洲式的，也可说是罗马式的蒸气浴。客人到这里来消磨时光，是因为这里干净，服务周到，可以在沐浴过程中，用富有异国情调的新鲜白桦树枝拍打身子，使之发红，然后再喝上一杯冰镇俄罗斯格瓦斯①，酣畅淋

① 格瓦斯，一种用麦芽或面屑制成的俄罗斯酸甜饮料。

漓地出一身大汗。这里还有胖胖的鞑靼搓澡工为客人搓澡。客人洗完澡，在凉快的房间里休息一会儿后，就马上走进浴池属下的俄罗斯餐厅，享用被称为"乌哈"的地道的俄罗斯鱼汤和西伯利亚水饺，当然也还有不可或缺的原装伏特加。俄罗斯服务员脚套靴子，身穿短裤和俄罗斯亚麻衬衫，绘声绘色地向客人介绍果戈理和陀思妥耶夫斯基的著作，端来冒着热气的茶炊，把红茶倒进套着镍座的玻璃杯。俄罗斯浴池和餐厅早已变成人们聚会、聊天、洽谈生意或者一般说来打发时间的场所。它不同于南京路上的绅士俱乐部和餐厅，即它并不限制中国人，因而成为中产阶级同当地伙伴开展社交活动的更有吸引力的理想之地。《中国每日邮报》的政治观察员陈秀清在为次日的报纸写完评论，并且处理好匿名的某某男士同某某女士订婚的广告后，有时也来光顾俄罗斯浴池。他通常邀约报社的同仁们一起来这里，但在今天，在这个星期三的晚上，他却是只身一人。他昨晚和"AGFA"照相馆的阿尔弗雷德·克赖鲍尔紧紧张张地忙了一夜，刚才又同年轻的瑞士同行让-卢·文萨见了一面。他现在遇到了燃眉之急——底层的军事情报犹如水管里的水顺着拧开的水龙头哗哗流淌，而"中心"却得不到这些情报。

陈秀清疲惫不堪地靠在热得使人冒汗的一个小间里，这个小间介于芬兰桑拿浴室和中国澡房之间。他听见旁边有人轻声叫他：

"陈先生，见到您我很高兴！"

记者哆嗦一下，慢慢从沉思中清醒过来，睁大眼睛在浓重的蒸气中搜索，发现美国大使馆的斯梅德利少校就坐在他的旁边。他们经常有意无意地在新闻发布会上和乏味的外交酒会上见面，陈秀清还采访过他几回。根据上海报纸散布的消息，在珍珠港事件和日美之间爆发战争后，日本当局已经宣布驱逐美国外交官和商务代表，因此，斯梅德利少校不应该留在这里。在那份"不受欢迎的人"的名单中，自然有美国驻上海大使馆武官的名字，也就是说，他必须在十天之内"见鬼去"。为此，许多美国公民慌慌张张地变卖了家产或把家产转让给自己的亲属，停止了商务活动。近来有谣言说，美国人很快就会受到迫害，他们的财产也将被没收。

"少校，您吓我一跳！我还以为您躲到了很远的地方，躲到了地平线的那边。"陈秀清说着，向少校靠了过去。

"您想得很对，就差几个小时。我明天确实就要乘新西兰的小'渡轮'回家。你还没有见过这种破破烂烂的小船吧？可是我没有其他办法。既然没有好船，我就坐独木舟回美国去。"

"是这样，战争把轮船公司吓坏了，它们都把船只悄悄藏在港口里。希望您能顺利到达终点……"

"希望和宗教是一个人通往天堂的拐杖。我不信教，没有拐杖，除了希望，我就只能爬到一个同美国有正常往来的港口。但愿日本的潜水艇不要在我们的肚子上钻个窟窿。"

少校笑了起来，好像是在同陈秀清闹着玩。

"您就放心吧，日本人还不至于使用潜水艇。"中国人安慰他说，"一个人担心的事情往往不会发生……我说这话，不是想奉承您，只是觉得再也见不到你们了，真可惜，你们早就成了我们生活的一部分。"

"谢谢，谢谢。你们是不会受到牵连的，因为这是你们的祖国。至于上海，我不会忘记它。不会！说句实话，我讨厌这里的一切。"

"我理解您。这座城市不是世界上最舒适、最安全的地方。"

"我真担心，现在世界上再也找不到一个舒适和安全的地方。您已经看见，人间天堂珍珠港发生了什么事情……"

"到底发生了什么事情?"中国人随口问道，似乎天真得像个孩子，"除了新闻公报上那些东西外，好像还有什么没有公开的东西。"

上校用手浇了一点热水，把深褐色的头发抹了抹，然后问道：

"您是作为一个记者提问题呢，还是随便聊聊?"

"随便聊聊，随便聊聊。如果您有什么真实想法，我不会把它捅出去的。说到做到!"

"好吧，咱们开诚布公。陈先生，您先走一步。请您说说，您在你们那个圈子里听到了什么? 您知道，美国一向重视世界舆论。"

"是呀……有时候。"陈秀清只好同意先走一步。

陈秀清很清楚斯梅德利是怎样一个人，只有傻瓜才会相信他是一个普通的武官。毫无疑问，他在登上这艘曾在许多小岛之间穿行的小货船之前，已经在这里巩固了他的情报网。

这是很正常的，也完全符合情报工作的游戏规则，就是在离家以前，必须找到可靠的园丁来为自己浇花。

与此同时，斯梅德利少校也对陈秀清抱有怀疑。他凭自己的职业嗅觉闻得出来，中国记者在调查稻米生产和买卖同政治的关系时，肯定还干了别的事情。现在正是证实或者否定他的怀疑的好机会。在这样一个浴池里，当然只能部分地证实或者否定。

搓澡工打断了他们的交谈。

随后，他们在俄罗斯餐厅先品尝开胃食品——加了伊朗黑鱼子的俄罗斯煎饼和鸡汤炖鲟鱼。美国人此时问道：

"陈先生，我听着，您接着讲吧。"

陈秀清愣了一下。

"啊，是是是，接着讲。咱们说到哪儿了……"

"说到珍珠港……"

"是是是，珍珠港……"陈秀清用匙子搅着汤，紧盯着汤里的那些圆圈，然后抬起头来，"少校，据说，华盛顿有些人对日本在夏威夷表演的这个出人意料的杂要并不感到意外。他们知道这个节目，也希望日本表演这个节目。"

"哎呀，希望日本表演这个节目！为什么会是这样？"

"这该由您来说。咱们不是说好了吗？"

"我不食言。不过，咱们说好的，要慢慢来。我要酝酿酝酿，壮壮胆子。您的下一句呢？"

"下一句……据传，在日本袭击的前几天，你们的总司令部从瓦胡岛悄悄撤走了最先进的战舰，只留下参加过第一次世界大战的船舶作为日本人的靶子。你们那些被击伤的舰船还能使用。据说，不出几个月，它们又会在海上航行。传闻就是这样……还说，你们遭受的损失被大大地夸大了。这是为了国内的需要，为了激起中产阶级愤怒的爱国热情。"

美国少校目光炯炯地死死盯着中国记者，继续问道：

"这是谁说的？我没有在报纸上看到这样的报道，官方评论也没有这种说法。"

"您不可能不知道奥托·斯科尔策尼写给希特勒的秘密报告。"

只隔一秒钟，可能还不到一秒钟，陈秀清就打了一个寒战：他说漏了嘴！

斯科尔策尼的报告不曾在任何地方发表。只有元首最亲近的少数人才知道这份绝密报告。陈秀清只知道这个报告的大意，那是莫斯科"中心"通过密码电报告诉他的。就连陈秀清也不知道情报来源，因为它是保密的。很多年后，可以说是在经过一个地质代后，当苏联的部分机密档案解密时，人们才知道，斯科尔策尼这份报告是由纳粹著名的奥林匹克活动家、柏林奥运会组织者之一、潜伏很深的苏联侦察员曼弗雷德·冯·布劳希奇逐字逐句告诉莫斯科的。世界上确实有许多怪事。事实证明，这位奥林匹克活动家竟然是瓦尔特·冯·布劳希奇元帅的儿子，而冯·布劳希奇是希特勒秘密军政委员会的委员，曾参与制定向苏联发动闪电战的"巴巴罗萨"计划。他的儿子可以随便进出他的办公室，接触他的重要文件，并定期把它们传到克里姆林宫。甚至在他的父亲率领德国军队穿过俄罗斯草原时，他也能做到这一点。
"AGFA"照相馆收到了这份报告的密码摘要，并由工作人员
让·卢翻译出来。"中心"的这份电报要求尽快发回有关珍珠
港事件的情况和日军的军事动向。东京的官方报纸把对美国
海军基地的袭击视为日本军事战略的胜利，可是有谁知道，
日本其实是中了美国的圈套。美国为这个圈套付出了太高的
代价。虽然打坏的军舰还可以修复，但是死去的官兵却只能
用覆盖着星条旗的白铁棺材送回祖国，他们永远也不会再为
他们的母亲复生。根据已经截获的有关日本人将发动进攻的
情报，美国有足够的时间做好准备，采取预防措施，但是，
华盛顿最高层却出于复杂的和长远的战略考虑，把种种警告
当成耳边风，始终缄默不语，就连贴近白宫椭圆形办公室的
人们也被蒙在鼓里。战后才真相大白：由于英国情报部门出
色的工作，丘吉尔得以放心大胆地对日本行将发动的进攻保
持沉默。东京事后是否意识到它偷鸡不成反蚀一把米？这是
"中心"想要搞清楚的问题。

此时，东京的"拉姆扎伊"小组已经不复存在，因此，
"中心"希望上海的情报网能摸清日本的动向。

"陈先生，是这样，我很好奇：哪儿公布了奥托·斯科尔
策尼的报告？您个人是不是同卡纳里斯有通信往来？"

海军上将弗里德里希·卡纳里斯是希特勒的谍报局局长，
是斯科尔策尼的顶头上司。陈秀清意识到，他这一说就使自
己陷入了泥淖，很不容易爬出来。因此，他只能闪烁其词：

"除了卡纳里斯，别人也知道一些情况……我是个记者，

这是我分内的事情……怎么说呢……"

斯梅德利的眼睛里好像闪着鬼火。他理解中国朋友的难处。他沉默了一会儿，像是猫捉老鼠，最后才发了善心，让中国人摆脱了困境。

"好吧，好吧，每个人都要为消息来源保密。现在轮到我了。不过，我有一个条件，您必须忘记是谁告诉您的……珍珠港遭到袭击使美国作出了牺牲，忍受了伤痛，确实付出了生命的代价，但是，日本人不愿意也没有怀疑，这一事件拯救了英国。"

"英国？我不觉得这同英国有什么关系……"

"有直接关系。您是个聪明人，不会不明白。要是您注意美国报纸，您就会发现，在珍珠港灾难发生以前，82%的美国人反对美国卷入这场战争。国会议员中也差不多是这个比例，这明显有违罗斯福的路线，因为罗斯福主张参与反希特勒联盟，认为只有这样才能拯救无法自拔的英伦三岛。现在，在墨西哥以北，87%的人渴望复仇，渴望在各条战线上进行反击。我们的大西洋舰队已经做好起航的准备，要去援助伦敦和摩尔曼斯克。海军陆战队和空军在美国社会的支持下，已经投入战斗。现在还看不到战争的尽头，但是，从今往后，我们的温斯顿·丘吉尔大叔吃过午饭后，就可以安安稳稳地睡个踏实觉了。珍珠港就是他能睡午觉的代价。我们不可能制止日本的侵略，也不可能不让东京首先取得重大胜利。这是不可避免的，因为美国此前还没有做好准备。但是，罗斯福起码可以利用日本的第一次打击。从罗斯福这方面来说，这是真正的战略目标。您现在搞清楚这种关系了吗？"

上校又哈哈大笑起来，笑得那么开心。这个斯梅德利！

"这是不是说，罗斯福总统预先知道，但却对珍珠港这场灾难保持了沉默？他甚至甘冒牺牲那么多人的风险？从英国的观点来看，从美国的长远利益来看，这是说得通的，但是，从失去孩子的母亲的观点来看……"

"咱们就此打住。战争中的有些事情涉及母亲的感情，但是，就是天上的神仙也不讨论这个问题。陈，老朋友，咱们喝酒，干杯！"

陈秀清没有及时发现美国人比他能喝。斯梅德利少校倒了一杯又一杯，似乎在做一项医学实验，想试试中国人的酒量。在喝了一杯又一杯伏特加后，餐厅开始在陈秀清的眼前旋转。斯梅德利少校不肯罢休，就像俄罗斯人那样一口一杯，可他的眼睛仍然明亮，不断做出怪相。他又倒了一杯酒：

"干杯，为了友谊，为了共同胜利。咱们现在真正站在一起了！"

"这……这……什么……意思？"

餐厅就像宇宙星云一样围着一根轴慢慢旋转。在陈秀清的眼里，俄罗斯服务员似乎分成了两拨，不知躲到模模糊糊的天上的什么地方去了。陈秀清在端酒杯时两次失手，把伏特加洒在台布上。不过，有一个问题始终在他很不清醒的脑子中萦绕：共同胜利是什么意思？中国同英美相互讨好有什么共同之处？美国人到底想说什么？有何目的？

斯梅德利好像猜到了他的心思，笑眯眯地向他解释说：

"我们和你们难道不是成了反对共同敌人的盟友吗？我这话是冲着您个人说的。您瞧，报纸上说……"

他从上衣口袋里摸出一张皱巴巴的俄罗斯《红星报》，把报纸的一篇社论送到陈秀清的眼皮底下，然后等着陈秀清的反应。

陈秀清用他颤抖的手接过报纸，奇怪地瞅了一眼报上那些文字，舌头已经不能打转：

"这……这……是……外……外文……"

"什么外文？这是俄文！真奇怪，亲爱的陈，您不懂俄文吗？"

"臭小子，"中国人的脑子里不知怎的就冒出这么一个脏词，"哎呀，臭小子！"

但是，他接着又抱愧地说：

"不……对……写些什……什么？"

美国人惊讶地瞅着他：

"陈秀清，您赢了！您装蒜。好吧，我来付钱。"

陈秀清没有装蒜，他确实是喝高了。但是，当他"嘭"一声，一屁股坐到黄包车上时，他却咧嘴一笑。

"美国人，好酒量。我也是个臭小子，好酒量。要不然，就不会有《红星报》这场好戏。我会记住它！"

他伸了一个懒腰，马上就呼呼地睡着了，嘴角上还挂着一丝微笑。苦力打着赤脚，以均匀的步子奔跑起来，把他拉往公园饭店。

·43·

希尔德在外白渡桥边下了黄包车，把钱付给车夫。这儿是进入虹口区的南大门。太阳从又低又厚的云层后面升起来，它大得就像那面旗上的那个红盘，悬挂在木板瞭望塔的上面。铁桥旁边的一群日本兵站在瞭望塔下，好奇地打量着这位高个子金发美人，明显感到她属于那个他们不敢触摸的世界。

只有几分钟时间，她就融入虹口区乱哄哄的人流。亚洲人和欧洲人混杂在一起，构成一个无法形容的人的蚁垤。潮湿的冷风从海上吹来，空中的冰碴儿飘落在地上，马上就化成黑泥。昨夜那场大雪仿佛也很怕冷，一团一团地蜷缩在齐刷刷的草地上，使孩子们喜极欲狂。这些孩子很少看见天上掉下这些白色的精灵。这当然说的是河对岸的情况。河这边没有白雪，没有净雨。这儿什么也没有。这儿是虹口。

希尔德在人群摩肩接踵的弄堂里蠕蠕前行。挤在路上的还有许多堆满蔬菜的两轮手推车和不停地响着铃铛的自行车。有人把席子直接铺在路上，出售五花八门的货品。希尔德紧紧捂着手包，并且事先掏出了所有值钱的东西，因为她吸取了上次在参加反日游行时丢失手包的教训。小贩们死皮赖脸地向她兜售木头、骨头和泥土制作的小玩艺儿，有人还拽她的裙子，而她根本就不知道这些东西有什么用处。残疾人伸手向她乞讨。她还记得，她刚到上海时，冯·达姆巴赫男爵夫人再三叮嘱她说："亲爱的孩子，你可不要发善心，不要可怜那些乞丐。你怎么也不会想到，只要你心一软，马上就有许多乞丐从四面八方拥来，他们就像从地底下钻出来一样，把你团团围住，恶狠狠地伸手要钱。他们会扯你的衣服，把你推来搡去，甚至掏出尖刀威胁你。我们有些好心肠的客人曾经被纠缠得脱不了身，最后才被警察用竹棍救出来。亲爱的，你一定要记住！"

有个矮小的女人，长着一张近乎黑人那样的脸和一双亚洲人的眼睛，不知她来自哪个岛国。她兴致勃勃地拉住希尔德的手，要希尔德到哪儿去谈什么事情，可希尔德听不懂她的话，找不到共同语言，于是就假装愧疚地耸耸肩膀，对她一笑，用力挣脱了她的两只小手。希尔德明白，只要走到这个人口稠密的街区，就会遇到种种危险，因为这里流传着许多失踪的海员和好奇的游客的故事。他们钻进这些弄堂后就失踪了，似乎被深不见底的海水吞没了。据说，挤在这个罪恶的世界里的居民，极端仇视中国的和日本的保安机关，当警察前来调查时，他们的回答总是很不友好："我不知道，我没听说，没有看见。"河那边一些大饭店的保安和行政部门有时提醒外国人，要他们别到虹口来看热闹。但是，自从这个街区蜂拥来日本侨民后，特别是不计其数的欧洲移民也接着挤来后，这里便陷入了无法管理的混乱状态。地方当局无能为力，也懒得理睬那些求知欲过于旺盛的外国人。

希尔德时不时停下来，观察那些长着欧洲面孔的行人。他们大多穿着破旧的普通工人的帆布衣服。不消说，这就是德国犹太人，因为他们都能用标准的德语回答她提出的问题，为她指出同一条路——通向这个被称为"虹口"的动荡不安的人间银河系的道路。

希尔德终于找到了她要找的地方。这是一个小广场，广场边上有一座小庙。它现在被改成了犹太教堂。

希尔德怯生生地走进冷冰冰的、半明半暗的寺庙。寺庙的地面铺着大块大块的红砖，高低不平，吸足了香火味，有的砖块还被先前无数拜佛的中国人踩出了浅坑。一代一代的中国人就来这样的地方，跪在地上，向菩萨许愿，最后走向西天极乐世界。太阳忽而钻出云层，忽而躲进云层，因此，寺庙里忽明忽暗。住在九霄云外的中国天神似乎正在好奇地俯视着这座小庙，发现庙里住着一个用外语念经的不认识的神。庙堂里设有祭坛，祭坛上盛开着一朵莲花，一尊大佛神秘地微笑着，静静地盘腿坐在莲花上。佛像前面还安放了一个沉重而又粗糙的铁制犹太教七烛烛台①。谁也猜不透大佛那种几乎察觉不出来的微笑究竟意味着什么：是讥讽？是傲慢？是同情？

有人在高处问道：

"您在找人吗？"

希尔德四处张望，终于发现了奴仆莱奥·莱文先生。他坐在一根木梁上，手里拿着一把锛子。

"是呀，莱文先生，就找您。我是德国代表处的希尔德·

---

① 《圣经·出埃及记·造灯台的规定》云："……灯台两旁要杈出六个枝子，这旁三个，那旁三个。"

布劳恩……"

"天哪，布劳恩小姐！请等一等，小姐，我马上就来!"
牧师匆忙说完，就消失在几根木梁之间幽暗的地方。

佛像后面响起一阵木踏板吱呀吱呀的声音。隔不一会儿，
莱奥·莱文喘着粗气，站在希尔德的面前。他的工作服上沾
满了灰尘，还挂着一些蛛丝，脸上也东一块西一块地蹭了些
黑灰，这大概是从黑黑的木梁上蹭下来的。他没有同来访者
握手，只是歉疚地摊开两个黑糊糊的手掌。

"小姐，很高兴看到您……"他沉默片刻，甚至不想掩饰
他对希尔德的来访感到窘迫。

看来她也觉得不好意思，于是犹犹豫豫地问道：

"我可以参观参观吗?"

希尔德朝前走了几步，看了看佛像，又看了看堆在角落
里的刻有经文的几百个木板。

她拿起一块木板，好奇地翻看着它的两面，又把它轻轻
放回原来的地方。她在寺庙里慢慢走着，鞋后跟在静谧的寺
庙里发出清脆的声音。

"你们就在这儿祷告吗?"

"是呀，没有别的地方。"

"你们不介意这不是一座犹太教堂吗?"

"这有什么关系？先前的人们还在树上或山崖上祈祷哩。
人们总是需要祈祷，在哪儿祈祷都是一样。大概比寺庙更重
要的，是要使祈祷和许愿让人听见。"

"树上、山崖上，您是这样说的……我记得上小学的时

候，曾经整小时整小时地诵经。经书上有这样的句子：'我是你的神。除了我以外，你不可有别的神。'大概是这个意思吧？"

"是这样。"

"这是不是说，你们犹太教的神其实不是唯一的神？"

牧师沉思起来，过了一会儿才伤心地回答：

"坦白说，我不知道。不过，连我也想不通：为什么中国人就不如我们？还有印度人、波利尼西亚人。为什么他们的神就不是真正的神，只有我们的神才是真正的神、唯一的神呢？你们基督教的神起码不会孤独，因为他有圣子……人们需要信仰，就让他们爱信什么就信什么吧，只要他们觉得心里踏实就行。如果这能减轻他们的痛苦，为什么要毁掉他们的信仰，毁掉他们最后的避难所呢？"

"难道信仰什么都是一样的吗？"

"不管修什么庙，信什么教，都一样。人们遭受了深重的苦难，咱们不要再加重他们的苦难，让他们去怀疑他们信仰的神的真实性。诚然，有时候就连神也无力帮助他们……把已经颠倒的生活再颠倒过来。不过，咱们可不要忘了：年纪不饶人，让我们学会理解他们，原谅他们。"

牧师的脸上露出苦笑。他笑自己竟有这样的想法。

"您是个好人。我神学知识不足，在宗教问题上也不像您那样宽宏大量、心地善良，认为信仰什么都一样。记得你们来代表处拜会时，您说您是神的奴仆。既然有那么多不同的神，那您信哪个神呢？您是哪个神的奴仆呢？"

莱奥·莱文把手一摊，现出无奈的样子。

"我信我的神。每个人都信自己的神。哪个神是真理，是正义，是人与人之间的爱，我就信哪个神。"

"要是这个神根本就不存在呢？"

"那就直接来找我，不要去拜天上的神。对一个牧师而言，这是不是异端邪说？"

希尔德没有回答这个问题，而莱奥·莱文继续在用一块破布片机械地擦他的手，等待来访者告诉他这次来访的目的。希尔德不辞劳苦，来到这个可恶的街区，当然不是为了参观这座古怪的神庙，也不是为了探讨她早就厌烦的神学问题。最后，莱文实在憋不住了，就小声问道：

"布劳恩小姐……你今天来这里有何贵干？"

她略一思忖，又猛一惊醒：

"哎，是这样！你们能定期收到我们的新闻稿吗？"

"当然啦，非常感谢您。对我们来说，它是一扇了解欧洲事态的窗口……只不过……怎么说呢……"

"是一扇纳粹的窗口吧？"

"差不多……"

"同你们想象的不一样，这可不是教育部门散发的材料。"

"我知道……"牧师表示同意，"我们珍惜您的关照。"

接下来又是沉默，两个人的心里都有些紧张。她四下里看看，吸了一口气，决定开门见山：

"莱文先生，您猜得出来，我来这里，不是为了什么新闻稿。不过，要是有认识我的人看见我，问起我来干什么，请您用新闻稿向他解释……很遗憾，我今天带来了坏消息。我想让您最先知道，早点考虑下一步的行动……我不可能给你们出什么主意。"

莱文紧张地盯着她，心里发毛。他见她又停下来，就悄悄为她鼓劲：

"说吧，我听着……"

"您一定记得，他们要你们提供你们在上海的所有人的名单。你们没有提供，这是你们的权利。但是，过不了多久，你们就会明白，他们为什么需要这个名单。根据我们的要求，也就是德国当局的要求，你们作为前德国公民，要继续受到迫害——日本人将把虹口的一部分变成隔离区，这同你们这些来自德国和奥地利的犹太人直接有关。"

一开始，莱奥·莱文没有反应过来，甚至没有听懂希尔德的话。

"这是……什么意思？"他问道。

"您不知道隔离区是什么意思吗？"

"不，不，我很清楚。可我就是不理解，怎么我们到了虹口，还有这种事……这不可能——要是您了解这地方的情况的话！"

"一切都有可能。我不了解虹口，但我了解作出这个决定的那些人。他们会毫不犹豫地这样做。我不可能告诉你们事情会在什么时候发生，他们又会怎么做。很快就会真相大白。"

牧师盯着她，哑然无语。她仍然说得不动声色，似乎在转述自己主子冯·达姆巴赫的一份通报。

"你们会受到严密的监视。这就是说，你们在隔离区外的行动会受到严格限制……这就是说，你们所有的人都要被集中在一定的范围内。这是指全体犹太教徒。这会使你们遭受料想不到的新的苦难……就是你们所说的新的考验。"

莱奥·莱文使劲忍着。

"这不可能，骇人听闻！隔离区！天哪，隔离区……在 20 世纪中叶……"

"在欧洲，在 20 世纪中叶，还有比这更可怕的事情。"

"可这是一个受到国际法保护的城市……"

"全世界都被卷入了战争，牧师，谁也不会保护谁！"希尔德冷冷地打断他的话。她张着嘴，还想就国际保证和法律说点什么，可她没有说出来，只是摆了摆手。

牧师满有把握地反驳道：

"英国当局不会置之不理！这样做肯定不行！"

"您不要那么自信。过不了多久，英国当局就不复存在。您是不是忘了，英国和日本已经处于交战状态？……"

希尔德又把目光投向那尊佛像，似乎在等待佛像发表自己的见解。但是，佛像觉得这件事太复杂，仍然神秘地露出笑脸，没有开口。希尔德沉默片刻，说道：

"唉，莱文先生，木已成舟，没有办法。我帮不了你们的忙，只是想把这件事告诉你们，让你们在事情发生时，不致感到晴天霹雳……真对不起。"

莱文想了想，似乎突然感到绝路逢生：这消息不可靠，事情不会这样……也许这只是一场心理战？

"请您说句实话：这隔离区是不是《上海犹太记事报》那帮坏小子想出来的？想吓唬吓唬我们？"

"哎呀，不是这样。我确实感到遗憾：事情不是这样。"

他斜睨她一眼，目光中流露出某种狡黠——犹太人的不信任感，然后正经问道：

"您为什么要告诉我？你说，说实话，为什么要告诉我？您是不是还有什么企图？要知道，您是冯·达姆巴赫的秘书！"

希尔德只好耸耸肩膀。

"每个人都在选择自己通往……怎么说呢——通往神庙之路。这句话听起来似乎冠冕堂皇。说句实话，我不相信有关神庙和天堂的种种套话，因为它们掩盖了人间许多卑鄙龌龊的事情。再说，这些话也没有实际意义……我告诉你们隔离区的事情，是想让你们心中有数。请您转达我对魏斯贝格先生最诚挚的问候，他是一位真正的大音乐家！我从一家报纸上知道，他还组织了一场交响音乐会。考虑到你们目前的处境，这真令人感到吃惊。"

"为什么？一场音乐会表明犹太人要顽强地活下去。"

"也许真是这样。很遗憾，我不能出席这样的音乐会。我真想在这座迟钝的城市里听听神圣的音乐！不管怎么说，我都要祝贺他。请告诉他，波茨坦和韦尔德河岸边的苹果树还在开花，他不是在做梦……要有信心，他会再看到这些苹果花……我现在该走了，您不要送我。我请你们不要泄露消息来源。该干什么，你们清楚，不要大意。"

她没有同牧师握手就离开了小庙，而牧师愣愣地站在小庙中间，一动不动。同身后那尊大佛相比，莱奥·莱文只不过是一个身上挂着蜘蛛丝，脸上涂着木梁黑灰的可怜的小人。

希尔德在小庙的入口处停下脚步，若有所思地望着房檐下那两条被火烧过的巨龙，还有大门边那两头踩着石球的狮子。她摸了摸狮子头上的卷毛，又走进虹口嘈杂的人群。

· 44 ·

梅机关上海分部的头头岩井英一大尉无法理解德国人。百思莫解！就连他自己也承认，虽说在上司面前，他还算是一个德国通，会讲德语，并在德国混过多年，但是，他仍然觉得，德国人看问题的方法非常奇怪，不合逻辑。

岩井先生先在莱比锡学习法律，后结业于柏林高级政治培训班，获得了党卫队和盖世太保头目海因里希·希姆莱亲自授予的荣誉勋章。他曾主张同希特勒的德国加强军事政治合作，共同反对英美和布尔什维克恶魔。他认为，这样做无可厚非。但是，友谊归友谊，日德关系并没有合乎逻辑地发展下去，取得实际成果。大尉是个实用主义者，他对此郁郁不乐。

把成千上万衣衫褴褛、一钱不值、被吓破了胆的乌合之众塞到虹口南部地区，而且仅仅因为他们是犹太人，这到底有什么用处？岩井大尉压根儿就不懂得"人性的弱点"——同情。他不理解德国人，并不是因为他同情犹太人，或者对犹太人有什么好感。他坦白承认自己心狠手辣、残酷无情，承袭了武士道精神，他无条件忠于国家，履行自己对国家的义务，甚至为了帝国的荣誉而甘愿牺牲生命。当然，这并不妨碍他以权谋私，聚敛钱财。他不是一个禁欲主义者，他对生活有自己的特殊要求，而日本警察的工资又不算太高。不过，这仅仅是他个人的问题，一些次要的问题。对于工作，岩井大尉总是尽责尽力，每次参与警察的重大行动都敢打敢拼，毫不手软，富有理智，卓有成效。他认为，德国朋友当前的行动既没有好处，也缺乏理性基础。岩井先生还觉得，除了偏执狂，谁也不会干这种事情！对日本军事当局、上海警察和公务员来说，诸如此类愚蠢的想法除了使大家瞎忙一通外，对于加强上海的治安这一战略目标毫无裨益。共产党、民族主义者和学生团体的秘密反日反战活动，就像有毒的蘑菇一样，这儿冒出一堆，那儿冒出三堆，实在不好对付！梅机关上海分部已经为此忙得不可开交。在这种情况下，德国朋友还要拿犹太人开刀，这不是在添乱吗？

不客气地说，德国朋友冥顽不灵。他们这是在白白浪费金钱、精力和时间！这是在人为地制造危险的紧张局面、瘟疫和难题，把中国地方当局煽动起来反对我们自己，把不该由我们解决的纠纷揽在自己手里。东京的末次信正大臣阁下在签署《K－013/42号命令》之前，理应深思熟虑。这项命令说：为了日德亲善，我们要为我们的德国盟友提供便利，使他们能顺利实施一项计划，对在上海定居的前德国犹太公民采取措施。

这项命令就是东京帝国政府宣布设立上海隔离区的法律依据。

所有这一切都是打着反对共同敌人的脆弱联盟的旗号进行的。然而，军事上的敌人有它的具体所指：对方拥有多少吨排水量的军舰、多少架飞机、多少军队以及军队的战斗准备程度和后勤保障状况。而在政治方面，对于上海各种地下组织的结构和它们所采用的方法，还有谁比岩井大尉更清楚呢？没有，没有第二个人！但是，这些事情同来自德国和奥地利的穷光蛋——住在虹口的犹太人有什么关系呢？牛头不对马嘴！

岩井先生现在不理解，将来也不会理解德国朋友这些荒唐的、神秘的事情。德国军队目前正在欧洲和非洲的多条战线上浴血奋战，这场战争还没有尽头，而就在此时，德国朋友竟然还要干这种蠢事！似乎这关乎战争的结局，就像当年我们的父辈认为这关乎水稻的收成一样！

岩井先生作为一个老练的警察头子，本能地善于透过表面现象看到问题的实质，因此，他估计，德国人不会就此止步，仅把移居犹太人当成终结目标。也许德国朋友这种并不理智的举动，隐含着某种深层次的考虑——进一步的计划。德国人习惯性地对日本盟友隐瞒这种计划。岩井大尉没有别的办法，只能执行命令。他还记得一句德国熟语：Abwarten und Tee trinken。①

……细雨蒙蒙，令人生厌。汽车的车灯照不多远，车上的人们都睁大眼睛，透过模糊的挡风玻璃直视前方，就像在观摩一部老掉牙的不太清晰的影片一样。小汽车停在离铁桥不远的一个拐角的地方。发动机低声鸣响，开车的是日本宪兵的一个下级军官，他不时用汽车的雨刷子擦一擦挡风玻璃上的雨水。岩井大尉坐在司机旁边。坐在后排的两个身穿党卫队制服的德国人，一声不响地抽着烟，细心观察着犹太移民的动静。说起制服，有必要在这儿交代一下：岩井大尉除了出席正式活动，一般不穿制服。他发现，梅机关的东京同事也同他一样，养成了只穿便服的习惯。但是，德国人就大不一样，他们都酷爱制服。最近，在三国条约签订后，南京路上充斥着德国军界、政界和军需部门的专家、顾问和其他代表，他们穿着制服，神气活现地出席宴会，或去茶室品茶，或去餐厅用餐，好像统治上海这座长江口上的大城市的不是日本人而是德国人。

……有那么一会儿功夫，后排座位上那个好像叫什托克曼的人，对，他就是维利·什托克曼上尉。他披上雨衣，大步流星地朝前走去。由于刮风，雨水从左边洒落在他身上，车上的人只能看见他的脊背和闪光的水珠。他随后又用力抖掉雨衣上的水滴，回到车上，继续抽烟。大家都不言语，何

———

① 原注：这句德国熟语的直义是"等着喝茶"，转义是"走着瞧"。

况又没有什么好说的——该说的话早就说完了。

岩井先生闭上了眼睛。他昏昏欲睡。但愿能早点收场！

……这个雨夜混乱不堪：日本当局要求在七十二小时内，也就是在三天内搬迁完毕。这个期限从午夜算起。根据贴在墙上的中文、德文、英文命令，1937年以后来到上海的犹太人，不管住在什么地方，包括住在郊区和苏州河那边的豪华区，都必须在这个期限内，无条件地搬到虹口南部居住，接受日本人的司法管辖。这个原本十分拥挤的地区被称为"虹口隔都①"。同命令贴在一起的还有一张标明"隔都"范围的地图。命令涉及的犹太人当时大多散居在"隔都"以外，有的住在可怜的小屋里，有的住在集体宿舍里。何为"隔都"？为什么叫"隔都"？

使用这个名称，可能是因为东亚人不明白犹太人"隔离区"是什么意思，而"隔都"这一新的命名方式，则更容易被他们理解？从源头上说，"隔离区"并不单纯是指犹太人的聚居地，因为在世界的不同地方，存在着许多按种族划分的不同性质的聚居地。按照中世纪的宗教教规，"隔离区"一词具有势不两立的意味。上海同信奉天主教的欧洲相隔十万八千里，为什么还要搞"隔离区"呢？谁也不能作出合理的解释，只能把它视为一种重复过去的愚蠢之举，或者说，纳粹只是在做表面文章。设立"隔都"既不是把犹太人驱逐出

① 日本人所谓的"隔都"，是对英语ghetto一词的音意混译，意思是犹太人隔离区。

境，也不像纳粹在欧占区所做的那样，不让犹太人住在豪华的市中心。虹口这个地方本来就住着许多犹太难民，本来就是这座大城市极其混乱的一个贫民区。强迫人们从一个地方搬到另一个地方，这是一种官僚主义的、不可理喻的恶毒行径。

西穆德·曼德尔教授就是这么想的。他的想法竟然同梅机关的岩井大尉的想法不谋而合。这位柏林"夏里特"医院的外科主治医生，由于"非雅利安出生而不适合从事这种职业"，最终被医院扫地出门。早在1942年1月20日，在柏林作出生死攸关的决定之前，他就离开了欧洲，住在上海市郊迷人的湖畔的一个别墅里，具体地址是大万湖街56/58号。教授很清楚，"集中居住"这个纳粹术语，只不过是另一个纳粹术语——"彻底解决"的前奏。

在这个雨夜，虹口的犹太人为了"集中"到黄浦江及其支流苏州河之间的一个小角上，疲惫不堪地东奔西跑。曼德尔教授一脸苦色，酸溜溜地把这出戏称为"赶出天堂"。中国人则朝相反的方向逃命——他们的财产也同犹太人一样少得可怜。铁桥上一片繁忙——如果可以用"忙"来形容这种混乱局面的话。中国人天生宽容和善良，但是，朝相反方向奔跑的犹太人要是能读懂他们的目光，那一定会明白，他们其实讨厌犹太人。不言而喻，由于这些不速之客离开远方的欧洲，逃到这里，他们才不得不用两轮小推车、自行车，甚至肩挑背扛，把自己的家什、孩子和瘫痪的老人转移到别的地方。

教授又酸溜溜地说：

"怎么样，牧师，您应当明白这样折腾到底是什么意思。您是不是认为，这是神的惩罚？可是，无论是从法律角度还是从道德角度来看，大家并没有犯什么罪呀……"

当人群挤满小广场时，教授和牧师正站在寺庙的屋檐下抽烟。从昨天开始，这里的人们便为争得屋檐下的一块干地而左支右绌，狼狈不堪。上海犹太难民委员会（The Jewish Refugee Community of Shanghai）的两个代表当下正在一个帆布棚子里躲雨，就是坐在一个长方形的柜台后面。这个柜台大概是从倒塌的裁缝店里拖来的。挂在棚子里的那盏汽灯，把人们的脸照得像死人一样苍白。这些"死人"混乱不堪地挤在棚子里查看什么名单——标有地址的一张张卡片，以及一幅展开的街区地图。这些老年人、睡眠不足的人和无家可归的人，试图在分配集体宿舍方面重新建立秩序，做到公平合理，而这些宿舍同实际需要相比，少得非常可怜。每一个需要集体宿舍的人都有充分理由排斥他人，或者要求首先照顾有病的妇女、老年妇女和儿童……

牧师莱文吸了一口烟，瞅着眼前这一大堆人，被辛辣的烟味呛得喘不过气来。

"教授，您说什么？不，不，我不知道这是不是一种惩罚。也许这倒是一种出路。不是别的什么出路，而是《圣经》标明的那种出路。要是您读过《摩西二经》①，你就会明白。

---

① 《摩西二经》即《旧约全书》第二卷，卷名为《出埃及记》。

我们这些死人是领会不了神的旨意的。神心里有数，可有谁知道他现在又突然萌生了什么想法呢？……当然，神肯定不认为我们这是在从埃及走向'美好宽阔流奶与蜜之地'，而更像是从埃及的奴役走向混乱。俗话说得好：'没有光能有影吗？没有夜能有昼吗？没有恶能有善吗？'当牛做马并非没有意义和教益。要不然，人们怎么知道自由的代价？我不是摩西，苏州河也不是红海①。但是，虹口南部也许会成为像新的西奈②那样的地方。这就是我的想法。我们要在神的庇护下，继续往前走，直到我们散落在各地的同胞真正意识到，我们不是受苦受难的乌合之众，而是有着共同理想的伟大人民的一部分。要是您还记得，《圣经》要求人们超越四十岁这个人生之坎。"

"不管怎么说，前途是光明的，哪怕四十岁是人生之坎！"

"请您理解《圣经》的内涵。理解了《圣经》的内涵，活多少岁都没有关系——不管是只活四岁或者活到四百岁。总而言之，您不要以为《圣经》没有思想，或者把《圣经》简单称为神的旨意。在这个 20 世纪，纳粹正在疯狂地实现他们梦寐以求的最高夙愿：再次迫害分散在世界各地，操着不同语言，持有不同观点的犹太人。希特勒要把种族主义者特奥多·赫茨尔没有干完的事情彻底干完。"

牧师莱文眼睛瞅着乱作一团、挤来挤去的人群，就对教

---

① 据《旧约全书·出埃及记》，摩西曾带领以色列人沿着耶和华在水中开辟的"干地"走出红海。

② 《旧约全书·出埃及记》云："以色列人出埃及地以后，满了三个月的那一天，就来到西奈的旷野。"

授说了这番话。说完话，廉价的中国香烟又使他咳嗽起来。他踩灭了烟蒂，回到塞满老人的犹太教堂。

这是星期五，神圣的安息日的夜晚。人们等着他的安慰，期盼着唯一的神的怜悯。

"以色列人啊……"

……隔都边缘的里弄拉着铁丝网，稀稀拉拉的中国警察在耀人眼目的军用探照灯的照射下，犹如一个个幽灵。数以千计的人扛着包袱和箱子，推着两轮小车，或者拉着堆满杂物的多年未用的童车，南来北往，熙熙攘攘。

犹太人都朝一个方向移动，就是穿过苏州河上的铁桥奔往隔都。一群群中国人则朝着相反的方向，毫无希望地奔往暮色朦胧的天国。

海风吹，细雨斜。一辆黑色小汽车停在离铁桥不远的一个拐角的地方。车灯射出的强光穿透铁丝网，铁丝网两边都蠕动着拥挤的移民，他们个个寻找着自己新的归宿。谁也不认识小汽车里的岩井先生和那两个德国人，或者说在黑暗中无法看清他们的脸面。不过，要是有谁仔细往车里瞅瞅，就会发现他们烟卷上一闪一闪的火光。

稀稀拉拉的中国警察沿着铁桥附近的苏州河岸一字排开，他们的棉衣被雨淋湿了，一个个冻得瑟瑟发抖。这儿离浑浊的苏州河注入黄浦江的河口不远，而铁桥正好把隔都同富人区隔开。这些警察对于从他们面前走过的犹太人，既不仇视，也不同情，他们甚至不太清楚什么是"犹太人"。也许中国警察只是觉得，不管你怎么称呼这些人，他们总是有些特别：语言不一样，服装不一样，饮食不一样，甚至笑起来也同中国人不一样。他们搞不明白，为什么这些穿着破衣烂衫的可怜的生灵，要从这个可恶的街区的一个地方搬到另一个地方，而许多中国家庭又要离开自己的蚂蚁窝，到别的地方落脚。当然，这同他们无关，再说，一个穿军装的老百姓也不该琢磨上司的想法。这些警察大多来自农村，没有文化，无怨无悔，吃苦耐劳，只是想念自己的家乡和自己的妻儿老小。最要命的是，由于战争，他们失去了土地。没有土地的农民能干什么？农民失去土地，就成了一间无顶的草房，一个无底的砂锅，一眼无水的枯井。他们曾经有过土地，肥沃的土地，但是现在没有了。他们的一切都被剥夺干净，被本国人和外国人剥夺干净了，因此，他们只能到上海来，每月挣六十元钱，就只相当于十个美元。此外，他们吃饭不要钱，穿衣不要钱，在营房里睡木板床也不要钱。谁也不知道这种日子是好还是坏，不过，在这经济萧条的时期，一家老小都在盼着他们寄钱回去。眼下，他们只希望雨能停下来，因为谁也不会为他们送上一杯热茶！

在这个细雨蒙蒙的夜晚，大家就是这样胡思乱想，其中包括日军大尉这个武士道精神的继承人，包括当年柏林"夏里特"医院的外科主治医生，包括杜塞尔多夫过去的犹太教牧师，还包括一排冻得瑟瑟发抖的中国警察——从前的中国农民。

·45·

安东尼娅会长及其卡尔美里特修会会士一如既往，无微
不至地照顾犹太难民。她们同一大批男人一起，打扫了三个
集体宿舍。这些宿舍原本是臭名昭著的"狗窝"——早已破
烂不堪的仓库。宿舍里光线很暗，因为它们的小窗开得很高，
而且还加了铁丝栅栏。然而，就是这样的宿舍，也不足以安
顿为数众多的年长的、虚弱的和走投无路的犹太人。有一个
仓库充满了茴香味和说不清楚的干草味，大概这里存放过各
种调料。即便如此，不少老年犹太人仍然坚决要求会长安排
他们住在这个"香味宿舍"里，而不愿住到任何别的地方！
安东尼娅会长好不容易才压住怒火，不顾任性的老头们的无
理取闹和百般羞辱，态度强硬地维护了秩序和公正。当然，
不是所有地方都秩序井然。有一大群移民失去了耐心，不再
听从安排，吵吵嚷嚷地强占了破破烂烂的钢铁构件厂的行政
用房、大厅以至狭窄的楼梯口。一些有钱人家，例如受过割
礼的巴赫，就是那个带着两个女儿和八颗钻石（现在可能只
剩七颗或六颗）的巴赫，竟以极高的租金住进了中国人腾空
的房子。这样的房子不多，一个小套间里往往要住两三户人，
它们的房间又小得就像蛐蛐笼子一样。这种套间没有自来水，
没有下水道，没有任何便于生活的设施。套间的主人要求客
户多预付几个月的房租，因为他们在被迫离开隔都后，不知
什么时候才能再搬回来，以及怎样搬回来。日本当局曾发布
命令：如若擅自占用空置住房，将受到最严厉的惩罚。这道

命令不仅涉及犹太人，而且也涉及中国人，因为在虹口南部迷宫一样的弄堂里，由于某种无人知晓的特殊原因，仍然留下了一些中国人。于是，隔都里自然形成了犹太里弄和中国里弄。至于不准离开隔都的规定，那就只针对犹太人。铁桥上的每一个警察，即便是个傻瓜，无需行人出示证件，也能分清犹太人和中国人！

那天半夜，正当有人为抢占宿舍而撒野时，从前的长笛手西蒙·齐纳尔却组织一批男人和女人，还在安顿好自己的家眷以前，就以令人难以置信的效率，干净利落地把一家小医院——The Jewish Refugee Hospital（犹太难民医院），连同医院里不能走动的病人，全都转移到了隔都。这一集体行动使本性多疑的曼德尔教授深受感动。医院占用的这幢日本人废弃的两层小楼，酷似一个长方形的泥地仓库，原先是"兆丰路小学"。学校的楼顶被日本飞机炸出了许多窟窿，一些生锈的洋铁皮和苫布高高翘起，十分难看。于是，安东尼娅会长就请路过上海，转赴殖民地澳门的葡萄牙传教士，在他们动身之前，把病情最重的患者安置到能够避雨的地方。学校不大的教员备课室现在还挂着已经撕破的 1937 年的日历，白鹭标本的羽毛上也积满了灰尘。这间屋子后来被改造成了曼德尔教授的手术室。

……这天晚上，伊丽莎白第一次没有到"蓝山"酒馆唱歌。还在白天，她就悄悄打发什洛莫·芬克施泰因到码头上去通知老板叶钦文说，她这些日子要张罗搬家的事情。她要什洛莫以她的名义，请求老板谅解，并说她明天和后天就……明天？明天怎么样？虹口南部如今已变成隔离区、集中营和地狱，哪还谈得上今天、明天和后天？

她坐在一只大皮箱上，这只箱子是她过去到外地参加巡回演出时不可或缺的东西。钢铁构件厂大厅里的人们跑来跑去，大声喧哗，她对此很不习惯。头顶上，大铁链连着的大挂钩摆来摆去，令人胆寒。大家就住在这个钢铁结构的多层楼房的空地上，有一家人甚至住到了高高的调度室里，这个调度室的窗玻璃积满尘土，全都被砸坏了。

过了一会儿，伊丽莎白不再感到害怕，漫不经心地瞅着周围的一切，却没有对任何一样东西产生兴趣。日本式的整洁干净的小房，鲜艳的花窗帘，还有什洛莫用汽油桶改装的淋浴器——总而言之，这浪漫时光多么短暂！所有这一切都留在了苏州河铁桥那边，都从她的生活中消失了。

特奥多尔·魏斯贝格不知躲到了什么地方，他早就该回来了。不过，伊丽莎白其实猜得出来，他去了什么地方，尽管特奥多尔对此守口如瓶。那天早晨，当虹口区的所有犹太人都在仔细阅读贴在墙上和电线杆上关于搬迁的命令时，他面对妻子呆滞的目光，一点都不惊慌。

他当时心情抑郁，好像灾难随时都会降临。他对妻子说："伊丽莎白，咱们星期三晚上就得搬家。这是最后期限……"

"是呀，"她心平气和地说，"只能这样……"

"很遗憾，隔都离这儿只有三条街，可我们仍然要搬家，确实没有办法。"

"是呀,当然是这样。"

"要不要我帮你收拾东西?"

"不用,我自己能对付。"

他不安地注视着妻子:

"伊丽莎白,你感觉怎样?"

她没有回答,只是把目光转移到自己的皮鞋上。

一个人在遇到这种情况时,要么大喊大叫,要么麻木不仁。他的妻子选择了后者,而这反倒使他心里窝得慌。

于是,他像一个溺水的人想要抓住救命稻草一样,突然产生了向巴萨特一家求助的念头。他要请求巴萨特一家原谅他那天晚上的无礼之举,伸出手来拉他一把。巴萨特一家同纳粹高层来往密切,他们能帮这个忙。也许他应当和盘托出,表明伊丽莎白不是犹太人,而是纯粹的德国人。也许他这样说,有助于他找到一条出路。归根结底,他们要离开的那个小房子,刚刚租下和布置好的小房子,并不在公共租界,也不在繁华的南京路,而是在虹口,离隔都只有一箭之遥。

他朝"红衣主教路"走去,他清楚地意识到,这是一次有损尊严的会见。应当承认,就当地情况而言,他过去的雇主对他这个长工,对他的妻子——一个穷教员,确实比较大度和宽容。虽然巴萨特一家同那个不可一世的德国将军和其他纳粹高官过从甚密,但这跟他特奥多尔·魏斯贝格又有什么关系?何必看不顺眼!要怪就怪那几杯酒,可这也不是真正的理由。这件事使他颜面尽失，而他的妻子却始终保持沉默，一心站在丈夫一边。她知道他始终抹不开面子，不愿再去上班。她深知特奥多尔这个人既文雅、敏感，又死硬、固执，从来就不肯承认错误。

还有一件事使特奥多尔很难为情。在他拒绝到巴萨特那儿上班后，一天下午，一辆黄包车突然来到虹口，停在他们的小房前。对于这条里弄来说，这确实是一件大事，因为在这一带，人们从来就不坐黄包车去串门，再说也没有钱享受这种奢侈。因此，大家都从窗口伸出头来看热闹。黄包车停好后，从车里走下来的正是"百合花"，就是那位胖胖的佣人。佣人在小房前走来走去，伊丽莎白却一直在睡觉。她醒得很晚，因为她每天下半夜才下班回家，从来就没有在早晨看见过丈夫。她丈夫每天早晨为她准备好早饭后，就悄悄出了家门。

当"百合花"看到夫妇俩在门口拥抱和接吻时，她简直容光焕发。中国女人用结结巴巴的英语对伊丽莎白说："女主人要我告诉你，让他早点回去工作，就像什么事情也没有发生一样，Yes-yes？"

在"百合花"拜访以前，特奥多尔已经有六天没有回家。他提着一只箱子和一包东西踽踽独行，寻找零活，或者到外国人开办的"帝国大饭店"洗车。这家饭店离德国代表处不远，里面的工作气氛比较融洽。原先的洗车工是慕尼黑大学图书馆的管理员卡尔·罗森布施硕士。他很孤僻，又患有严重的脚气病。他在咳了血，掉了牙后，要特奥多尔临时替他干一段时间，以免他失去工作。大概硕士和特奥多尔都心里有数：这种"临时"不会很快结束，可双方都不愿把这层纸捅破，都装成一个天真的乐观主义者。饭店老板是个荷兰人，他做事果断，很快就找人代替了生病的佣人，因为饭店的客人大多是常住这里或路过这里到日本去的德国商人，他们除了母语外不懂其他外语，而又往往要同中国服务员打交道。

德国国籍为伊丽莎白帮了大忙，也为她在失业状况严重的上海提供了绝佳的机会——夫妻二人很快就找到了新的工作。这一回也有什洛莫·芬克施泰因的功劳。有一天，他拿来一张揉皱了的德文报纸 Shanghaier Nachrichtenblatt（《上海通讯》），上面登了一家名为"蓝山"的酒馆的广告。这则广告只有四行粗体字，说是"蓝山"为了满足海员顾客的需要，要招聘一名欧洲女歌手，这名女歌手除了要会英语外，还必须用德语演唱。

……伊丽莎白要"百合花"转达她对西姆哈·巴萨特太太的问候，说她一旦有空就去看望他们。但是，直到现在，伊丽莎白始终没有抽出时间。"蓝山"一星期工作七天，更何况伊丽莎白一想起小巴萨特的生日和那天发生的事情，她的心就收紧了。她一拖再拖，举棋不定。

……特奥多尔走近"红衣主教路"342 号高高的铁栅栏。他觉得楼里很静，窗子都关得很严，而且还放下了窗帘。他登上三级台阶，撅了撅门铃。里面似乎传来沉闷的声音，但没有人为他开门。他再次按铃、等候，最后决定绕到房后的园子去。

他敲了敲宽宽的铁大门。每年秋天，黄牛就拉着粪土从这道铁门进出。最后，他听见了武老姜颤抖的声音。

两人的晤面感人肺腑，但这里发生的事情也出人意料：三个星期以前，巴萨特一家离开了上海。他们同大多数"巴格达阔佬"一样是英国国民，按照战时的有关规定，他们必须迁到日本管辖的地区，或者迁到日本本土，或者迁到朝鲜。于是，约纳坦·巴萨特先生急急忙忙找了许多他认识的德国高级官员，还利用了他同日本行政当局的密切关系。最后，他全家获准离开上海，乘英国轮船迁往孟买。以沃什伯恩勋爵为首的英国使团也乘坐这艘轮船离开了上海。

武老姜同其他佣人一起到码头上送别主人。女人都哭了，因为她们天生爱哭。巴萨特太太向所有人赠送了礼品，要他们留作纪念。她给了武老姜许多钱，要"地精"武老姜看好园子，管护楼房。她还交给武老姜一个纸条，上面写着日本商务处的地址，说是如果有事，可去那儿找人帮忙。她还送给武老姜一个英国产的用玫瑰根雕刻的烟斗和一副骨质镜架的眼镜。现在，老汉只身一人留在这里，负责看管这个空荡荡的家。他仍然住在园子边上的那个小房子里。他在这儿生了两个儿子，又送走了他们的母亲。

特奥多尔婉拒了武老姜的邀请，没有进去喝茶。他同老人握手告别，然后愁眉苦脸地步行五千米回到虹口。

·46·

限定的三天时间很快就在忙乱中过去了，大家都住进了避难所。这些避难所参差不齐、五花八门，总的说来，卫生条件很差。有些地方极其邋遢，并不适合住人，其中包括集体宿舍、仓库、战前就已废弃的简易房和工厂车间。牧师莱奥·莱文竭力安抚绝望的人们，他劝大家说："别急，兄弟们，只要我们在神的庇护下多动脑子，一切都会好起来的。我们犹太人必须学会适应逃难的环境！难道我们的第一个流浪者、始祖亚伯拉罕住过配有五个房间、大厅和厨房的别墅，他的羊群吃的不是带刺的草，而是茉莉花和紫罗兰吗?!……"

从现在起，从住下来的第一天起，长着一头卷发的快活的牧师就鼓励那些精明强干的人自己动手，增加生活设施。最先建起的是一些食品店。有人把几个过去用来装运大机器的箱子拼在一起，造了一个木屋；再配上一些不知从哪儿捡来的旧家具，在门口挂上花布帘子和中国灯笼，隔都的第一家理发店就开张了。还有人把一个没有轮子和发动机，早就烧坏的公共汽车车厢，临时改造成了"小维也纳咖啡馆"。

莱文牧师名下的一些犹太教徒，对他把原来的学校改成医院很有意见，说是孩子们渐渐长大了，该是上学的年龄了。对于这种需要，牧师很快就找到了解决办法。他为最小的孩子开办了一所"伊希瓦"——附属于犹太教堂的教会学校。他的妻子埃斯特不再制作粢饭团，而是重操旧业，成了一名颇受欢迎的教师。她的头顶上不再有纳粹学监管她，强迫她教一些她不愿意教的功课。

"造物主"为了在混沌的宇宙中建立秩序，在第一个星期就做了这些尝试。这个造物主有着无穷无尽的想法。众所周知，犹太人和他们的神总是思想多于行动，指示和建议多于实际可能。但是，不管怎么说，生活渐渐步入了正轨。最令人不可思议的是，为了适应新的环境，有人提出把厂区西边的那个水塔利用起来。水塔的中央被炮弹炸了一个大洞，使之成了一根烟囱，而顶部的钢筋水泥，酷似一副袒露在外的骨架子。要沿着一级一级的铁梯爬到较为宽敞的顶部检查，需要冒极大的风险，就像攀登阿尔卑斯山那样艰难。不过，有两个人愿意立功：长笛手西蒙·齐纳尔和马库斯·阿龙松，就是那位又瘦又高，活像一根电线杆子的爱因斯坦当年的助手。水塔顶部是个环状结构，中心有一个早已干涸的贮水池，周边则有一排拱形小窗和两个小阳台，两个怪人就站在阳台上面。他们中的一个是享有盛名的德累斯顿乐坛上的杰出音乐家，另一个则是曾经献身于量子理论的天体物理学家，后者到了上海后，从历史教员埃斯特·莱文那儿学会了制作粢饭团。

……"犹太国王"合屋先是抬头望着水塔阳台上的两个小小的身影，然后又默默扫视众人。这个合屋一言不发地把大家看了许久，很有一点威严。他站在木箱上，手里拿着话筒。院子里堆了许多煤渣、钢梁、废金属，还黑压压地站了许多移民。虽然这还不是隔都的全部犹太人，但是，就是这些人也已是擢发难数。今天来这里的主要是一些年轻人、家长、失业者和其他想听听官方代表训话的人。

大家一看合屋那种傲慢的架势，就知道他肯定有话要说。

"我是你们的合屋长官！"他没有开场白，突然冒出这么一句。他身材矮小，但结实得像个斗士。穿一身褪了色的，似乎从来就没有熨过的黑西服，硬邦邦的脖子上套着一条皱巴巴的领带。当他吐出这句德语时，人群有些骚动。……"合屋长官，您这是在对我说话吗？要是您不信口开河，我当然会听您的。您现在是站在虹口南部，可不是站在苏州河那边。世界上没有哪个地方像这里这样肮脏，找不到饭吃。您必须明白这一点，考虑这样一个事实。您还受到许多疾病的威胁——疟疾、脚气、鼠疫、霍乱、伤寒、痢疾、疥癣，还有数不清的肠胃病、阿米巴和其他一百零一种传染病，其中最好治的是传染性肝炎。把您的衣服脱下来捉捉虱子吧，还要谨防孩子们身上的跳蚤扑到您的身上。您要常洗手，用凉白开洗蔬菜。不要吃烂水果，不要直接喝水管里的水。要是您嫌这儿的欧洲厨房臭味扑鼻，那就赶快滚开。要不然，您就必须绝对服从我的管制，因为我才是这儿的犹太国王。您听明白了吗？"

大家静静地等着合屋训话。

"犹太国王"把这种死一般的寂静看成是大家对他的褒奖。"合屋长官"本人还没有说话，他扫了一眼密密层层的犹太人，又抬头望着水塔。他显然在想：这两个匹夫怎么爬得那样高！

合屋长官原先是大阪一所中学的德语教员，他摘要翻译并在当地报刊上发表了《我的奋斗》。他从这本书上知道犹太人的存在，知道德国要竭尽全力反对犹太人，尽管他当时还不清楚哪儿有离日本最近的犹太人。然而，就是在上海转入日军之手，城市上空升起太阳旗的那一天，他便动身往西前进，到了中国内地，服务于日本当局。合屋因读过并摘要翻译了希特勒的主要著作，就自诩为犹太问题专家。也许这就是他被任命为隔都长官的原因。不过，他只是作为日本过去的一个教员在这里发号施令，而没有军事和政治职衔。这个事实说明，远东问题十分微妙。一方面，日本当局是在不太明白德国伙伴对犹太人的意图的情况下，给予伙伴热心而又有分寸的帮助；另一方面，它又要向世界表明，日本官方不太重视这个与它无关而又令它头疼的问题。

"现在，请大家听清楚我对隔都的有关规定。"长官继续说道，"我宣布，从每天半夜到次日早晨六点，这里实行宵禁。在这段时间里，犹太人不得通过外白渡桥。你们要白天过桥，就必须向我出示证明材料，证明你们确实是在大桥那边上班。我想清楚地知道你们在什么地方工作，都干些什么。我会根据证明材料向你们发放通行证。通行证分绿、黄、红三种，有效期分别为一天、一星期和一个月。这对谁都一样！上夜班的人，只有经过我的批准，才可以在宵禁时出门。大家要明白：我们正在同住有犹太人的英国和住有犹太人的美国打仗。我们的德国盟友正在同住有犹太人的俄国打仗。因此，在没有新规定之前，你们是一些受到优待的战俘。你们的待遇取决于你们自己，也取决于你们对我是不是尊重……

今天就讲到这里，解散!"

·47·

弗拉德克在睁开眼睛之前，习惯性地把手伸向旁边的枕头，想摸摸她，可她不在。他懒洋洋地坐起来，才发现了那个逃兵。希尔德穿着内衣站在窗前，抽着烟，浏览着大江里来来往往的轮船和木船。下面断断续续传来沉闷的却又令人心悸的轮船的汽笛声和快艇的呼啸声，还有外滩上断线般的汽车的轰鸣。阳光穿过窗户照亮了她娇媚的身子，使她越发显得俊俏，似乎使今天这个早晨也涂上了柔和的色调。

"你过来。"他说。

听见他的叫声，正在沉思的希尔德猛地一惊。

"行啦，我该走了，要不会迟到的。"

"怎么会迟到，今天是星期天。"

"你该记得，每个星期天的上午十一点，上海上流社会的人都要到英国公园散步，除非天上掉下来的不是雨，而是石头。冯·达姆巴赫男爵夫人总是带着她心爱的玩具，那就是我——简直是形影不离。"

"你也同我形影不离，就是在每个星期天的十一点! 我知道我们该干什么。你们干吗要在那儿消磨时间?"

"你要我算细账吗? 散步之后就喝蜜糖咖啡，吃杏馅甜饼和鲜奶油。就在那个'随意小吃点'。那儿的新闻还满足不了你的需要吗?"

"典型的德国式的星期天！"

"我们这些典型的德国人就是这样。"

"想过贵族生活的小资产阶级。"

"你还忘了一点——还是些法西斯分子。"

"正是这样。不过，对不起，你过来！"

"不，就不！"

"你是不是要为男爵先生保存点体力？"

她把烟盒扔给他。这时有人敲门，随即听到外面的声音：

"早上好，文萨先生。这是早餐。"

弗拉德克租用的是玛伊·迪拉克公寓的一个套间。玛伊·迪拉克是个规规矩矩的女人，是法国移民乔治·迪拉克的遗孀。像乔治·迪拉克这样的一批移民，在第一次世界大战和继之而来的经济危机之后，抢占了湄公河口和长江河口的一些地盘。只要希尔德来找弗拉德克，娇小的维也纳女人玛伊太太总是彬彬有礼地敲敲门，把两个人享用的早餐盘放在门前的地上。

弗拉德克光着脚，把餐盘端进来，喝了两口咖啡，点燃一支烟，钻进了浴室。

希尔德心怀疑忌地瞅了一眼黄浦江。

浴室里传来淋浴器的喷水声。弗拉德克今天演唱梅菲斯托费尔①的咏叹调不太成功。

---

① 梅菲斯托费尔，亦译"靡非斯特"，欧洲一些民间故事和其他民间艺术创作中的恶魔形象；歌德作品《浮士德》中的人物。梅菲斯托费尔企图以权力、知识和尘世的幸福为代价，买取浮士德的灵魂。

……弗拉德克三个月前找过希尔德。当时，她每天都焦急地等着办公室里的电话铃响。

他也想见到她，并且琢磨，他去找她时，要装出一副内心平静的样子，可在实际上，他还是要数落数落她的不是。希尔德终于在法文书店里瞥见了他，同他约定了会面的时间和地点，还就势吻了吻他。他也回报她一个飞吻，就像在巴黎时那样，似乎他们离开法国首都后，什么事情也没有发生。

就从这天起，他们一有机会就碰头。希尔德没有固定的工作时间，她既要在德国外交代表处处理一大堆杂务，又要陪同自己的上司外出活动。与此同时，弗拉德克又常常莫名其妙地不知躲到哪儿去了。她最后终于明白，她不能多问他的行踪，只是在迫不得已时才问一句，而他在回答她的问题时，依旧习惯性地开个玩笑，不愿说出真相，说出他到底是什么人、干些什么工作、为谁工作。希尔德既不愚笨，也不天真，她相信，他的主要工作是为瑞士报刊写些远东的异域风情和某些特殊情况。她过去曾怀疑他在干别的事情，现在相信他只为瑞士报刊写稿，因为他只同她谈这方面的事情。

希尔德趁喝茶的机会，又悄悄把他打量一番：他这个人呢，不能说长得漂亮，但是，他具有一种男孩的魅力。有了少许皱纹的低低的前额上披着乌油油的鬓发。一张乡下人的脸略显粗糙，但却开朗。宽宽的肩膀很结实，即便穿着廉价的罩衫也看得出来。她早就提出为他买一件新罩衫，但他羞羞答答地挖苦她说，她这是在"摆阔"。她就喜欢他这种样子。她诚惶诚恐、提心吊胆地爱着他，因为她有一种预感，觉得随时都有可能发生什么料想不到的事情，使他们再次分开。说来也怪，每次把他们分开的总是警察。第一次是巴黎的警察，第二次也同警察沾边——弗拉德克在上海警察局无端对她产生了怀疑。俗话说，事不过三。

"你知道我现在在想什么吗？"她问道。

"要是你想的同我想的一样，你就躺下。"

"真无聊！我想的是，总有一天，你能把我带回你的祖国。"

"亲爱的，可悲呀，虽然我也这样想，但是，那地方不欢迎我。这就跟你的祖国不欢迎你一样。"

"我的祖国是德国。你的祖国叫什么名字？为什么它这样轻率，不要自己的孩子，尤其是像你这样又聪明又漂亮的孩子？"

他盯了希尔德很久，似乎对她总想刨根问底感到失望。不过，希尔德马上就安慰他说：

"好吧，好吧，我明白了。瑞士……你还没有告诉我，那个打火机……"话到嘴边，希尔德又把它咽回去了，因为弗拉德克马上把一个指头竖在嘴边，示意她别再往下说。

他不止一次地提醒过她：不要在封闭的房间里谈这些事情，甚至也不要想这些事情。但她认为他这是多此一举，过于小心。

弗拉德克什么也没有告诉她。有一次，希尔德想要知道打火机的很少一点点技术细节，并且准备忍受他的不信任带来的屈辱，可是，他以接吻堵住了她的嘴："你知道得越少越好。但愿你永远也不知道！"

他真诚地提醒她说，这件事可不是闹着玩的，也不是罗曼蒂克式的冒险，弄得不好要掉脑袋的。但是，希尔德毫不犹豫地表示愿意同他合作。她没有逼问他：到底她提供的东西有什么用处？到底谁要这些东西？她觉得，她对政治不感兴趣，但是，她不知道，政治已经找到了她的头上。她愿意为俄国人、美国人、英国人服务，甚至为鬼服务，关键是她的活动必须反对希特勒。"只要我能使希特勒及其帮凶早一秒钟，仅仅只早一秒钟完蛋，你就让我干！"当她得到打火机的时候，她严肃而坚定地这样表示。

这是一个极其普通的汽油打火机，一点也不起眼，只是旁边装饰着一个不易被人发现的很小的玻璃珠子。这个珠子作为打火机的一部分，后面藏着可拍一百张照片的微型胶卷。一百张照片，这可不是一个小玩艺儿。到现在为止，希尔德已经在甜食店里、电影院里，或者在大街上，往弗拉德克的口袋里装了十卷微型胶卷。这些胶卷包在黑纸里，每卷都比黄豆粒小。十卷！它们装了冯·达姆巴赫男爵的上千页绝密档案。阿尔弗雷德·克赖鲍尔在 AGFA 照相馆里把这些胶卷冲洗后，就由陈秀清托信使把它们带到穆克登①，此后再由另一方带出国境。

这件事非常简单，比一粒黄豆还要简单！

---

① 穆克登，部分外国人当时对沈阳的称呼。

· 48 ·

就像奴仆莱文所说的那样，生活渐渐有了条理，就连乐队也克服了许多困难，重新开始排练。虽说乐师们难有到齐的时候，但是，他们之中的大多数人仍然不顾一天工作后的极度疲劳，集中在奴仆莱文慷慨提供的寺庙兼犹太教堂里认真排练。乐队是由各种不同的人拼凑起来的：其中有一个月没有刮过胡子的搬运工，有普通工人，还有街道清洁工。有人穿着破旧的帆布衣服，直接从纺纱车间赶来，也有人立即换上经过缝补，还散发着德国气味的旧西服参加排练。指挥特奥多尔·魏斯贝格的胳肢窝下夹了一把他心爱的小提琴。音乐一响，大家的情绪骤然变化，笑脸上流露出内心的喜悦。有人受到音乐的鼓舞，也有人痛苦地回忆起一去不复返的舞台岁月。当时，他们决心献身心爱的音乐，也收获了崇高的荣誉——静静的音乐厅突然爆发出热烈的掌声，有时还有某个学院的院长向他们敬献花篮。回到休息室，香槟酒又在等着他们……这些甜蜜的回忆实在令人心醉。

无疑地，生活有了条理。不过，这是一种低等人的生活：多数人在挨饿，安东尼娅会长只能为最需要的人提供一碗免费的稀饭。尽管同样生活在底层，那些能够在隔都以外找到工作的人，境况毕竟要稍好一些。长笛手西蒙·齐纳尔排练时十分严格，可他平时却热心助人。在他的倡议下，凡是有收入的人，哪怕是收入微薄的人，都必须把每月所得的10%～20%捐给救济基金会。这在一定程度上救助了那些走投无路的人。但是，由于食不果腹，特别是由于孩子们营养不良，生病的人越来越多。比起实际需要来，救济基金不过是杯水车薪。

虽然景况不佳，孩子们仍然贪玩。最小的孩子用泥巴制成糕饼，然后卖掉，换来碎石；稍大一点的孩子爱踢布球，而最大的孩子就根据自己的爱好学做家务。

曼德尔教授和他的一些志愿者夜以继日地尽力挽救犹太人的生命。由于药品极端缺乏，他们经常陷入无能为力的困境。有许多次，情况严重，他们不得不把病人转到上海中心医院（The Central Hospital of Shanghai）。但是，这需要为行贿花掉许多钱。从贪婪的"犹太之王"合屋长官开始，直至基层的医护人员，都要收取贿赂，因此，抢救危重病人消耗了救济基金会很大一部分收入。

就在这时，一个偶发事件使医院的状况变得更为复杂，也使犹太人是铁板一块的神话经受了严峻的考验：在搬家造成的混乱状态中，曼德尔教授的一只箱子不见了。这只箱子分为三层，里面装着高质量的不可或缺的外科手术器械。这只箱子是曼德尔教授从柏林带来的，他将这箱子视若至宝，就像艺术精湛的演奏家钟爱斯特拉第瓦利①制作的小提琴一样。箱子里的器械可谓"索林根"②的奇迹，是德国精细的机械制造业的典型作品。在现在的上海，用再多的钱也买不来

① 斯特拉第瓦利（1643—1737），意大利小提琴制作家。现代最杰出的音乐家用他制作的乐器演奏。
② 索林根，德国城市，位于北莱茵—威斯特法伦地区，为德国古老的金属加工业中心。

这样的东西。失窃的消息在整个隔都流传开来。犹太教堂里饶舌的老人们纷纷猜测：是谁在什么时候、什么地方偷走了这只箱子？犹太人就是喜欢窃窃私语。

老人们说只有小偷什洛莫·芬克施泰因知道实情，这箱子是他偷的，不可能是别的什么人。什洛莫听说有人怀疑他，说他起码知道是谁赚了这笔黑心钱，冤屈得哭了起来。

伊丽莎白想安慰他，就对他说自己没有怀疑他，他是个好人，是个热心人，他干的那些偷鸡摸狗的事情同隔都和隔都的居民毫不相干。不过，伊丽莎白是白费口舌，因为这种毫无根据的怀疑，在小矮人的心灵上留下了深深的伤痕。

一天早晨，什洛莫塞给合屋长官十元钱，换了一张通行证。他常常这样行事。但是，他这一回没有像往常那样去找市场上那些卖肉的伙伴，而是直奔码头上的船坞。在那儿的仓库和鱼市后面，各种各样的箱子和货包堆积如山，也有人卖掉偷来的东西。公众不知道这个地方，警察局却很清楚。那儿有一个小偷的代理人，他知道怎样维护小偷的利益。这个中国人身强力壮，心狠手辣，同上海黑社会关系密切。警察们为了每月获取不多的"奖金"，总是不碰这个藏金之地。

什洛莫仍然穿着他那件又旧又长的大衣。他把两手插在大衣口袋里，大摇大摆地在这个小偷窝里走来走去，俨然是一个正派的商人。这个旧货市场上的"战利品"应有尽有：女式帽子和提包、手表、军用望远镜、刀具和枪支、真皮钱包、金银首饰、海员证和其他许多偷来变卖的东西。一只木箱上放着一样罕见的东西——曼德尔教授的小箱子。箱子的三层都打开了，镀铬的珍贵器械袒露在外，供人观赏和估价。这些器械在阳光下闪闪发光，就像新的一样。

什洛莫装出冷漠的样子问了问价钱。

交易一开始就不顺利：卖主出价一千元，说是一个子儿都不能少。看来他很清楚，这箱东西的实际价值起码是这个出价的五倍。亚洲式的讨价还价这一次不起作用，卖主一口咬定要一千元！什洛莫没有这么多钱，他连一百元也没有。但是，他开始仔细检查那些解剖刀、剪子、镊子和有其他用途的复杂器械，就像一名职业高手那样查看这些东西齐不齐全。最后，他还检查了三把钥匙。这时，卖主听见旁边有人吵架，前去干涉，什洛莫趁势抓起沉重的箱子，撒腿就跑。

后面传来喊叫声。有人追了上来。但是，身矮腿短的小偷什洛莫已经躲进了木箱和货包的迷宫。被偷的小偷们抓耳挠腮、手忙脚乱地到处寻找，翻遍了老鼠也钻不进去的地方，但是仍然不见什洛莫的影子。他已经蒸发掉了！

……什洛莫满脸喜色，呼哧呼哧地扛回箱子，交给了西穆德·曼德尔教授。曼德尔教授简直不敢相信自己的眼睛——丢了的宝贝竟然又找了回来！他异常激动，在医院里跑来跑去，要同事们分享他的快乐，以致忘了谢谢什洛莫。什洛莫对此并不在意。这个柏林百货商场的扒手、上海专诱宠物的小偷，为自己的这一行动洋洋得意。他觉得，虹口的犹太人已经为他彻底平反。

然而，这只是他自己的想法。过不多久，他又听到了别的声音。

许多人听说这件事后，议论纷纷：你瞧，肯定是他参加了偷窃。他怕受到揭发，才把箱子送了回来。小偷就是小偷，狗改不了吃屎！

什洛莫肥胖，腿短，一件长大衣穿在身上令人发笑，走起路来更是丑陋不堪。大家都讨厌他，他到处遭人白眼。在众人眼里，他是个狡诈的罪犯。是的，只能是罪犯。他不配做犹太人，就连进犹太教堂也不行！

他们就是这样损人。

……伊丽莎白搞不明白，为什么什洛莫这一次来同他告别时，显得那么客气。他曾不止一次地到城里抓狗，从来都不像现在这样忧郁而又庄重，当他亲吻伊丽莎白的手时，伊丽莎白非常吃惊。他似乎做了什么对不起她的事情，现在要请求她的宽恕。他随后就朝苏州河走去。

第二天清晨，人们在苏州河边滑不唧溜的水草上发现了什洛莫·芬克施泰因的尸体。他的背上被捅了十六刀，喉咙也被割断了。

·49·

悲剧已经发生一个月了。曼德尔教授本来就心绪不好，现在更加消沉。不过，到了这个星期六，新的希望又倏然降临隔都。合屋长官把难民委员会的委员们叫去，郑重其事地通知他们说：青浦的几家轮胎和橡胶制品厂要招收一千名工人。青浦在上海西南面，离这座城市约有三十千米。

一千人有了工作！这不是一般的新闻，而是一个轰动性的事件！

奴仆莱文强压住内心的喜悦，装出一副无动于衷的样子问道：

"对不起，合屋先生，我们的人将在那儿干些什么？他们之中未必就有这个这个……橡胶方面的专家。另外，他们能挣多少钱？"

"你以为我是橡胶专家吗？我是研究德国的学者，不管生产橡皮软管的事情！"过去的德语教员气呼呼地回答说，"不过，他们告诉我，那儿有一些技术熟练的日本师傅，你们很快就能学会使用冲压机、烘烤炉和车床。至于装卸或者搬运产品，这不需要专门技术，是吧？"

他沉默片刻，逐个审视眼前这些委员，就像当年等待学生背出上星期三的功课一样。他然后又说：

"平均日薪二十元，休息日没有工资，因为现时正在打仗。每人每天要给我两元钱，这很公平。必须奖励我为你们安排了这种工作，使你们有了饭吃……犹太先生们，怎么样？"

"犹太先生们"要求在明天，也就是在星期日才作答复，因为他们还要征求大伙的意见，还要看看大伙对每天扣除两元钱有什么反应，以及应不应该奖励合屋先生。

消息闪电般在隔都传开：固定工作，每天二十元，相当于三美元。再扣除两元的贿赂，剩下的钱的确不多，可是，又有谁能付更高的工资呢？不到一个小时，乐队就被迫停止排练，因为小小的犹太教堂里挤满了男人，他们都很兴奋，不断打听什么时候去上班？有什么交通工具？都干些什么工作？女人能去吗？准用童工吗？站在金身佛像前面的奴仆莱文，已经没有力气回答这些问题，何况他也无法回答所有问题。他只传达了难民委员会的一项决定：每户只能出一个人，因为这能使更多的人受益！一千个男人就能支撑一千个家庭。每人每天除了交给合屋先生两元钱外，还要把20％的收入上缴救济基金。

有人开始发牢骚：这样一来，我们还剩多少？牧师胆小，就让西蒙·齐纳尔向大家解释。

"这是我们的决定！大家要明白：这20％是花在病人、残疾人和失业者身上。我们要养活他们，清楚吗？这个问题就到此为止！请大家在奴仆莱奥那儿报名，明天是截止日期。首先要写上多子女家庭的家长姓名。如果父亲有病或者无法干活，就由长子代替。请大家注意这一点。要是你们忘了通知急需工作的人，那就不要埋怨我，也不要埋怨我身后的菩萨。就这样，兄弟们，星期一早上六点，所有名单上的人都要在这儿，在广场上集合……阿门！"

牧师以这样一句话结束了今晚的弥撒：

"一千人！神圣的安息日！Барух ата Адонай Еллохену…① 阿门！"

---

① 注释见本书第 175 页。

……星期一，天还没有亮，男人们就从虹口南部各个地方，两脚生风地来到寺庙，或者说犹太教堂前面的小广场上。大家都提着灯笼，因为隔都没有路灯。在这个难熬的漆黑的夜晚，遍地都能听见没有吃饱的流浪猫凄楚的喵喵声。现在，白昼蹒跚到来，东方现出了一抹玫瑰色。头顶上的两条金龙喷吐着火焰，似乎在抱怨人们过早把它们吵醒。大家三三两两地凑在一起，兴奋地大声议论着这件大事，指望能过上好日子。大家都拎着一包食品，或者直接把食品裹在报纸里，因为谁也不知道工厂会不会提供午餐。吃饭问题是所有国家的犹太人都会遇到的基本问题，但愿工厂里能有饭吃——它们毕竟是一些国营工厂啊。

这些人中也有沉默寡言的特奥多尔·魏斯贝格。虽然他害怕因接受新的工作而丢掉原来的饭碗，但他还是决心来试一试。在此之前，他被当成一个小伙子使用，在那家饭店当个小工，跑上跑下，干些单调的杂务，受尽了屈辱。他厌烦透了。诚然，饭店里有小费。尽管他感到厌恶，羞于承认，但他还是来者不拒。现在日本人向他推荐新的工作，他很高兴。不管活有多重，总之是工厂里光明正大的工作！他很清楚，哪怕只有一天不去饭店上班，荷兰人也不会原谅他，会马上找人代替他。管他呢，就让"帝国大饭店"和那些德国商人见鬼去吧！

在这件事情上，特奥多尔还没有同伊丽莎白商量，他不知道伊丽莎白会不会同意。自从他们在钢铁构件厂行政大楼的楼梯间住下来后，伊丽莎白就不大在乎周围的环境。她逃避现实，就像小学生逃学或者大人不去做早弥撒一样。大家整天看不到她。她到"蓝山"酒馆唱她的德语歌曲，然后回到钢铁构件厂，由着性子打发日子。也许她不知道应当怎样生活。她没有欲望，没有理想，甚至不知道这就叫得过且过。

……一大帮人在爱发脾气、难以接近的合屋先生的带领下，乱哄哄地朝日本兵守卫的外白渡桥走去。合屋先生今天依旧穿着他那身黑西装，打着领带。这儿是隔都的边界线。河那边，大约有十五辆日本军用卡车挤在弄堂里，冒着黑烟，隆隆作响。

·50·

十几辆塞满犹太人的敞篷卡车颠簸在通往青浦的公路上。这条路早就无人维护，坑坑洼洼。周围是连绵起伏的小丘和一望无际的梯田。车旁时不时掠过石砌的小庙，这大概是土地庙或者是中国先人的坟墓。早起的农民泡在没膝深的水田里，汗流浃背地吆喝着温驯的水牛耖田。这些水牛上了套，拉着木柄铁犁，缓缓前行，水面上反射着大卡车的影子，而且每一块稻田映出的太阳都不一样。这儿还看不见村庄，但能嗅出乡村生活的气息，能听见小娃娃的哭声。大家并不害怕车轮碾起的尘土，因为这种尘土夹杂着乡村和干草的气味而没有上海的汽油味和海藻味。这个不平凡的日子，还有绿色的旷野、小岗、远方的苍山和水田里的鹭鸶，既使人心驰神往，又使人略感忧伤。在这广阔的原野上，犹太人平生第一次觉得天是那么蓝，鹤是那么白，而他们自己却是那么无助。这个世界不属于他们！

这段路没有走太长的时间，确实没有走太长的时间。

这是因为，当稻田消失，贫瘠的、高低不平的土地就出现在他们眼前，接下来是冒着浓烟的工厂烟囱和巨型的白色建筑——贮料塔或与此类似的设施。大概这就到了青浦的郊区。卡车突然减慢速度，停在原野上。

前面不远处站了一大堆人——百十来个男人、女人和孩子挡住了去路。一个日本军官从卡车的驾驶室里跳下来，朝前跑去。对面的人群零零乱乱地冲过来，大声嚷着，不知在骂些什么。那些人喊着中国话，而日本军官则喊着他的日本话。谁也不知道发生了什么事情。但是，人群久久不肯让路。

挤在卡车里的犹太人很不耐烦地使劲伸长脖子，瞅着汽车驾驶室里的司机，想搞清楚这是怎么回事。尽管还隔得很远，但是看得出来，那也是一些欧洲人，他们一律穿着蓝色帆布工作服。

于是，谁也想不到的事情发生了：远处的扩音喇叭送来一个男子的俄语声：

"你们别动！你们谁讲犹太语或者希伯来语？你们听得懂我的话，是吗？犹太语！希伯来语！"

车上的犹太人全都懵了。青浦这个地方怎么会有人讲犹太语、希伯来语？这个中国到底是怎样一个国家？

奴仆莱奥·莱文一纵身跳下卡车，朝一百米外的人群走去。他在经过第一辆车时，瞅了一眼坐在驾驶室里惊慌失措的合屋长官。显而易见，就连"犹太之王"也没有料到会发生这种事情。

"我会讲犹太语和希伯来语。"牧师说。

走在人群前面的一个彪形大汉也穿着蓝色帆布工作服，手里拿着一根竹棍。他阴沉着脸，用犹太语说：

"我们知道，你们是从德国和奥地利来的犹太人。"

"是呀，我们大多数是从德国和奥地利来的。"牧师仍然不明白到底是怎么回事。

"我们是俄国的犹太人，我们早就在橡胶厂干活。你们从哪里来，就回哪里去吧，我们这是在罢工。"

"你们在罢工？谁也没有告诉我们……"

牧师窘住了，东张西望。此时，隔都的许多犹太人也跳下车，朝牧师跑来。他们已察觉到发生了什么不愉快的事情。

牧师这边有一个人叫起来，他也操着犹太语：

"请听着，快给我们让路，我们在找工作！"

"你们到别处找去吧，这是我们的地盘。"彪形大汉心平气和地说。

"但是，我们的孩子正在挨饿！"

"我们的孩子也在挨饿。"

……这一边的犹太人气势汹汹地高声喊叫着朝前跑去，想要冲破前面那堵人墙，让卡车开过去。西蒙·齐纳尔、特奥多尔·魏斯贝格和牧师试图拦住他们。俄国犹太人挥舞着竹棍，孩子们则大声喊叫。双方对打起来，一场血战似乎不可避免。日本军官举起手枪，朝空中放了一枪。

这一枪把大家镇住了。双方都往后退，让出了一个隔离带，就像一条深渊，也像一条战壕。两边的人都喘着粗气，一言不发，相互瞪着眼睛。

日本军官朝卡车方向用日本话喊着什么，声音十分刺耳。随后，大家都安静下来。

长笛手西蒙·齐纳尔在这不安的寂静中用俄语说道：

"对不起，我们并不知情。"

他又冲着自己人用德语说：

"上车吧，回隔都！"

日本军官把手枪装进枪套。他也很不高兴。看来，他和他的同事也是被人利用，卷进了一笔肮脏的交易。

"我们不生产汽车轮胎，而是生产战争！"他也许这样想着，转过身来，朝卡车走去。

· 51 ·

弗拉德克向守卫在门边的两个警察点了点头，神清气爽地走过德国代表处修剪得齐刷刷的草地。林荫道白色的碎石路面在他的西班牙军鞋下发出咯噔咯噔的声音，他的这双军鞋看来已经穿得很旧了。他停了片刻，好奇地瞅了瞅那根旗杆。德国代表处今天下了半旗，这是举行全国哀悼的标志。国旗上的那个"卐"字躲在褶皱中，不住抽泣，似乎它也感到悲哀。官邸的房檐下和拱形门廊上也挂着长幅黑幛，它们像黑色舌头一样舔着建筑物的正面墙壁。这是元首亲自作出的安排：全世界的德国机构都要哀悼在斯大林格勒为反对布尔什维克而牺牲的英雄。苏联红军在这个战役中消灭了德军四十八个师和三个旅，俘虏了保卢斯元帅和他的第六集团军司令部，这对德国来说确实是一个沉重的打击，确实是德国举国的悲哀。这些强盗确实死得英勇，死得自豪。至于罗马尼亚、匈牙利和意大利的那些在伏尔加河畔同冰雪一起融化的士兵，他们根本就不值得被人哀悼，因为希特勒称他们为胆小鬼和叛徒。

一个卫兵在弗拉德克走得离他很远时才转过身来，朝岗亭走去，给谁打了一个电话。

弗拉德克不是第一次到这里来：他此前就采访过冯·达姆巴赫男爵，还无拘无束地称男爵为"友好的老头"。男爵用法国白兰地招待了他。希尔德在他们中间牵线搭桥。男爵喜欢这个瑞士记者，说他是个快活、直爽的年轻人。弗拉德克避免向男爵提出敏感的问题，他似乎感到冯·达姆巴赫在有关战争的某些问题上，同官方的看法不太一样。男爵喜欢弗拉德克还有一个原因，就是弗拉德克所讲的德语不同于瑞士德语区很难听懂的一种德语方言。弗拉德克讲的是学院式的德语，其中带有一点巴伐利亚口音。有一次，当弗拉德克在官邸的会客厅里偶然见到冯·达姆巴赫男爵夫人时，希尔德就顺便把弗拉德克向她作了介绍。当时，男爵夫人两眼哭得红红的，因为她刚在码头上送走了要去孟买的老朋友和好朋友沃什伯恩先生。

奥托马尔·冯·达姆巴赫阁下今天心情不好。虽然他事先同意接受采访，但他仍然要他的女秘书布劳恩小姐替他接待客人，好好招待客人。男爵请弗拉德克原谅他：您已经看见，全国都在哀悼……布劳恩小姐很有经验，她知道怎样彬彬有礼地让男爵摆脱不受欢迎的来访者的纠缠。

男爵点燃一支雪茄烟，吸了一口，马上又心烦意乱、怒气冲冲地把它掐灭在烟灰缸里。他不想抽烟，甚至觉得连生活也索然无味。他想读读秘书已经为他准备好的柏林每天寄来的文件，但他马上又心烦意乱、怒气冲冲地合上了文件夹。从今天早晨开始，他就很不遂心，因为他受不了中国黑纱制作的这些幛子。这些幛子被风一吹，就紧紧贴在窗玻璃上，仿佛在不断提醒他说，他今天应当骄傲而又自信地追悼亡灵。男爵患有痔疮，从不觉得他是一个强者，更不是叱咤风云的高卢人当之无愧的继承人。

他是一个身心疲惫、日渐衰老的外交官。他的确感到悲哀，但不是为死亡的德国兵感到悲哀。他意识到，他属于已经逝去的那个悠远的时代，那个每当想起凡尔登就郁郁寡欢的时代，那个在贡比涅签订投降书的时代，也就是那个魏玛共和国的时代。不管如何评价德国当时在政治上犯下的错误和罪行，它终归是一个更值得尊重、更有人性的时代。也许这是他的一厢情愿，也许德国并没有发生变化也不会发生变化。也许……男爵只求平平安安地过日子。他宁愿生活在那个坚持旧有的价值观但却又使人迷惘的时代。希特勒除了提出统治世界这一疯狂的、毁灭性的思想外，不可能拿出别的替代办法。无论如何，那个时代都比这个时代理智：这个时代的德国子宫里已经长出了毒瘤。德国必将完蛋、完蛋、完蛋！这是确定无疑的。诚然，希特勒帝国还没有丢掉全部地盘。德国在斯大林格勒失败后，还拥有广阔的空间，但是，希特勒失去了更重要的东西——希望。希望本身就是一个空间，即希望的空间。这个空间现在成了一块搓纹革，而民族理想正在变成一种沮丧的情绪，它已经在一场失败的战争的泥泞道路上磨得粉碎，被风刮走了。现在，德国正在拼命自残，就像一只走投无路的蝎子一样。但是，现在还看不到战争的结局，只等我们将来收拾残局。

男爵走到高高的法国落地窗前。这种窗户几乎贴着地面，站在窗前可以把刚割过的草地看得一清二楚。被风吹动的黑幛隔着玻璃扫着他的鼻子，使他再次想到今天是个哀悼的日子。

即使不是哀悼日，他也感到悲哀。

迪特尔把一只脚跷在桌上，一边抽烟，一边听广播。设在楼里的广播电台不停地播放着哀乐。今天没有介绍中国餐厅和娱乐场所的广告，也没有德国游客讲述的有关祖国的动人故事。最近，每一班"容克"飞机都送来许多德国游客，在整个上海都能看见他们的身影。今天是哀悼日。

播音室就在屋檐下面，铁门的牌子上用德文写着："禁止入内"。这里的每一个人都有与世隔绝的感觉，同时也感到绝对安全。就连迪特尔今天早晨也有这种感觉，因为他在把男爵接到官邸后，整个上午都不会有事。

迪特尔是个司机，是奥托马尔·冯·达姆巴赫的私人司机。为了节省费用，他兼职当了机要报务员。这项工作非常轻松，因为男爵很少向柏林或德国驻东京大使馆发报。由于害怕被密布远东的美国、英国和俄国情报人员截获，密码电报就发得更少。

迪特尔工作勤奋，忠诚老实，以致显得有些刻板。他同男爵和男爵夫人不苟言笑。他知道自己的身份，知道自己的言行界限，也知道自己的责任。他同秘书希尔德小姐处得倒是融洽，因为他们两人在德国外交代表机构中地位相当，能在中国这个地方彼此关照。

斯大林格勒战役使他的心灵受到震撼。他对德国士兵的英勇无畏赞叹不已，因为这些士兵还没有为严寒做好准备，就穿着单衣开赴前线，他们的坦克被冻得不能动弹。他们虽然失败了，但他们的顽强精神值得称道。与此同时，他又感到自己命好，战争使他有了现在这份工作而没有去亲自参加战斗。他每天开着车在上海又老又脏的街道上东奔西跑，虽然街上挤满了行人、自行车和黄包车，秩序混乱，非常累人，但是，不管怎么说，比起又饿又冻地趴在俄罗斯雪地上的德国士兵来，他的境遇当然好了许多！

瑞士人一到，大门口的警察就按预先的约定打来电话，迪特尔就马上把脚从桌子上拿下来。他肩负着一项特殊使命，就连尊敬的男爵先生也不知道的一项特殊使命：监督同外人接触的代表处工作人员。这是帝国安全部门的要求。他没有怀疑这个瑞士记者，但是，谁都知道，这个记者同布劳恩小姐关系密切。虽说布劳恩小姐同瑞士记者的往来不受限制，但是，考虑到男爵的秘书经常参加秘密会谈，接触到许多国家机密，这又给他增加了不少麻烦。迪特尔没有理由怀疑布劳恩小姐本人，因为她谈恋爱本是好事，只要对方不是犹太人就行。而这个年轻记者友好、快活、直爽，他三言两语就开始用"你"称呼对方。就在不久前的那一天，当迪特尔按照男爵的指示，开车到上海警察局去接回待在人行道上的被捕的女秘书时，他就把迪特尔当成了他的老相识。

来访者，特别是那些需要多等一会儿的来访者，一般被请到接待室等候男爵的接见。这个接待室呈半圆形，正好处在入口处柱廊的上方，里面布置了一些昂贵的中国明代家具——红木家具和锦缎。但是，几面墙上挂的不是古代中国画，而是卢卡斯·克拉纳赫①绘画的复制品。克拉纳赫作品产生的年代正好同中国的明代吻合，但它们产生的地点却是在欧亚大陆的另一端。20 年代，德国建筑师的创意确实不错，他们在装修官邸时，竟把两个世界、两种文化协调一致地放在一起。前不久，虹口犹太人团体的代表团正是在这里等候男爵的接见，影子一样的中国佣人也正是在这里为客人送来咖啡和茶。迪特尔当然知道这件事，因为他可以在墙壁那边打开元首肖像后面的小铁门，从壁龛里取出耳机，找个合适

———————————
① 克拉纳赫（1472—1553），德国画家，早期作品以现实主义形象和富有诗意的风景著称，后期作品一方面体现了文艺复兴的艺术原则，另一方面又有哥特式传统的成分和矫揉虚饰的特点。

的插座，窃听接待室里的动静。一开始，耳机里传来沙沙声，但是隔不一会儿，声音就清晰起来。他从这里可以窃听整幢大楼的每一个房间，包括男爵的办公室。他听得见声音，但却看不见影像，因为电视机当时还像一个不会走路的婴儿。

希尔德飞也似地跑进接待室，吻一吻瑞士来访者的面颊，然后告诉他说，男爵表示抱歉，今天不能接受他的采访。她说："这事同斯大林格勒有关，男爵说，他请你原谅……"

她在说这话时，用指头指了指水晶吊灯，而弗拉德克会意地点了点头。

中国佣人轻轻走进来，端来一杯茶。两人谈到前线最近传来的消息，弗拉德克把斯大林格勒的英雄们夸奖了几句，表示了真诚的悼念。这没有什么好怀疑的。大概正在偷听的司机对一个外国人说出这样的话感到满意。区别仅仅在于，迪特尔偷听到的"英雄"同瑞士记者所说的"英雄"，完全是不同的两种人。后来，希尔德详细介绍了墙上的几幅画。

……不光男爵本人，就连希尔德今天也心绪不佳，甚至感到酸楚。原因就在司机迪特尔身上。昨晚十点以后，她留在办公室里整理刚刚收到的汉莎航空公司的飞机从柏林送来的邮件。官邸里黑洞洞的，很安静，只有秘书的办公桌上闪着一团绿光。她正在用那只打火机一页接一页地翻拍文件。随后，她还必须把这些文件装进此前用火漆封好的文件袋。她在把这些文件送给男爵批阅之前，有权先把它们拆开。

有人想开门。希尔德吓了一跳。她马上把门锁上。接着又有人敲门。希尔德隔了好一阵子，在把所有东西收拾好后，才把门打开。

这是迪特尔。他贼眉鼠眼地把办公室扫视一遍。

"我看见有闪光，"他说，"干吗把门锁上？"

"当一个女人需要把门锁上时，有必要向你解释吗？"

"来月经啦？"

"傻瓜！"

他又在办公室里东张西望，朝前走了几步，不知羞耻地瞅了瞅希尔德的化妆品，然后客客气气地说：

"对不起，我只想看看有什么东西在闪光。要是你不忙，我请你去看电影。现在正在放映保罗·韦格纳①的影片。"

"谢谢你，迪特尔，"希尔德装出和解的姿态，"我还有工作。所有这几大堆东西都要登记好，在明天九点以前放在男爵的办公桌上。过些日子再去看保罗·韦格纳的影片吧。"

不知道司机还想搞什么名堂，他又把办公室看了一遍，才疑团满腹地说：

"好吧，晚安。"

希尔德现在需要把新的胶卷交给弗拉德克，里面装着昨天送来的所有文件。她问：

"你想去看戏吗？"

"看戏？上海有什么戏？"

---

① 韦格纳（1871—1948），德国戏剧演员和电影演员，德国电影的创始人之一。

"京戏。"

"翻译成外语了吗?"

"就是京戏,中世纪的舞台剧,北京歌剧。"

"天哪,歌剧!还是中国歌剧!"

"即便是意大利歌剧,你未必能听懂多少。你们阿尔卑斯山乡下那些制作奶酪的农民,大概连什么是歌剧都搞不明白。要是去鉴赏鉴赏中国文化,肯定非常有趣。"

头三十分钟,中国京剧确实有趣,锣鼓声震耳欲聋。随后,弗拉德克绝望地说道:

"还要忍受多长时间?"

"现在演的是经过删节的本子,只有八个小时。别嚷,咱们走吧。"

希尔德屈从于弗拉德克的原因,不是弗拉德克对异域的表演感到厌烦,而是他们后面坐着一个长着一头金发的欧洲人,她觉得这家伙在偷听他们谈话。

户外十分凉爽,清风送来春天的气息。希尔德打四下里看看,没有发现那个长着一头金发的家伙跟在他们后面。为了防范有人跟踪,她没有向弗拉德克透露任何情况。

"对我们来说,表演确实枯燥……"她对自己主动提出看一场京戏感到愧疚,"不过,京戏台词别具一格,我们这些欧洲人根本就听不懂。要是生活中的一切都像京戏那样黑白分明,那有多好。你瞧,好人都是红脸,坏人都是白脸,英雄的脸上涂着黄色,而神仙的脸上涂着金色。"

"那我属于哪一类人呢?"

"当然是金色！"

她又往身后瞟了一眼，没有发现任何可疑的迹象。她把手伸进弗拉德克的夹大衣口袋，摸到了他的手。他的手暖和、湿润。

弗拉德克感觉到她把一个胶卷放在他的手心里。戈特瓦尔德今天晚上就可以把胶卷冲好，而陈秀清明天就会把它交给信使，然后通过轮船送到辽东湾的营口，再通过铁路从营口送到沈阳，就是大家熟知的穆克登。

穆克登往后的事情，这里就不清楚了。这只是一种临时性的安排。据悉，"帝国安全"总局柏林 Б-4 处的密码电报透露，德国的一个外交使团，很可能是远东的哪个使团，把绝密情报泄露给了俄罗斯特别侦察机关。看来，潜伏在莫斯科的德国间谍没有闲着，他们探听到了什么情报。在上海这个地方，能收到这种密码电报的不是冯·达姆巴赫男爵——绝对不是——而是他的私人司机。这个司机除了公开职务外，还同时从事柏林 Б-4 处感兴趣的其他活动。

黄包车拉着两人到了法租界的"老佛爷路"，在一家名为"天安"的中国餐厅前停了下来。这家餐厅名气很大，上海的每个苦力都知道这个地方。餐厅老板是个中国人，他像法国人那样很有礼貌地领着两位客人，沿着陡斜的楼梯登上二楼。楼梯上只亮着几盏坠着丝质穗子的红灯笼，光线半明半暗。楼梯很高，好像直通天庭。每一个楼梯口都连着一条走廊，走廊里也是半明半暗，入口处挂着厚实的门帘，里面藏着一些隐秘的或供一家人聚餐用的单间。老板向他们推荐了一个立着一面雕花屏风的雅间。他们点了几种鱼和肉，还点了新鲜蔬菜和炒菜。每份菜都很少，但很可口，都是欧洲人不曾品尝过的。几位穿着民族服装的姑娘轻手轻脚地把菜盘放在餐桌的一个可以旋转的圆盘上，使这些菜盘不断变换位置。

希尔德在巴黎日本餐厅同小仓广一道晚餐时，很难用筷子把菜夹起来，而她现在已经学会使用筷子。她每次拿起筷子吃饭，都会想起那个日本人，内心感到歉疚。日本人在从她的生活里消失之前，送给她一条玫瑰色的珍珠项链。

她觉得，她一辈子也忘不了这件事。

他们在"天安"餐厅这样的中国迷宫里，不会被人窃听。这里既有外国人，也有中国人，还有曼妙的中国音乐和红灯笼，就像浓稠的酱油盖住了菜肴的其他颜色一样，在这里，任何声音都不会被分辨出来。

他夹起一片肉，但没有送进嘴里。她好像有什么心事。

"我看你心不在焉。"弗拉德克说。

"我们吃的东西，就跟中国皇帝的太子和公主一样。我想起了虹口区将要挨饿的犹太人，因为柏林的专家们提醒男爵说，上海将面临一场经济灾难。我是不是跟你说过，日本人骗了他们？我说的是日本人骗了犹太人。日本人想用他们替换罢工的人。"

"我听说过这件事，各家报纸都报道了这次罢工。大概虹口的犹太人不看报。你听我说：我再次请求你不要再到那儿去，不要再去会见牧师！你要知道，这很引人注目。不要再相信新闻稿那种天真的神话……请你记住神的第一道命令：不要以为敌人都是一些笨蛋。要知道，他们神通广大，都是火眼金睛，比你厉害得多。要是你行为检点，你就更胜一筹。对于刚入道的小姐们来说，这一课非常重要。"

"谢谢你给我上了这一课，"她气呼呼地说，"不是我去找牧师，而是牧师来找我。"

事实果真如此。奴仆莱奥·莱文要合屋长官发给他通行证。一开始，合屋长官直皱眉头：你要通行证，至少要事先掏出十元钱啊。但是，当合屋先生听说牧师要去德国官邸会见冯·达姆巴赫男爵时，他马上就换上一张笑脸，发给牧师通行证。所谓通行证，就是一种用白铁皮制作的绿色号牌，纽扣那么大，上面有一个模压的符号"J"。这个"J"表示：持证者是"Jude"——犹大，他有权在一天内通过苏州河上的边境铁桥。到了晚上，在宵禁之前，持证人必须把号牌交回隔都的办公室。如果迟迟不交号牌，就要受到严厉的惩处，被取消通过外白渡桥的资格。用"犹太之王"合屋的话来说，这叫"稍息"。虹口的犹太人可不能"稍息"，因为他们的坟墓修建在铁桥那边的一小块河滩地上，那是附近居民倒垃圾的地方。

牧师去找希尔德，是想请她帮个忙，解决一个复杂而又微妙的问题：纯粹的德国人伊丽莎白·米勒-魏斯贝格过去是个有名的歌唱家，她嫁给了一个犹太人，就是那个世界闻名的小提琴演奏家。由于忍受不了恶劣的生活条件，她患了严重的抑郁症。冯·达姆巴赫能不能关照关照她和她的家庭，让她仍然留在虹口，但要搬出隔都？

希尔德不假思索，立即去找男爵，但她很快就撅着嘴回来了：男爵说，法律对这种异族婚姻的规定非常严格和明确，只要德国女人不同犹太人离婚，她在法律上就没有理由同她的家庭脱离关系。"跟犹太人结婚，就要承担由此带来的后果！"冯·达姆巴赫说完这句话，就不愿再谈这个问题。

奴仆莱奥·莱文打了一个小小的败仗，只好沮丧地回到虹口。他在特奥多尔·魏斯贝格面前只字不提这次拜访。他知道特奥多尔自尊心很强，不想让特奥多尔感到扫兴，下不了台。

"你还在为歌唱家的命运感到难受吗？"

"当然啦。更糟糕的是，我还认识她的丈夫，一个小提琴奏演家。但是，我真正感到郁闷的，还是我上司的司机迪特尔。我觉得他在监视我，两只眼睛就像两把锥子。我真有点害怕。昨天夜里，他又在我的办公桌上寻找什么东西。只要男爵待在官邸，他就闲得无聊。"

"你要把眼眼睁大点，美人儿……"

"我跟你说过一百遍了，不要称我'美人儿'！"

"好吧，对不起，小猫……你要睁大眼睛，但不要神经过敏。神经过敏也很碍事。有时候，事情看起来比你想象的要简单得多。他可能在勾引你，以你的上司冯·达姆巴赫为榜样。"

"胡说！"

"这是我的天性，我的姑妈就是这样评论我的。顺带问一下，你把打火机放在什么地方？他会不会趁你不在时搜寻那个东西？"

"搜就搜吧。我把打火机放在一个纸盒里，盒子里还有橡皮、曲别针和其他办公用的零碎东西。这个纸盒放在铁柜里，只有我和冯·达姆巴赫有打开铁柜的钥匙。要不然，我就随身带着？"

"不，绝对不要带在身上。在上海，女式提包一生产出来，当天就可能被人偷走。"

希尔德不再说话，她用筷子在一盘蔬菜里扒拉扒拉，像是想起了什么，胆怯地问道：

"弗拉德克，这一切都有意义吗？"

"你指什么？"

"你们做的事情……你，还有你的那些人……既然不能……既然无权过问……不能帮人摆脱苦难……譬如说，帮助虹口那些人……"

"这是一种游戏规则。即使心在流血，你也要咬紧牙关，一声不吭。在任何情况下都要当一个旁观者。这是神的第二个旨意……这是职业的要求。有一次，为了保护一个想救小孩而要同全上海的警察决斗的笨蛋，我进行了干预，结果呢，我的脑袋差点被人像宰小鸡一样拧下来！"

"谢谢，我就是那个笨蛋。但是，如果在这种情况下还不进行干预，怎么能够改变这个世界呢？怎么能够使世界变得更好呢？"

"这我可不知道。到现在为止，我们只有一个目的，就是阻止希特勒改变世界，不让他把世界变得更加糟糕。我总是在想，我们这样做，也是在改变我们自己……我们不是从电影上，从报纸上了解敌人，也不是远距离地观察敌人，看不清细节，而是在敌人的窝里观察他们。就近观察世界，就会发现世界是另一种样子。"

"这是什么意思？"

"这就是说，从表面上看，纳粹的一切都很清楚，或者说大致清楚：野蛮、集体屠杀、集中营、迫害犹太人、迫害波兰人……这就像宣传画那样清楚。如果深入内部去看，你会发现，纳粹的军队不单单是作战地图上的箭头，他们分成不同的人群，有着不同的命运：他们的将军被冻坏了，绝望了，而他们的士兵晕头转向，变成了杀人犯。这些杀人犯其实又在考虑怎样逃避对方必然的报复。深入内部，你就会区分骗子和被骗的人……你会发现，譬如说，某个山谷里藏着五个衣衫单薄的德国兵，他们正在用他们冻得发紫的手，从硬邦邦的拉炮马匹的大腿上割下马肉，在火上烤着吃，把半生不熟的马肉吃得津津有味。要不然，你会开始同情一个十七岁的德国少女，她还没有活够，还没有爱过，就躲在斯大林格勒的废墟里，给她在萨克森的妈妈写信，而她的妈妈永远也不会收到她的信。只要你钻进去，你就可以从事物的内部看到许多东西。这就会改变你对敌人的单一看法，知道谁是怎样一个人……你就没有偏见，不会人云亦云。你的视网膜就会看清细微的差别，知道敌人在唱什么戏。那么，我们唱的又是哪出戏呢？你知道我们唱的是哪出戏吗？我们唱的这出戏，就是要让那些无处不在的决策者，确确实实无处不在的决策者，掌握许多冒着风险甚至作出牺牲得来的情报，对敌人作出相应的判断，就像你懂的京戏那样，预先知道各种人的脸上涂着什么颜色……"

弗拉德克觉得希尔德没有认真听他说话。

"你在听吗？"他问道，"听懂了吗？"

她把手伸过去，摸着他的手。

"我爱你。"

"仍然爱我？"

"我已经说过了。"

·53·

这天晚上，伊丽莎白比平常早些来到"蓝山"酒馆。这是因为，钢铁构件厂里乱得一塌糊涂，尤其是在楼梯口，老是有人吵吵嚷嚷，使她心烦意乱。特奥多尔正是在这儿的三角地带用胶合板临时围起一个能住人的地方。他平时总不在家——如果楼梯口的这个小窝也可以称为"家"的话。幸运的是，"帝国大饭店"的荷兰老板没有换人，仍然让他留下来工作。当然，饭店老板的脸色酸溜溜的不大好看。

孩子们在楼梯口跑上跑下，而老人们无所事事，成天贴着她的围墙议论一些政治问题，这使她的神经无法忍受。大家还兴致勃勃地就斯大林格勒战役交换看法，为各种谣传加油添醋，无中生有地说是柏林发生了武装政变，希特勒已经自杀身亡。即便听到这样的消息，伊丽莎白也不屑一顾。总而言之，周围的一切使她感到闹心。

但在"蓝山"酒馆，她毕竟有一间相对安静的化妆室。这间化妆室高高地开着一扇带有铁栅栏的窗子，可以通风。只要下面的匈牙利人不停止演奏施特劳斯或者其他作曲家的作品，她就可以独自长时间地待在这里。

今天晚上有点特别：酒馆老板叶钦文在梳妆台的镜子前面放了一朵白玫瑰和一个玉石小瓶，小瓶里装着一种东方香水。老板留下的字条上写着"Happy Birthday!"（生日快乐!）他从她的护照上得知，今天是她的生日。叶钦文像大多数中国老板一样，只要雇员还在酒馆工作，他就把他们的护照攥在自己手里，将之视为对他的尊重。这朵玫瑰花和这个玉石小瓶则表示他很重视这位歌手，因为在英国和美国顾客突然消失以后，是她吸引来更多德国军舰和商船上的客人。

叶钦文并不知道，任何东西都不会使这位扎拉·勒安德尔的模仿者高兴起来。她的心已经病了。另一方面，她自己也感觉到，她越来越不能忍受这里的一切，包括整个上海，包括虹口，包括这个海滨酒馆，包括中国所有的东西，包括犹太人，甚至包括她的丈夫；她对德国没有一点思念之情，也没有一丝一毫的忧伤。总之，除了疲劳，她对任何事物都没有感觉；除了寻求安静，她没有任何别的欲望。钢铁构件厂里的喧嚣，简直使她快要疯了。她仿佛不是生活在这个世界上，只想安安静静地躺着，长久安安静静地躺着，永世安安静静地躺着。

伊丽莎白对着梳妆台的镜子坐着，没有力气穿上唱歌时必须穿的长曳及地，紧紧箍在身上，镶有金边的绸裙。在下面的酒馆里，头一批客人已经开始喝酒，仿佛地底下还远远地传来钢琴声。

一个住在上海的德国女人，人生地不熟，自然很不习惯周围的一切。

她瞅了一眼已经褪色的发黄的镜子，摸了摸眼角边细细的鱼尾纹：她已经三十八岁了！是呀，浮生如梦，一去不返，不管是好日子还是坏日子，全都已经逝去。时间之轮不会倒转！她来这里有错吗？她要是撇下特奥多尔不管，自己一个人留在德累斯顿，不也一样有错吗？反正都是错。生活没有别的选择。这是一条单行道，无法向后转弯。人生不会再有第二次。

有人敲门。门半开着，叶钦文先生探进头来。

"可以进来吗？"他谦恭持重地问道。但是，还没有等对方回答，他就钻进了化妆室。"我不碍事吧？我只想祝贺您的生日，祝您幸福，万事如意。"

她在镜子里瞅了他一眼，把一条长长的两头带穗的丝巾披在光溜溜的肩膀上，然后站起来，靠在梳妆台的一端。

"叶先生，谢谢您的玫瑰花和香水。我连今天是我的生日都忘了。谢谢您，您是唯一一个提醒我的人。"

"祝贺生日，还有别的办法吗？您是我的明星。您优雅，不可取代！"

"听您一说，我真高兴……"她平平淡淡地回了这么一句，不知怎的就被拉进了他的怀里。她闻到了一股浓浓的印度广藿香精的气味，其中还夹杂着威士忌的气味。

"祝您生日快乐……能让我吻一下吗？"他喘着气，扯掉了她身上的丝巾。

她看见了他晕红的脸上好大好大的毛孔，还有那些咬着她下嘴唇的稀疏的牙齿。她又闻到一股威士忌的酒味。叶先生今天来得太早了！

伊丽莎白感到一阵恶心。她把他推开，但他又扑了上来。她没有退路，后面就是带有一面镜子的梳妆台。于是，她用手背扇了他一个耳光。

"滚开，畜生！滚出去，臭东西，肥猪，真恶心！"

叶钦文同酒馆里一半的姑娘睡过觉，他习惯于她们服服帖帖地受他摆布，因此，他猛地懵了，不知所措。伊丽莎白看见他的眼神慢慢变化，眼睛里渐渐燃起怒火。

但是，他的声音很小、很小：

"不能这样跟主子说话！德国婊子，听见了吗？谁也不敢这样对叶钦文说话！"

他"啪"地一巴掌打过去，打得她直往后闪。走出去时，他"砰"地摔了一下门。

伊丽莎白一屁股坐在椅子上，抚摸着被那一巴掌打得热辣辣的面颊，木然地坐了很久很久。蓦地，她怒火中烧，把装着香水的玉石小瓶砸向镜子里自己的影子。玻璃碎了，她那张疲惫不堪的脸突然在破镜里变成了三角形。黏糊糊的浅黄色液体顺着她的面颊往下流，依旧散发着浓浓的印度广藿香精的气味。

"镜子碎了，"她说出声来，"七年不幸的爱情。还要再熬七年!"

下面，匈牙利人转而弹奏德国和奥地利乐曲。这表明，她该下去演唱了。

她艰难地站起来，脱下平时她在虹口穿的普通皮鞋，想换上那双软软的便鞋。就在这时，一只老鼠从左边那只鞋里蹦出来，撞在她的脚上，然后又叽叽叽地钻到家具里去了。

伊丽莎白尖叫一声，想要呕吐。于是，她哭了起来。她把头靠在白灰墙上，失声痛哭。

半小时后，匈牙利人不耐烦了，跑上来找她。化妆室的门倒锁着。他敲了敲门，但门里无人回应。他接着又敲了几次门，但里面还是没有声音。

……当人们砸开门时，发现伊丽莎白，女中音歌唱家伊丽莎白·米勒-魏斯贝格，这位肯尼迪艺术中心当年的歌星，已经吊在长长的丝巾上——就是那条两头带穗的丝巾。这条丝巾系在高高窗口的铁栅栏上。

· 54 ·

午夜过后，特奥多尔·魏斯贝格步行到了酒馆，打算像平时那样，雇一辆黄包车把他的妻子接回家。酒馆里坐满了人，烟味扑鼻。客人们正在向姑娘们献殷勤，而服务员已经送完酒水和食品。叶钦文把胳膊肘支在柜台上，郁郁寡欢地喝着一大杯威士忌。一个醉醺醺的中国客人猛然从座位上站起来，把特奥多尔拉到旁边，艰难地、结结巴巴地、字斟句酌地告诉他发生了什么事情。

在酒馆的另一头，匈牙利人把他正在弹琴的两只手拿下来，忧虑重重地瞅了一眼似有所悟的特奥多尔。但他仿佛又突然想到：恐怕有人怀疑他参加了谋杀，于是，他又把双手放在钢琴键上。歌手的自杀使他惊叹不已。每次遇到这种极其微妙的事情，他总是六神无主，一声不吭，不善于表达自己的情感。在这种时候，他往往不谙人情世故，只好自己躲在一边。

……特奥多尔的一张脸白得就像化妆室的墙壁。他瞟了一眼躺在木板上的伊丽莎白，似乎还没有意识到她已经死亡，无可挽回地永远走了，丢下他不管了。他觉得，她只不过是摔了一跤，感到有点不好受，马上就会站起来。匈牙利人默默递给他一支烟，他接过烟，点燃，莫名其妙地抽了起来。

不能说叶钦文是个坏人，他只是像其他许多中国老板那样对待员工，不好也不坏。他酒醒后心绪不安。这不单单是因为他感到罪过，而且还因为他更怕警察找上门来。像酒馆这样的营业场所，通常都要做一些肮脏生意：买卖少女、毒品、走私香烟和威士忌；在它们接待的海员中，有人在货袋里藏着违禁品，因此，这些经营场所的老板最怕有人寻事生非，发生公开冲突。

正是由于这一原因，叶钦文总要留下一名在酒馆前面打瞌睡的苦力，让他把双座黄包车停在那里，好拉晚归的客人回家，并且付给车夫两倍的脚钱。现在，他拼命给这样一个穷车夫壮胆打气，好不容易才说服车夫同意把死者悄悄拉回家去。

然后，叶钦文往晕头转向的特奥多尔的口袋里塞了五张面额一百元的钞票。这些钞票夹在死者的护照里。

"别担心，我已经给车夫付了钱。这是一点点安葬费。我们都很尊重她，因为她是一位相当出色的歌手。请不要让警察知道这件事情，您明白吗?"

特奥多尔点了点头，虽说他什么也不明白。

匈牙利人帮助叶钦文把死者从后门抬出来，放在双座黄包车上。他们还把特奥多尔扶上车。苦力拉着车，在沉入梦乡的上海僻静的街道上迈开大步，均匀地奔跑起来。

到了一个拐角，死者把脑袋耷拉在特奥多尔的肩膀上。

她已有很长时间没有依偎在特奥多尔身上了。

检查站不再需要绿色号牌。守卫外白渡桥的日本兵认识这位姑娘，一个文雅的女人和她瘦弱的丈夫，因为他们总是在下半夜乘坐黄包车从河对岸回家。

下半夜三点，楼梯口的邻居把牧师叫醒了。牧师东奔西跑，找人帮助特奥多尔把伊丽莎白的遗体抬进犹太教堂，放在一个高高的木台上。木台上还有一个七烛烛台，后面就是那尊佛像。佛像总是露出谜一般的微笑。

特奥多尔喃喃地说：

"喂，您走吧，我想一个人同她待在一起……求您啦。"

牧师拍拍他的肩膀，最后一个离开教堂，并把教堂门轻轻掩上。

特奥多尔坐在一个木箱上，长时间看着映着烛光的死者的脸庞。

他仿佛听见身后有人走来。他扭头一看，原来是什洛莫。体胖腿短的小偷搬来一把帝国样式①的安乐椅，坐在死者的脚边。在他们的德累斯顿家中，即"但丁·阿利吉耶里大街"3/5 号，也有这样一把安乐椅，伊丽莎白常常坐在上面看书。什洛莫沉默了许久，忧伤地看着这个他所崇敬的女人。他的喉咙上有一道血痕，而他的声音直接从喉头那儿冒出来，呼噜呼噜地不太清晰：

"对不起，魏斯贝格先生，我本不该多嘴多舌。不过，您确实做得不对。就是您干了傻事，不是别人。她不该到这里来，您为什么要带她来？难道您不知道犹太人命苦吗？"

特奥多尔没有为自己辩解。他知道，什洛莫说得在理。

早晨的第一缕阳光透过天花板上的缝隙照进教堂。蜡烛已经熄灭，死者的脚边没有什么帝国样式的安乐椅。也许什洛莫把它搬走了。

……除了特奥多尔和牧师，"犹太之王"合屋先生拒绝发

---

① 帝国样式，19 世纪头 30 年的一种建筑和装饰艺术风格，它结束了古典主义的发展。外形巨大、简洁，装饰丰富。

给其他人通行证。他对这件事不感兴趣，因为曼德尔教授已经出具了死亡证明，上面清楚写着：伊丽莎白·米勒-魏斯贝格，德国人，1905 年 4 月 17 日生于德累斯顿，死于急性腹膜炎。对于合屋先生来说，这就够了，因为伊丽莎白不是第一个死在虹口的犹太人。

伊丽莎白被安葬在福音堂旁边的德国墓地里。牧师发表了千篇一律的枯燥的临葬悼词，天主教徒、安东尼娅会长唱了挽歌——"Ave Maria gratia plena"①，而管弦乐团的修女们演奏了亨德尔的哀乐。

匈牙利人前来参加葬礼。他的眼睛始终盯着一个地方。他的两个瞳孔已经放大，这是他吸食各种白粉的结果。

最出人意料的是，南京路上的一家花店送来很大一束白玫瑰。总共三十八朵。

黑色挽幛上写着中文字，欧洲人中只有安东尼娅会长认得这些字：

献给圣歌手并请求宽恕。叶钦文。

· 55 ·

维利·什托克曼上尉到上海来，不是为了把时间浪费在对付那些犹太人上。对他来说，

---

① 原注：赞颂圣母马利亚的祈祷词（歌）。

对付犹太人只是一个次要问题，因为另有一批专家负责"彻底解决"这些犹太人。要是柏林上层决心根据帝国法律，管制这些躲到中国来的德国犹太人，他们就应该派遣专人到中国来，根据本地的混乱状况，因地制宜地采取措施。不管怎么说，上海毕竟不在德国的管辖之下，当地的情况同德国盟国匈牙利、保加利亚和罗马尼亚的情况差不多。这几个国家也有犹太人，但是，对付他们的不是德国人，而是这些国家的当权派。这需要玩弄外交手腕，而维利·什托克曼恰恰没有这方面的才干。只有莫歇能完成这一涉及面很广的复杂任务，因此，他受命来到上海，担任党卫队和盖世太保专家小组的组长，以保证世界另一端的情报工作的安全。

他如愿以偿地在码头上接到了秘密电台侦破小组的全体人员，他们是乘坐神户轮船公司的定期航班从日本抵达上海的。这个小组在日本工作出色，再次证明了德国先进的电子技术比日本人的手工操作更胜一筹。以其"定向测位仪"著称的新的发明，能准确无误地捕捉到秘密电台，不管日本人如何夸夸其谈，实践终归证明，正是这种新技术破获了理查德·佐尔格的"拉姆扎伊"情报小组。剩下的技术工作也已由当地的安全部门完成，这也是不争的事实。现在，上海已被提到日程上来。上海上空的秘密无线电波密如蛛网，十分混乱，美国的、苏联的、英国的、法国的和其他无从分辨国别的秘密电台相互混杂，头绪纷繁。

从东京来的侦破小组拥有成套技术设备，这些设备全都安装在一辆体积不大的白色带篷测位车上。这辆测位车以巨大的"武士道"字符，伪装成了生产颜料、墨汁和绘画材料的日本公司的汽车。车上坐着柏林此前派来的四名无线电侦破专家，另外还有一名司机——来自德军通讯部队的上等兵。装在测位车上的一个金属圆环引人注目，但是，大多数行人并不在意，以为这是日本人在故意显摆！同时，测位车只在夜里开出上海警察局的车库，神不知鬼不觉地停在离市中心很远的黑沉沉的狭窄的街道上，并且不断变更地方，使人很难发现金属圆环在不停地转动。

……最近十来天，测位车上的专家集中精力，搜索城市地图上用红铅笔标出的一个地方——四川路和昆山路的拐角处。这个地方的路口有多条笔直的道路，测位车上的专家仔细标出了这些道路，并在32兆赫短波的地方捕捉到了莫尔斯无线电信号。这些信号既短又快，发完报后一片死寂。白色测位车停在离这里很远的地方，但车上的专家事后亲临现场细察了这个地方，发现周边的多层建筑都是一些宿舍、商务办事处、餐厅、缝衣店、茶馆和商店。莫尔斯无线电信号就是从这些建筑物中发出来的！

具体是哪幢建筑物，这是岩井英一需要搞清楚的问题。他手下的人总是穿着便衣，对这里的居民十分友善。他们在这一带转来转去，向可疑商号的看门人打听，寻找可疑的人员，并且对这一带的居民逐一进行了登记。所有人都被记录在案，所有可疑之处都被排查了十来遍，然而，直到现在，他们的推测没有一个得到证实。

就像过去多次行动所表明的那样，答案总是隐藏在偶然之中。找到答案的不是那些截获无线电信号的大专家，而是一名为"武士道"公司的收报机服务的低级技术员。他叫瓦尔特，瓦尔特·哈贝尔勒，是不来梅莫尔斯学校从前的一个学生，他的专业是轮船的无线电技工。

深夜，当测位车悄悄靠近可疑的几条弄堂时，这个年轻人发现了一个奇怪的现象：每次秘密发报前一分钟，照相馆亮着三串中国字的霓虹灯就会熄灭。发报完毕，霓虹灯马上又亮起来，并且在白天黑夜一直亮着。为了不被专家们耻笑，瓦尔特·哈贝尔勒在对手下次发报时，没有即刻透露他的发现。在被调查的上百个目标中，有一个目标是 AGFA 照相馆对面的一座小房。这座小房夹在众多高楼之间，那儿住着一个岩井英一登记在案的人物："阿尔弗雷德·克赖鲍尔。德国人。可靠。不应怀疑。"

瓦尔特·哈贝尔勒继续观察：发报完毕，三串闪着中国字的霓虹灯又亮起来，于是，他决定透露自己的发现。他还说明，他缠在腰上的一个金属网不是别的东西，正是一个接收天线。这个天线很灵敏，只要照相馆关掉霓虹灯，没有电磁干扰，它就能正常收到信号。

不来梅莫尔斯学校应当为它的这个学生感到自豪！

午夜过后两点十五分，当三串霓虹灯熄灭时，测位车开始捕捉既短又快的莫尔斯信号，岩井英一手下的人则从四面发起进攻。

岩井英一大尉把一辆黑色"欧宝"停在漆黑的弄堂里，熄了车灯，仔细观察这次行动。就像虹口犹太人忙着搬家的那个雨夜一样，轿车的后排座位上坐着维利·什托克曼上尉，他只顾一支接一支地抽烟。

"楼里至少有三个人，"岩井英一先生扭过头来对德国人说，"我命令我的警察在万不得已时才开枪。我想抓活的，就像在东京抓了许多活口一样。"

"对，活人比死人更愿意说话。"

……两个便衣警察在砸开大门，进入照相馆后，争分夺秒地沿着狭窄的楼梯直往上冲。但是，他们刚冲几步就停了下来，贴在墙上，因为当陈秀清销毁了所有物证后，克赖鲍尔就在上面用他九毫米口径的"瓦尔德"式自动手枪放了一枪。说时迟，那时快，克赖鲍尔随即在枪声中喊道：

"放火！快放火！"

陈秀清有些犹豫，瞟了一眼弗拉德克，发现弗拉德克正在猛砸拱形窗子的栅栏。陈秀清接着又瞟了一眼大个子——他正堵在楼梯口不停地射击。

"不，你先跑！"陈秀清喊道。

多处受伤的克赖鲍尔用衬衣捂着血流不止的胳膊，在枪声中大喊大叫：

"听见了吗?！我要你放火，中国猴子！放火，快跑！"

岩井英一手下的人终于爬上了楼梯。但是，照相馆最上一层和天花板，就是那个盖着绿色琉璃瓦的天花板，以及中国式的飞檐，全都被火烧着了。他手下的人透过燃烧的赛璐珞冒出的浓烟，看见地上躺着一具尸体：私家照相馆的上色师、俄罗斯伏特加的崇拜者、不曾受到怀疑的阿尔弗雷德·戈特弗里德·克赖鲍尔。他的太阳穴中了一枪。

除了血迹，警察没有在照相馆发现其他人。显而易见，他们已经从砸碎的拱形窗口钻出去了，躲到阴阴沉沉的中国院子里去了。

在迅速赶来的消防队扑灭了大火后，警察在充满水雾的暗房里到处翻腾，但他们只在显影槽里找到一卷微型胶片。它装在一个暗盒里，而这个暗盒只有一粒黄豆那么大。

· 56 ·

办公室的门猛地打开，两个身着便衣的德国人跟在维利·什托克曼后面闯了进来。他们都拔出手枪，似乎面对着一个机枪连。办公室里只有冯·达姆巴赫的私人秘书，她吓得浑身筛糠。

希尔德站起来，试图显得从容镇定，但她的声音仍在发抖：

"你们有什么事吗？"

"一会儿再说！"什托克曼大声吼道，"我找男爵。"

"我这就去报告……"

"不用，我们已经通过电话。"

他气势汹汹地朝冯·达姆巴赫办公的里屋走去，并在关门之前吩咐两个便衣：

"把这个人看好！"

希尔德站在办公桌后面，脑子里一片空白。一股冷气顺着她的脊背往上直蹿，使她感到浑身冰凉。她心惊胆战，不知如何是好。弗拉德克现在在哪里？她该怎么办？是不是他也遇到了麻烦？盖世太保是不是知道什么情况？也许这是一场误会？

第一道门又被打开，这回进来的是迪特尔。他瞥了一眼希尔德，脸上露出讪笑，又重新把门关上。

两个暗探把守在门口，一声不吭，毫无表情。

过不一会儿，男爵和什托克曼从里面走了出来。一向沉稳的老外交官嘴唇苍白，小胡子由于激动而不住地颤抖。

"布劳恩小姐，但愿这是一场令人不愉快的误会，不过，请您别动，我奉命进行搜查。"

"我想问问……"希尔德一张口，上尉马上就把她打断了：

"要问的是我们，住嘴！"

他向两个便衣点了点头，他们便开始搜查：抽屉、沙发、办公桌、窗棂，所有地方都看得很仔细，没有哪个文件夹、哪样东西不被翻腾。他们显然不是来自政治部门，而是德国刑事警察的两个老手。他们手脚麻利。

"把保险柜钥匙交出来！"什托克曼命令道。

希尔德一惊，向男爵投去询问的一瞥。男爵点了点头：

"给他们。"

她从脖子上取下钥匙链，上面垂着一把结结实实的钥匙。这把钥匙此前一直掖在她的上衣里。她迟迟疑疑地交出钥匙，好像交出了一只她可以用来自杀的手枪。她本来还抱有一线希望，以为他们没有掌握任何证据，认为那些文件是在飞机上或机场上由其他可以接触文件的人翻拍的。这把保险柜钥匙维系着她的生死！

从保险柜里取出的文件夹被仔仔细细翻查了一遍，又被放回原处。暗探开始检查装过糖果的纸盒子。

冯·达姆巴赫仍然站在他敞开的办公室门边，脸色灰白，摆出一副受了委屈的正人君子的样子。

"完了！这下完了！"希尔德简直不敢想像下一步又会怎样。她曾不止一次地思考过遭遇失败时的情景。她不是傻瓜，不会想不到这一点。尽管失败可以避免，同死亡并不一样，但两者毕竟还是有一些共同之处。她知道，命运使她随时有遭受失败的危险，但她不愿在这方面多想。这是人的天性使然。

盖世太保的暗探把纸盒里的所有东西都倒在办公桌上：曲别针、橡皮、橡皮筋、大头针、胶水软管。全是些办公用品，并无别的东西。希尔德自己也感到莫名其妙：打火机昨天还在纸盒里，毫无疑问是在纸盒里，她昨天还亲自装上了微型胶卷！

"机器在哪里？"什托克曼问。

"什么机器？"

"别装蒜！照相机！"

"我不明白您的话……"

"你很快就会明白的，很快！把她带走……"什托克曼然后又对冯·达姆巴赫说："男爵先生，对不起，打扰啦。您不相信，但很快就会水落石出！"

男爵略微点了点头。

迪特尔把车停在英国公园的入口处。公园围着高高的铁栅栏，敞着的大门顶端装饰着镀金的英国皇冠图案。这道门要到晚上才上锁，以防小偷、醉鬼和无家可归者闯入。这个公园作为聚会和休憩之地，一向得到精心维护，堪与欧洲的皇家公园媲美。每天傍晚，奥托马尔·冯·达姆巴赫下班后，如果没有特别的事情，他总是同夫人一起，遵循家族的传统，到这儿来散步一个小时。这是天黑以前安安静静的一个小时。

"谢谢你，迪特尔，一小时后还是在这里等我们。"

"明白，男爵先生。"

这个公园确实壮观。异木森森，矮丛葳葳，芳草萋萋。平静的湖水中耸立着从中国远方运来的太湖石砌成的重峦迭嶂，山上还有一座精致的小庙。

夫妻两人沿着红色碎石铺成的林荫道默默走着，时不时向上海上流社会的熟人点头打着招呼。最近，由于许多美国人和英国人被驱逐出境，这儿的外国人显著减少。

走着走着，格特鲁德·冯·达姆巴赫男爵夫人瞅着被她的皮鞋踢起来的碎石块，突然说道：

"我真舍不得她……可怜的姑娘！你觉得她能出来吗?"

"未必能够出来。那些人抓住了什么把柄。"

"大概她的男朋友，那个瑞士人也要受罪。"

"这说不好。"

"她为什么要干这种事呢?"

男爵沉默了一会儿才说:

"说不定她有她的理由。据我所知，她不是一个头脑简单的姑娘，也不是为了钱。肯定她有她的理由，我们不知道的理由……也许为了爱情……要是那个瑞士年轻人也是一个……要不然……不，不，我不知道，我根本就不知道。我也不想猜测。"

"你不能帮帮她吗?"

"不，我怕。"

他们站在一座桥上。这是上海人散步的好地方——外白渡桥。

男爵夫人靠在栏杆上，两眼盯着浑浊的河水，看着它流向广阔无垠的海洋。

"可怜的姑娘……"她又冒出这么一句。

男爵的嘴上叼着一支没有点燃的雪茄烟。他看了看四周，在英国制作的夹层风雨衣的口袋里摸了摸，取出一个打火机。打火机咔嚓一声冒出了火苗。他关了打火机，把它在手里摩挲了一会儿，又若有所思地瞅了瞅打火机旁边的玻璃珠，然后把它扔到河里。

铁桥很高，谁也听不见打火机掉进深不见底的咖啡色河水时的扑通声。

· 57 ·

这里是"红衣主教路"342号。离天亮还有很长一段时间，巴萨特家园子的铁大门就"砰砰砰"地响了起来。接着又响了一下，再响一下。这道旁门开在巴萨特家园子和一道简陋的砖墙之间，而这道砖墙围着巴萨特家存放东西的一个大杂院。先前，每天早晨都有小贩推着两轮小车，把蔬菜、面包和肉类径直送进院子，因为院子里有一道门直通厨房。

来人终于透过大门的缝隙看见了马灯的亮光，听见了老园工武老姜的声音：

"谁在敲门？"

"大伯，我是秦兰科，你还记得吗？秦木匠……秦阳的儿子，他给你打过一个神龛。"

再往下，老汉不吭声了。连他自己也搞不清楚，他是在回忆这个人呢还是在怀疑这个人。隔了好一阵，他才满腹狐疑地问道：

"你说你是兰科？……兰科早就出了远门。"

"就是我。我回来啦。"

"你就是那个疯子兰科？"

"是我，武大伯。脸上有个疤。你儿子的朋友。"

"天哪！"老汉长叹一声，一把抓住铁门闩。

……抗日战争爆发后，秦兰科和武老姜的两个儿子一起留在上海，打算继承父业。一天夜里，他们决定离开这座城市，要去当兵。这是在啥时候呢？五年前、六年前还是七年前？老年人忘性大，记不清具体时间。人到老年就是糊涂，忘了昨天的事情，记得今天的事情，有时候又把今天的事情当成昨天的事情！武老姜只是清楚地记得，有一天，日本飞机撂下的炸弹正好落在木匠的房顶上，秦阳被炸死了，而他老婆，也就是秦兰科的母亲，也被炸死了。武老姜在取得女主人巴萨特太太的同意后，把年轻人秦兰科收留了下来，帮助照看他的两个儿子。小疯子秦兰科经常跟弄堂里的年轻人打架，有一次，双方打红了眼，他脸上就被划开一个口子。武老姜怒气冲冲地训斥这群疯子，不过他也费尽心思为秦兰科医治刀伤。老园工在这方面很有一套办法。

这群疯子没有在上海待太长的时间，日本军舰靠岸后，日军一进城，三个孩子就决定逃走，上前线打日本人。武老姜不会原谅他们再次发疯。他知道，这次逃跑不是他儿子的主意，一定是秦兰科出了坏点子！可是现在，在相隔那么多年以后，他竟又找上门来！

武老姜眼睛不好，夜里看不清东西，就是戴上那副眼镜——戴上那副骨架眼镜也无济于事。他提着马灯走到秦兰科的跟前，仔细端详了一番。秦兰科长大了，成了一条壮汉，要是脸上没有那道伤疤，可以说长得很帅。这道伤疤从眼睛一直拖到嘴唇。武老姜从他的肩膀上看过去，还发现那个光着上半身的车夫。这是一辆带篷的黄包车，黑暗中，他似乎觉得车上坐着一位客人。

"你不是一个人吧？"

"武大伯，我还有一个同志。能把车推进去吗？过后再向你解释。"

"既是跟你一起来的，就把车推进去吧。"

木板床上只铺了一张席子，上面躺着黄包车拉来的客人——《中国每日邮报》的记者陈秀清。他伤得很重，大腿骨已经脱位，脚掌上还有很大一个紫红色的肿块，可能是骨折。武老姜用白酒把一把园艺刀擦了又擦，然后在陈秀清的大腿部划开两道口子，把一颗子弹取了出来。他挤了脓，再用白酒为伤口消毒，最后在伤口上撒上草药研磨的粉末。老园工确实医术高明！

"是谁向你开枪？肉都烂到了骨头，真糟糕……脚上也不妙！"老汉小心翼翼地用布条包好伤口，抬起头来，眼睛里流露出惊讶的神色："你该不是干了坏事吧？偷了东西吧?！我知道，你也是一个疯子！"

伤者的额头上冒出细细的汗珠。他大概很疼，因而紧闭着嘴，免得叫出声来。秦兰科盯着伤者，忧心忡忡地说：

"我不疯，武大伯，早就不再是疯子。只是我过去名声不好，就像我脸上的伤疤一样，这是抹不掉的……是日本警察把他打伤的。"

"日本警察？为啥？啥时候？"

"两个星期了，大概就这么长时间……"

"两个星期?! 咋能拖这么长时间——两个星期! 现在才想起来治治!"

"我们本来想把他送出城去，可是不行。到处都是警察，我们只好返回。我们想用担架把他抬出城去，可是刚走几步就返回来了。我过后再向你解释，现在没有时间。"秦兰科下意识地瞅了一眼静悄悄坐在屋角上的瘦瘦的苦力。

老园工也把车夫瞅了一眼。屋里的光线好一点，他看得出来，这个苦力同南京路上那些苦力不一样：眼睛就不一样! 区别就在那双眼睛。多数苦力的眼睛没有精神，没有表情，死死板板，疲惫中透出狡猾。这个车夫的眼睛生动、清亮、深沉，左顾右盼，令人费解。这说明，这个人知书达礼，大概是个教员，总之是个读书人，同传统的车夫不一样。

"他不是拉车的!"老汉想，"绝不是拉车的。整个这件事很不简单!"老汉这么想着，突然提出一个问题，而又害怕对方回答这个问题：

"我儿子咋样? 还活着吗? 你有没有看见他们?"

"我见过他们中间的一个，只见过一个，他很好，还向你问好。就是老大秋安，他向你问好，还托我找你……他说：要是你有啥事，就找我老爸，转达我的问候。我懂我老爸，他不会不理你……"

老汉斜眼看了一下秦兰科，顿生疑虑：

"这是他跟你说的吗? 老二又说些啥?"

"我没有见过他，他在另一支军队里服役，在蒋介石那里。"

武老姜打了一个寒战：

"要是这样，我就信你。就是说，秋安在毛泽东那里?"

"是呀，他在毛泽东那里。"

"咋是这样? 我的一个儿子跟着蒋介石跑，另一个儿子跟着毛泽东跑! 两边对打!"

"真是这样，对打! 武大伯，中国的事情就是这样。兄弟互相残杀，而日本人两边都打。不管咋说，事情就是这样……"

他看了一下手表，又瞅了一眼闷声不响的车夫：

"趁天没亮，我们走吧……"

"你咋走? 伤员不能走!"

"他是不能走。不过我想，就让他在武大伯这里留……留一段时间。"

老汉没有料到秦兰科会来这么一手。

"留在我这里?! 把一个被日本人打伤又不认识的人留在我这里? 要留多长时间?"

"就留……留到他伤好为止，伤好为止……"

"这就是说，要留很长时间。"

秦兰科，疯子秦兰科今天头一回笑了，把脸上的伤疤都笑歪了。

"不长，大伯，真的不长! 战争就要结束，那时我们就把他送进医院，送进国家的大医院。谢谢你留他……"

"我说留他了吗?" 武老姜问道，怫然变色，"你连问都不先问我一声! ……"

"对对对，我这就问：武大伯，你想留这个在街上受了伤的人吗？一个好人，大好人……你想把他撂给日本人吗？我问你，你说呀……"

老汉不言语了。他想了想，用手指梳了梳花白的头发，又用手掌捋了捋像古代官员那样又长又稀的胡须，最后怒容满面地说：

"好吧，好吧！你们这些人不请自来，要这要那，就像在自己家里一样！好吧，就当我啥也没说。……我这就给他沏茶，压压惊，好睡觉。我有草药……要是你看见我大儿子秋安，你就给我带个好。你就对他说，别用他的枪打我的小儿子柳安。你就说，这是他老子说的！"

· 58 ·

一辆带篷的黄包车停在码头附近，这儿是一个渔港，水上漂浮着数以百计的木船。这些木船一条挨着一条，好像紧紧贴在一起，相互取暖，以抵御黄浦江岸边潮湿的夜晚的风寒。这种由许多木船构成的水上街市，就像一个可以游动的怪物的脊梁，而上海这座大城市的黄浦江口，不止一个这样的街市。这里的人们就在船上生，船上长，船上爱，船上死，一代代的居民对生活没有任何别的企求，只希望能像祖祖辈辈那样传宗接代。

早起的女人有的洗衣服，把脏水倒进江里，有的蹲在刚刚点着的炉子旁边开始煮饭，还有人大声打着呵欠，为孩子洗脸。新的一天开始了，平平常常的一天，受苦受难的一天，浑浑噩噩的一天。

"疯子"秦兰科走下黄包车，环顾四周，不断打着口哨。这时，躲在无数鱼筐中间的弗拉德克钻了出来。

那个车夫，或者说那个扮演车夫的同伴，领着他们踩着船桥，从一条船上转到另一条船上，一直走到涛声盈耳的开阔的江水边。那儿系着一条哗啦哗啦来回摆动的大渔船，渔民就是驾着这样的木船到公海上追逐鱼群。

秦兰科和车夫躲到一边，嘀咕了好半天才握手告别。兰科向船主招了招手，第一个跳到船上，弗拉德克接着也跳了上去。

过了一会儿，渔船的发动机噗噗噗响了起来。车夫向他们挥了挥手，还没有等渔船开走，就沿着来路返回去了。

渔船的龙骨上搭了一个木棚，驾船的是个打着赤脚、沉默寡言的渔民，外貌很像朝鲜人。渔船一到公海，这个渔民就用他粗壮有力的双手，娴熟地扯起一张很大的黑色风帆。这张风帆就像蝙蝠或者蝴蝶的半边翅膀，也像一把巨大的女式扇的扇面。这条渔船混杂在其他扬着各色风帆的渔船当中，它们离开拥挤的大城市的码头，朝着不同的方向驶往辽阔的地平线。就像驶向大海的渔船一样，浑浊的黄浦江水在流入大海后，也融入了干净的海水。

早晨，这是捕鱼的好时光。

渔船离长江河岸越来越远，而在西边，上海其大无朋的侧影愈来愈模糊，渐渐隐没在晨雾之中。

大海深处，波澜不惊，就像牡蛎张开贝壳露出的珠母那般鲜亮。蓝色的海水在不知不觉中，被涂上一抹玫瑰色的柔和光泽，天空中漂浮着朵朵白云。

弗拉德克坐在船尾一方席片上，这方席片破旧肮脏，散发着臭鱼味和腐烂的海藻味。他坐着，抽着烟，一声不吭，愁眉苦脸。这次失败是致命的。继东京"拉姆扎伊"小组被粉碎后，上海小组也遭遇到同样的灾难！克赖鲍尔自杀了。这个懒洋洋的、嗜酒如命的萨克管演奏者为了拯救同志，向自己开了一枪。陈秀清不见踪影。弗拉德克必须逃跑。如果要说上海事件同东京事件有什么不同，那就是上海除了AGFA照相馆被捣毁外，并没有一人被捕。这就是说，不会有人被出卖。谁也不是钢铁铸成，必须永远记住这一点。在被梅机关抓获的人中，不止一个两个在严刑拷打下，供出了其他同志、联系方式和地址。

他甚至不能给希尔德打电话。他要特别小心。毫无疑问，警察局的那帮人会偷听电话，找到那条已经断了的线索。

希尔德！他一直不放心希尔德。他心中油然而生一种莫名的恐惧——她有没有躲藏起来，毁掉所有物证？十多天已经过去，在这段时间里，她应当察觉到发生了什么事情，知道自己面临死亡的威胁。但愿她不要找他，能够意识到不能找他！也许，这是他过于小心。男爵肯定已经知道这件事，那么，希尔德也应当知道这件事。

真倒霉，在巴黎失散之后，他又第二次失踪，连电话也不能打！要是警察对他的失踪产生兴趣，他们肯定会去找她。

是呀，无论是盖世太保还是梅机关都很清楚，他那天去过照相馆，因此，他们不会不发现他已突然消失。他们已经知道什么？还可能知道什么？要是她遇到什么不测，那就是他的不测。只能是他的不测！是他让她参加了这场玩火的危险游戏！另一方面，整个世界都在同纳粹进行殊死的斗争，每一场战斗都会有人献出宝贵的生命。这是谁的过错？在这场残酷的战斗中，谁对谁错？

这是一些还没有答案的无聊的问题。也可能有成百上千种答案。但愿希尔德与此无关，但愿她不会喝下这杯苦水！

弗拉德克在离开雄伟的长江口时，思绪万千。地平线还在远方，他总有一天会重新找到回到失去的祖国的道路。

但是，他永远也不会再看到上海。

· 59 ·

当朝鲜人的木船载着乘客驶离海岸时，一艘日本"川崎丸"号巨轮在离它大约一海里的地方拉响三声汽笛，慢慢驶进黄浦江。在许多早起的乘客中，一名身材矮小，戴着厚厚圆眼镜的乘客靠在栏杆上，急不可耐地等着回到上海。他就是医疗队的头目小仓广。

一小时后，小仓广走出码头，雇了一辆黄包车，奔向"临桥公馆"——Bridge House——梅机关的上海分部。

……岩井英一大尉觉得，这些日子真是痛快，硕果累累。用这样的语言来形容同盖世太保和党卫队朋友们卓有成效的合作，确实恰如其分。岩井先生对已完成的工作心满意足，而什托克曼上尉却怒火中烧。因为在德国，你可以在无人知晓的情况下，一夜抓捕两万人，并把他们驱逐出境，可是在上海，那些报纸第二天就大肆渲染 AGFA 照相馆惊人的一幕，还配发了花边新闻，把被捕的希尔德·布劳恩的地位和作用描绘得活灵活现。"又一个玛塔·哈丽①！"有些小报这样炒作。在上海，每一个编辑部都可以花上一百美元，从政治人物那儿买到耸人听闻的消息，就连日本人也对这种腐败现象毫不讳言！报纸的大声嚷嚷使得许多秘密电台收起了天线，就像蜗牛缩回触角，把自己隐藏起来一样。德国人说：Einmal ist Keinmal，意思是"一次不算数"。然而，对日本人来说，一次也算数。他们为自己这次的成绩沾沾自喜，不愿好好想想，牙齿咬了舌头，舌头该有多疼！谁也不能否认，他们附带干掉了三家电台，但是，正如俗话所说，他们本想捕虎却只杀死了一只小猫！这是因为，在他们捣毁的三家秘密电台中，一家明码电台竟然因违反规定用密码发报而倒了大霉，而它的收报人却是东京的一些商社，这些商社很重视搜集其他公司的商业秘密，特别是大米和锡的价格、上海商品市场的走势等。另外两家电台是技术学院的大学生们业余开办的，他们只想通过这些电台交流情况，现在却被抓了起来，挨了两个耳光，甚至还会象征性地受到审判。

---

① 玛塔·哈丽（1876—1917），原名玛嘉蕾莎·泽利，荷兰人，最初为德国服务的双重美女间谍。

　　那天，"武士道"公司的测位车正在打瞌睡，就跟一个急于钓到大鱼，而又对无鱼上钩感到失望的垂钓者一样。然而就在这时，一个正在搜寻的信号突然出现了。测位车迅速作出反应，什托克曼上尉也马上振作起来。测位车上有人赶快拿起铅笔，在地图上画出新的线条，标上秘密电台的参数。这天晚些时候，这家电台再次发送密码，搞得测位车上的人一个个心里发痒。这家电台并没有像其他电台那样，被吓得不敢张口说话。它坚持发报，可能有两方面的原因：第一，它没有收到通报，不知道最近发生的事情；要不就像野公鸡那样，一心陶醉于自个儿打鸣。第二，最不可思议的是，这个信号发自虹口小小的范围，而不是发自上海中心城区。在虹口这个贫民窟，人们根本就不听广播。他们或者没有收音机，或者压根儿就不知道"收音机"这个词是什么意思。

　　4月4日清晨，天刚蒙蒙亮，钢铁构件厂还像梦中那样安静，几个老头就早早起床，不顾禁令，直接在工厂院子里撒尿。他们一边撒尿，一边观察四周，突然发现一辆白色汽车在昏暗的光线中，悄然停在行政楼和装配车间之间。几分钟后，百十来个穿着制服的人冲进院子。几个老头分不清这是警察还是军人，也分不清他们是中国人还是日本人。他们只知道一点：事情不妙。

　　长官一声令下，冲进院子的警察或军人很快就包围了水塔。

　　几个胆大的日本人试图沿着早就不用的铁梯爬上去，但上面有人用左轮手枪向他们射击。显然，不能靠冲锋拿下水塔。上面的防守者能够避开枪弹。

不到半个小时，战斗就出人意料地迅速结束，这比极不信任日本人的什托克曼上尉预计的时间要短得多。原来，在离这儿不远的地方，在通往内城的外白渡桥地区，日本人部署了一支防空高炮部队，就是这些炮兵迅速解决了战斗。一门高炮被拖到钢铁构件厂，连发三发炮弹，把水塔的顶部轰成了一个丘墟。住在水塔上的是两个蠢货——长笛手西蒙·齐纳尔和天体物理学家、制售粢饭团的马库斯·阿龙松。当然，警察头子要抓活口的奇思妙想未能实现，但是，不管这台发报机是在为谁服务，它终归变成了一个哑巴。

迟迟赶来的合屋长官一向肯为梅机关效力，他准确无误地报告了住在上面的两个人的情况。他指望能分得一点荣誉，因而报告说，他一直就在怀疑这两个人！不过，日本人和德国人实在太忙，他们还有许多操心的事情，哪里顾得上这个"犹太之王"、德国学家、日本最熟悉欧洲事务的人、翻译过《我的奋斗》的人。

只有一个人猜到这是怎么回事，他就是躺在老长工武老姜白房子里，连日发着高烧的那个伤员。原因很简单：早在俄罗斯浴池里，陈秀清就曾经预言，美国使团的斯梅德利少校在离开上海之前，一定会留下可靠的人为他家花园浇水。

· 60 ·

岩井英一大尉听说帝国医疗队的一位头目要来拜访他，大为吃惊。而当郁郁寡欢的小仓广告诉他这次拜访的目的时，他更是瞠目结舌：想探视的是被捕的希尔德·布劳恩。

岩井先生很有礼貌地请身材矮小、戴着一副厚厚的圆眼镜的小仓广坐下，同时递上一支烟。

"对不起，您从哪儿知道这位小姐被捕了，而且还是关在我们这里？"

"许多报纸报道了这件事，我还在朝鲜时就从报纸上知道了。我是光州军医院的主治医师……布劳恩小姐是我的老相识，我们早就认识，关系密切……要是您准许探视，我将万分感激。"

岩井大尉在一根细管上卷着一张纸，两次好奇地瞅瞅这位表情凝重的小仓广，最后说道：

"首先，侦查还没有结束，同外界的任何接触都是不妥当的。第二，您想过没有，违规会见这样一个人，有损您的前程和军官荣誉？一个日本军人同敌方的间谍保持联系！"

"是呀，我读过玛塔·哈丽的故事。岩井先生，我没有惧怕的理由。我这次会见是私人性质……完全是私人性质的会见……"

岩井的眼睛里露出笑意：

"是一出爱情短剧吧？"

"这就与您无关，确实与您无关……"

"所有问题都同我有关，任何一件小事都同我有关，就连她使用什么牌子的唇膏，我也有权过问，就连她同谁一起进过'天安'餐厅，吃些什么，我也有权过问。……与此同时，不知您知不知道她有一个情人？他就是最近失踪的一个记者，冒牌的瑞士人。"

有那么一瞬间，小仓医生突然感到钝痛，心里空落落的。他即刻意识到，他对一个尚未结婚，还有自由选择权利的女人产生了醋意。真是愚蠢。两人只不过是相互认识，而且早在巴黎时就作为朋友分手了……但是，这是一种无法控制的感情，一种说不清道不明的感情！他不曾指望她像一个日本寡妇那样，一辈子为他穿着丧服，留在巴黎苦熬日子。小仓广意识到这一点，但是，意识和感情是不同的两回事。最后，他认认真真地说：

"对不起，如果规定确实严格……怎么说呢……牵涉到侦查这样机密的问题……不过，布劳恩小姐真的在为哪家间谍机构服务吗？"

"到现在为止，她什么也没有承认，我们只掌握了一些间接证据。更多的情况，我不便对您说。"

"要是一个日本军官的话还有一定的分量，我愿意为她担保。不管你们怎么想，怎么怀疑她，我都觉得她是一个光明正大的人，不会犯罪。"

"毫无疑问，您可以这样认为……一切都取决于站在哪种立场上看问题。谁犯罪，谁没有犯罪，不同的立场有不同的标准。我尊重您的感情，但我胆小，不能帮这个忙……"

于是，垂头丧气的小仓做了一件在其他任何情况下都不会做的事情。他在做这件事之前，并没有经过深思熟虑，完全出于一时的冲动。他把手伸进军服里层的口袋，摸出一个钱包，在大尉的办公桌上点了一千美元。

"就算我求您啦，只一会儿，五分钟！"

岩井惊讶地瞅他一眼：小仓大夫完全被这个女人迷住了，竟愿意为这么短时间的探视出这么高的价钱！他不慌不忙地数完钱，把钱收起来，叹了一口气说：

"好吧，您可不要后悔……你是一个医生，见多识广，不过，但愿你不要后悔……对不起，请把枪留在这里。"

囚室设在地下室里。要到地下室去，必须穿过后院。岩井和小仓跟在监视长后面，沿着砖砌的楼梯走到地下室。在监视长用钥匙接连打开两道门后，前面就出现了一条拱形走廊。走廊上只亮着两个昏暗的光溜溜的灯泡。在岩井和小仓走过走廊后，监视长就细心锁好身后的铁栅门。小仓广大夫曾经在富裕的父母的关照下，把许多时间和金钱花在新英格兰和巴黎亮丽的名牌大学里，从来没有见过眼前这样可怕的景象。这是一个他不认识的黑暗的地下世界。在一间间宽大的囚室里，几十个不知犯了什么罪的囚徒直接坐在潮湿的石板地面上，背靠墙壁，两手抱着后脑勺。他们犯的当然不是盗窃罪，因为梅机关是个政治警察机关。日本监视员在走廊上无精打采地走来走去，察看这些囚徒，如果有谁敢把手放下来，他就凶神恶煞地用钥匙敲敲铁栅门。

希尔德被关在最边上一个囚室里。这是一个单间，囚室只靠走廊上的灯泡照明。她坐在几块大石板上，好像对小仓广大夫晃了晃脑袋，然后低声哼起了什么歌子。

视力不好的小仓大夫慢慢适应了昏暗的光线。这倒也好。他对黑暗的恐惧渐渐消失了，开始严肃对待眼前的现实问题。

希尔德看见了他们。她试图搜索自己的回忆，然后笑了笑。她的右脸变成了一个大肿块，右眼紧闭着，而当她想笑时，这只眼睛就现出了一个大窟窿。她这边的牙齿也被打掉了。她的头发被一把把地揪了下来，头上留下多处伤痕——一块块头皮被撕掉了。

"你们怎么能这样对她？"小仓广愤怒地低声说道。

"我提醒过你，她很难看。但是，我们所做的一切，都是为了日本！"大尉冷冰冰地回应道。

希尔德继续晃着脑袋，用她仅有的一只眼睛瞅着这两个日本军人。

"希尔德小姐，还认识我吗？"大夫揪心地问道。

她默默地点了点头，没有一点高兴的样子。这次会面没有使她的情绪发生任何变化。看来，她对一切都无动于衷。

"我能帮您做点什么呢？我给您送点暖和的衣服和药品来，希望您不要拒绝……您还需要什么吗？"

她摇头表示拒绝。

过了一会儿，她似乎想起了什么，突然用法语说道：

"小仓先生……我感觉到一股白色的风，请您别为我操心……"

大尉高声打断了她的话：

"请您讲德语或者英语！"

她仿佛没有听见，继续用法语说道：

"要是您想为我做点什么……对不起，我说话困难，希望您能理解。"

大尉又叫起来：

"要是您再讲法语，我就停止探视。"

她轻蔑地挥了挥手。只是现在，小仓才看见她的十个指头血迹斑斑，指甲全都不见了。

"小仓先生，请您去一趟虹口……您懂我的话吗？"

"我懂，虹口。"他低声回答。

"找到牧师。那儿有牧师。就对他说，我是一个犹太人，请他们把我葬在犹太难民公墓里——要是他们愿意的话。"

"时间到了，够啦，该画句号了！"大尉吼叫得更加厉害。

她想笑，然后突然用德语说道：

"我已经画上了句号，畜生！"

帝国医疗队的小仓广低声抽泣起来，任凭泪水顺着面颊流淌。

五天后，小仓广大夫又把五千美元拍在岩井大尉的办公桌上，以此换取希尔德·布劳恩的遗体。

就像希尔德死前要求的那样，奴仆莱奥·莱文按照风俗，为死者做了安魂祈祷，用黏土把她的遗体埋葬在虹口河边的犹太难民公墓。当时在场的除了日本大尉，就只有牧师和其他三位犹太教徒——他们负责为死者精心净身，并把她的遗体裹在白色殓衣里。谁也没有看见也无从知道梅机关对她下了怎样的毒手，因为犹太人的棺材是钉死了的，谁也无权看到死人的面容。"应当让活着的人看看，"牧师在照本宣科地做安魂祈祷时随口说出这么一句，"有时候应当让活着的人看看，为的是让大家知道并且记住这种暴行！"

谁也不知道她的犹太名字。任何地方都没有出现过这样的名字。也不知道她的出生时间和地点，因为有关她的材料全都封存在梅机关里。因此，在小仓广为她订购的白色墓碑上，按照日本军官的要求，石匠只在大卫①之星下面镌刻了这样的文字：

希尔德·布劳恩
远方吹来的白色的风

·61·

德国专家曾经提醒冯·达姆巴赫男爵说，经济灾难即将来临。事实果真如此。这场危机的表征是货币贬值：不到一个月，上海六元兑换一美元的固定汇率下降了一千倍，买一个鸡蛋要一千元，只多不少。

尽管蒋介石控制的中国经济相对独立，但是，陪都重庆

---

① 大卫（前11世纪—前962），古以色列国第二代国王，在公元前1000年左右建立统一的以色列王国，定都耶布斯城（今耶路撒冷）。

同上海有着千丝万缕的联系，而在这次经济衰退中，很难说谁对谁影响更大。国统区开始从民间收购"爱国"黄金，并用纸币取而代之。这种纸币被称为"金圆券"。结果，黄金储备大大减少，一美元在国统区可以兑换两千万"金圆券"。

如果说上海仅仅发生了经济灾难，那么，虹口出现的就是全面的社会悲剧。失业率节节攀升，安东尼娅会长疲于奔命。她为穷人开办的食堂捉襟见肘，难以为继。她的很少一点点粮食不够供应几百名"骨头架子"——修补通往龙华的破损公路的犹太人。应当说，这些犹太人大多技术熟练，因为他们曾经在达豪集中营修过公路。

西穆德·曼德尔教授经常饿着肚子做手术，累得腰都直不起来。那天早晨，当医院的药品消耗殆尽，就连绷带和碘酒也统统用光时，他简直变得骨弱筋柔。

城里充满了绝望的气氛。

诚然，欧洲战场传来了好消息，但是，这些消息对虹口隔都艰难的生活毫无影响，更何况有些消息还没有得到证实，比如说意大利投降了，红军正向第三帝国的边界迅猛推进，英美联军占领了马绍尔群岛和菲律宾，冲绳已成为惊弓之鸟，等等。

正是在这种经济大萧条的日子里，特奥多尔·魏斯贝格的"交响乐团"却越发显得活跃，这听起来犹如痴人说梦。小提琴演奏家已经无可挽回地失去了一切，从伊丽莎白到最后一点生活勇气。于是，他全身心投入了音乐世界，想以这种方式得到自救。乐队的组织者和灵魂西蒙·齐纳尔已经不在人世——住在水塔上的两个人已被炸成碎块，他们的肢体也已被日本阿尔卑斯登山妄想者拉走。不过，要把乐队组织起来也不太难，因为大多数乐师终日无所事事，他们自己就在不断打听：什么时候集中到寺庙，或者说犹太教堂排练？

乐师们都吃不饱，因为安东尼娅会长只能为他们提供一碗稀饭或者一勺豌豆汤。

就在大家都觉得希望渺茫，走投无路的时候，在一个阳光灿烂的日子，乐队成员发生了小小的也可以说是令人捧腹的变化，这同正规的交响乐队大相径庭——修女管弦乐队兴趣盎然地参加进来了。特奥多尔·魏斯贝格指挥这个混合乐队，在钢铁构件厂演奏了《蓝色多瑙河圆舞曲》。虽说效果不算最佳，但是，谁也不太在乎修女们的演奏。几百个姑娘在钢铁构件厂高低不平的院子里跳起了华尔兹，就像参加维也纳歌剧院春季舞会那样。

1945 年 5 月 9 日。欧洲战争结束。

曾经用《蓝色多瑙河》迎来欧洲犹太人的卡尔美里特修会会士们，现在又准备再用《蓝色多瑙河》欢送他们返回遥远的故土。

大家笑逐颜开，他们盼望已久的这一天终于来到了，这场世界灾难永远结束了。年轻人和老年人都热情奔放地跳起舞来，孩子们也为能够早日回家欢呼雀跃。

然而，就在这个时候，新的悲剧发生了。在人们的记忆里，这是最恐怖的一天。遮天蔽日的飞机对上海进行了地毯式的轰炸。

"日本人！"有人大声喊叫，"快藏起来！"

人们东躲西藏，惊恐万状。大家只有一个想法：在西方，在欧洲，在德国投降以后，日本人要向全世界显示，他们仍然牢牢控制着这里的局势。然而，他们为什么要轰炸正是他们掌控的上海呢？

四处躲避的人们想错了，这不是日本飞机。

这是从美国刚刚占领的冲绳起飞的"空中堡垒"，它们一波接一波地试图炸毁上海。

整个南京路被深深割了一刀。一座座大楼就像电影里那样纷纷倒塌，餐厅和饭店的客房、厨房和所有内部设施全被炸毁，一片狼藉。

人们冒着浓烟和大火，在倒塌的房屋之间，在震耳欲聋的轰炸声中拼命奔跑。他们跑呀，跑呀，一批接一批地跑呀，跑呀，却丝毫听不见日本防空炮火的声音。

不知美军飞行员怎么有这么大的火气，也不知他们的指挥官怎么就这样笨拙，竟然把炸弹投在虹口，投在隔都的中心，投在内城！

人口稠密的街区被炸开了锅，木块、瓦片撒野似地四处横飞，空中布满烟尘、沙石，孩子们号啕大哭。一群群美军飞机声震九霄。它们飞得很低，有时甚至能看清机上的标识。几分钟前还随着《蓝色多瑙河》翩翩起舞的人们，现在全都惊恐失色、目瞪口呆：美国人怎么可以轰炸对他们寄予厚望的大人小孩！

奴仆莱奥·莱文即兴改造的犹太教堂，先前已被日本飞机炸过一回，他现在爬到教堂顶上，对天大骂：

"臭小子！蠢货！你们没有看见炸弹掉在哪里吗?! 哎，坏家伙，你们听见没有？"

这些坏家伙当然没有听见。谁也无法在空中看见一个披头散发的小人物站在教堂的房顶上，向他们不断挥舞拳头……

几十个人被炸死了。浑身是血的曼德尔教授挽起袖子，抢救伤员。许多犹太人和修女充当了志愿者，尽力帮他救死扶伤。由于没有纱布，没有包扎用的绷带，他们只好撕了许多床单和衬衫，还从被炸毁的商店里搬来一些白酒和啤酒，用它们代替碘酒和蒸馏水。

就在这时，帝国医疗队的小仓大夫突然出现在教授面前。

"我来帮点忙。"他简单说了这么一句，就脱下了他的军装。

"好啊，谢谢您……不过，在这个没有利凡诺①、碘酒、纱布、绷带、注射器、酒精、肾上腺素的地狱里，您能帮什么忙呢？"绝望的曼德尔教授这样说道。

"这我知道，你们的牧师已经告诉我啦。就会有的，就会有的……"

———————

① 利凡诺，创伤用药。

隔不一会儿，一辆红十字会的急救车停在临时改为医院的虹口小学门前，车上还有英文和日文标识"上海军医院"。两名日本卫生员把一箱箱药品和医疗器材搬到车下，其数量之多，是教授几年来做梦也没有想到的。

……接着是死一般的沉寂。今天是 5 月 9 日。西沉的太阳被上海灼热的烟尘遮住了。在这两个男人中，一人因犹太家庭出身而被开除公职，一人因善良家庭出身而来到虹口。他们不顾浑身是血，继续挽救人的生命。

仍以约瑟夫·海顿的第 45 号交响曲暨《告别交响曲》结尾

Adagio（柔板）

5 月的那个日子已经过去几个月了。上海人清理了废墟。

这一回，修女们没有在码头上奏响华尔兹舞曲，因为她们大约一半的乐器飞到天上去了。现在，她们的乐谱挂在江边大树的电线上——高音喇叭不断送来欢送的话语；她们的乐谱也绑在腿上——犹太人的双脚在趸船上踏出响亮的声音。再说，在一片哭声中，过去那些乐器也派不上用场，以致安东尼娅会长实在拿这些犹太人没有办法，气呼呼地说："哭吧，哭吧，你们就哭个够吧！"

其实，她也在流泪，流着泪同牧师拥抱。这个狡猾的莱奥·莱文在分别的时候，才把在玩该死的扑克牌时欠她的钱还给她，而她只顾流泪，竟忘了还要找他一些零钱。

人们陆续踏着船梯，登上一艘远洋巨轮。这是第六艘巨轮，是开往欧洲的最后一班轮船。

特奥多尔·魏斯贝格抬头望了很久浩浩荡荡、川流不息的黄浦江，望了很久隐没在黄昏薄雾中的虹口，然后又扭头望着大上海朦胧的剪影。那儿有几个德国难民公墓。那儿也有本不该来这里的歌唱家伊丽莎白·米勒-魏斯贝格的坟墓。

她永远留在了上海。她的蜡烛熄灭了，她悄悄走了。

魏斯贝格在离开这个可恶的虹口时，一点也高兴不起来。他只感到忧伤，因为他已经把生活的一部分，把生活很重要的一部分，还有他心爱的人留在了上海。也许由于这一原因，也许由于心灵的牵绊，他开始喜欢这座城市，喜欢这座混乱的、疯狂的、残酷的城市。一个人往往知道自己为什么要恨，但他知道为什么要爱吗？

曼德尔教授的两个眼珠不停地转动，搜索着自己的日本同行，但他没有在送行的人中发现这位大夫。他不会再看见这个日本人。小仓此刻待在空荡荡的虹口，滞留在犹太难民公墓，在希尔德·布劳恩的墓前献了一束玫瑰花。他在那儿站了很久，然后默默走在外白渡桥附近寥落的弄堂里。还在不久以前，这里荆棘塞途、疮痍满目。

当他赶到码头上时，远洋巨轮已经起航，他只能看见甲板上无数的黑点。码头上已经没有修女，没有送行的友人。

小仓坐在长椅上，愁容满面地望着那艘轮船。巨轮在黄浦江上缓缓离去时，向这座城市拉响了三声汽笛。随后，小仓掏出一份皱巴巴的电报，无奈地笑了一笑，上面的字行他早已烂熟于心。这份电报在混乱的中央邮局耽搁了很长时间，今天才被人发现，转交给他。

东京厚生省命令他即刻回国报告工作。岩井英一履行了自己的最后使命，他已在小仓之前剖腹自杀。小仓大夫并不怨恨岩井密告他，不管怎么说，岩井大尉并非没有荣誉感或自尊心。他像武士那样死了，他是武士道精神真正的传人。

他遵照传统仪式，把先人留给他的军刀刺进腹部。

东京那些发电报的人真是可笑！尽管原子弹已经在广岛和长崎爆炸，尽管日本高官已经在"密苏里"号战列舰上签署了投降书，但他们到了最后一刻，还是那么循规蹈矩，怙势揽权。命丧黄泉的那些人至今阴魂未散！

小仓在这场骇人听闻的战争中是否有罪？他对于岩井残酷折磨希尔德是否有罪？他在光州医院悄悄为在日军慰安所惨遭蹂躏的朝鲜姑娘治病，这是否有罪？在那些寂寞的夜晚，当这些不幸的朝鲜姑娘在军营里遭到伤害的时候，他却在推敲缠绵悱恻的诗句，这是否也有罪？

小仓在看电报时，脑子里塞满了这些问题。

小仓之罪仅是小罪，极小之罪，就像他的每一个同胞，每一个平凡、善良、规矩的日本人都有小罪一样。千千万万小罪由对战争沉默不语、率尔操觚构成……每一个人现在都应当赎罪，以此抵消国家犯下的历史性大罪。日出之国必须把罪恶清除干净，它的太阳才会继续上升……

一个打着赤脚的垂钓者坐在码头边上，猛然听见"砰"的一声——酷似远处传来木板破裂的声音。他抬头望望四周，没有发现任何异样。今天未戴肩章的日本军官仍然坐在黄浦江边的长椅上，从这儿看不见他太阳穴上的那个枪眼。

这是上海在第二次世界大战中的最后一枪。

我在塑造弗拉德克这个形象时，利用了三个保加利亚人的生活素材：伊万·维纳罗夫、赫里斯托·博埃夫和伊万·卡兰瓦诺夫。保加利亚1923年反法西斯起义失败后，三人侨居苏联并为该国情报机构效力。维纳罗夫和博埃夫曾在不同的时期，在一些欧洲国家和中国从事活动；卡兰瓦诺夫曾在上海、日本和非洲承担秘密使命。第二次世界大战结束后，维纳罗夫被新保加利亚授予将军军衔，而赫里斯托·博埃夫组织过军事侦察活动，后来被任命为保加利亚驻日本大使。卡兰瓦诺夫的个人情况至今仍未解密。

希尔德·布劳恩综合反映了她的两个同时代人的特征——一个是路易斯·克拉斯，一个是约塞法·恩格贝格。

小仓广确有其人。岩井英一就是真人岩井英一，合屋就是真人合屋。进过达豪集中营的有党卫队的海因茨·施埃因布雷纳——党卫队的星级领袖。

陈秀清其实姓"乔"，已经牺牲了。但是，由于许多男女在这场战斗中英勇地倒下了，因为怜悯他们，就想让乔活着。他受了重伤，在武老姜老汉那儿治疗。

克赖鲍尔等人有的是真名，有的是合情合理的假名，他们的经历同您刚刚读完的这本书描述的情况一样。

安吉尔·瓦根施泰

图书在版编目（CIP）数据

别了，上海／（保）安吉尔·瓦根施泰著；余志和译 . —上海：上海三联书店，2021.3
ISBN 978 - 7 - 5426 - 6955 - 1

Ⅰ.①别…　Ⅱ.①安…②余…　Ⅲ.①长篇小说-保加利亚-现代　Ⅳ.①I544.45

中国版本图书馆 CIP 数据核字（2020）第 007535 号

别了，上海

著　　者／［保加利亚］安吉尔·瓦根施泰

译　　者／余志和

责任编辑／吴　慧

装帧设计／徐　徐

监　　制／姚　军

责任校对／张大伟　王凌霄

出版发行／上海三联书店

　　　　（200030）中国上海市漕溪北路 331 号 A 座 6 楼

邮购电话／021 - 22895540

印　　刷／上海惠敦印务科技有限公司

版　　次／2021 年 3 月第 1 版

印　　次／2021 年 3 月第 1 次印刷

开　　本／890×1240　1/32

字　　数／196 千字

印　　张／10.75

书　　号／ISBN 978 - 7 - 5426 - 6955 - 1/I·1599

定　　价／50.00 元

敬启读者，如发现本书有印装质量问题，请与印刷厂联系 021 - 63779028